東京零年

赤川次郎

集英社文庫

東京零年　目次

人物紹介

生田目健司《なまためけんじ》　生田目家の長男。十九歳。K大学文学部二年生。

永沢亜紀《ながさわあき》　永沢家の長女。二十四歳。昼は保険会社の営業所、夜は弁当屋で働く。

生田目重治《しげはる》　健司の父親。元検察官。今なお政界やメディアなどに強い影響力を持つ。

生田目弥生《やよい》　健司の母親。

竹内礼子《たけうちれいこ》　健司の姉。二十六歳。治との子を妊娠している。

竹内治《おさむ》　礼子の夫。フリージャーナリスト。

永沢浩介《こうすけ》　亜紀の父親。脳出血で倒れ介護施設に入所している。

永沢直美《なおみ》　亜紀の母親。

湯浅道男《ゆあさみちお》　数年前に殺されたはずの男。

喜多村《きたむら》　元刑事。湯浅の生存情報を得て、真相を探るべく動き出す。

伊丹伸子《いたみのぶこ》　重治の愛人。重治との子を妊娠している。

棚原《たなはら》しずか　中学校の教師。反権力の集会で浩介と出会う。

東京零年

1　不機嫌な夜

苛立《いらだ》つ理由はいくつもあった。

天気予報は、夕方になってこれほど北風が強くなるとは言っていなかった。よりによって、一番暖かいマフラーを昨日汚してしまっていたのだ。

スクランブル交差点の歩行者用信号が赤になったばかりで、長々と待たされたことも、見上げるビルの正面の大きな映像の画面に、一番嫌いなアイドルの笑顔が大写しになっていたことも、気に入らない。

何だっていうんだ……。

僕が何をしたっていうんだ？　どうしてこんなにいやな目にばっかり遭わなきゃいけないんだ？

健司《けんじ》は延々と愚痴を並べられる気分だった。

手袋は持っていなかった。両方の手をコートのポケットへ突っ込んでおけば良かったのだが、片手はずっとケータイをつかんだままで、いつメールが届いても読めるようにしていたのだ。

ケータイが光って、メールの着信を知らせた。すぐに読む。

〈いい加減にして！　急な用なんだから、仕方ないでしょ！〉

あいつ……。どっちがいい加減だよ。

健司はすぐにメールを打った。

〈こっちの約束はどうなるんだよ。先輩ににらまれても、無理して時間作ったんだぞ！〉

送信しようとしたとき、信号が青に変って、健司はたまっていた人の群に押されて、危うく前のめりに転びそうになった。

「危ねえだろ！」

と、つい口に出して言ったが、先を急ぐ人々の耳には入らなかった。

急いで交差点を渡ると、メールを送信した。――どっちへ行こう？

本当なら、待ち合せた店へ向うはずだった。でも、彼女は〈行けなくなったの〉と言って来ている。

怒ってしまったら、気が変ることはないだろうと分っていた。それでも、いくらか、〈ごめんなさい。すぐ行くわ〉

と言って来るんじゃないかという気持があった。

そうだよな。僕のことが本当に好きなら、謝って来て当然だ。やっぱり待ち合せの店の方へ向おうか。そうすれば彼女がやって来るような、理屈ではないが、そんな気がする。

歩き出して三十メートルも行かない内に、メールが来た。

〈自分の都合ばっかり言わないで！　もうケータイ切るからね！〉

健司は足を止めた。急に立ち止ったので、後ろから突き当られたが、気にならなかった。

「待てよ、畜生！」

健司はマリのケータイへかけてみた。しかし、もうつながらない。

「おかけになった電話は……」

という声が聞こえるだけだった。

「マリの奴《やつ》……」

かじかんだ手につかんでいたケータイをポケットへ入れると、目の前の地下鉄への階段を下りて行った。どこへ行くというあてはなく、ただ風の冷たさに閉口していたのだ。

地下鉄の駅の改札口から延びる地下道は、せかせかと行き交う人々で一杯だった。寒さだけは何とか避けられたが、苛立ちは消えない。

どうしよう……。家には、

「今夜は食べて来る」

と言ってしまっている。

でも、一人で外食なんて冴《さ》えないし……。

無意識に、またケータイを出していた。

メールが来てる！ マリからだ、きっと。

だが――それは母からのメールで、

〈お母さん、用事が長くなって、夕飯間に合わないから、何か適当に食べて来て〉

心底、がっかりした。

「何だよ……」

大体、「食べて来る」と言ったことを忘れている。しかも、「帰って食べようか」と思ったのに、それも無理と来ている。

畜生！ ――健司が八つ当りしたい気分になったのも当然かもしれない。

じゃ、せめて誰か……。健司はアドレス帳を見て、声をかけられそうな相手を探した。

ともかく、地下鉄のホームに入った。

〈電車が来ます〉という文字が出ている。

ホームは結構人が多かった。勤め帰りには少し早いが、この分では座れないだろう、と思った。

ともかく地下鉄に乗ってから考えよう。この線は銀座も通る。何ならそこで降りれば……。

ホームの端に立って、暗いトンネルを覗《のぞ》くと、かすかにゴーッという響きが聞こえている。

「え？」

またメールだ。大方、母さんから何か言っとくのを忘れたってことだろう。

健司は目を疑った。マリからだ！

〈健司、さっきはゴメン。でもそっちもワガママだよ〉

急いで返信しようとした。

自分がどこに立っているか忘れていた。

急ぎ足でホームへ駆け込んで来たサラリーマンが、健司に突き当った。よろけながら、健司はまだメールを打とうとしていた。

次の瞬間、健司の体はホームから線路へと転落していたのだ。

何が起ったのか、分らなかった。突然額をコンクリートに打ちつけて、痛みに目がくらんだ。体が変な風にねじれて、起き上れない。

「何だよ……」

やっと仰向けになって、健司はホームからこっちを見下ろしているいくつもの顔を見上げた。

どうしたんだ、僕？

起き上ろうとしたが、手に力が入らない。なぜなら、メールを打とうとして、ケータイを握ったままだったからだ。

轟音《ごうおん》が近付いて来た。それは音としてより細かい震動として伝わって来た。

——やっと、健司は自分がどこにいるのか気付いた。

おい、停《とま》れよ！　僕がここにいるんだぞ！

見下ろしている人々は、ただ無言で健司を見ているだけだった。手を差しのべるでもなく、「早く上れ！」と怒鳴るでもない。

今、線路に落ちている若者を、「本当にそこにいるのか、それとも幻なのか」判断できないでいるようだった……。

地下鉄が来る！　これって、ちょっとまずくないか？

そう思ったときだった。

ホームの端から覗き込む人々をパッと左右へ分けて、誰かが飛び下りて来たのである。

健司のそばへ下りると、

「早く立って！」

と、その女性は叫んだ。「ひかれるわよ！　早く！」

女？　女か。――パンツ姿なので男かと思ったが、若い女だった。

「立って！」

女が手を伸して、健司の左手をつかんだ。引張られて、何とか立ち上る。

「ホームに上って！　早く！」

上ろうとしてホームの端に手を掛けたが、右手はまだケータイを握ったままだった。

「誰か引張って！」

と、女性が叫んだ。

やっと、数人の手が健司の手と腕をつかみ、引張った。――ケータイが手から滑り落ちて、線路の傍にはねる。

ホームへ引きずられるようにして上った。

健司を下から押し上げた女性は、自分の力でホームへと上って、転《ころが》るように倒れた。

激しいブレーキの音がして、火花が飛んだ。

その女性がホームに上って、地下鉄の車両が走り込んで来るまで、二秒となかった。

ブレーキのきしむ音と共に、電車は十数メートル先まで行って停止した。

健司は、まだ自分がどんなに危険な目に遭ったのか、よく分っていなかった。

立ち上ると、ホームと車両の隙間を見て、

「ケータイが……」

と、健司は呟《つぶや》いていたのだ……。

「みごとに真二つだね」

巡査の言葉に、その女性は憤りの視線を向けた。

巡査はそれに気付いて、あわてて、

「いや、別に感心してるわけじゃないけどね」

と、付け加えた。

交番の机の上には、斜めに断ち切られたバッグが置かれている。まるで鋭い刃物でスパッと切ったようで、「みごと」と言いたくなる巡査の気持も分る状態だった。

「ともかく……」

と、その女性が言った。「私、早く帰らなきゃいけないんですけど……」

「うん。しかし、電車が遅れてるんでね。その点、地下鉄の方とも話さないと……」

「私のせいじゃありません！」

と、たまりかねたように、「この人がひかれてたら、もっと遅れてたでしょ」

――何だか不機嫌そうな女だな、と健司は思った。

「分ってる。分ってるよ。――君、ともかくこの人のおかげで助かったんだ。お礼を言いなさいよ」

と、巡査に言われて、健司は、

「どうも」

とだけ言うと、「ちょっとすみません」

手にしたケータイを見た。――線路の間に落ちたが、壊れなかったのだ。

マリに「事故」のことを知らせるメールを送ってやった。マリが心配するように、少し大げさにして。マリからは、

〈良かったね！　私が守ってあげたんだよ、きっと！〉

と、返信が来ていた。

低く笑うのが聞こえた。女性が健司を見ている。目が合うと、

「メールで死にかけたのに、よくやるわね」

と、小馬鹿にしたように言う。

「どういうこと？」

と、巡査が訊《き》いた。

「メールに夢中で、突き当られて落っこちたんですよ、この人」

と、女性が言った。「私、見てて、危ないなと思って……。だからすぐ飛び下りることができたんです」

「そうか」

「でも私のケータイ……」

バッグの中身が並べられていた。ケータイは無惨に潰されている。

「弁償しますよ」

と、健司は言った。「いくらですか?」

「さあね」

「ちゃんと払ってもらいなさいよ」

と、巡査は言った。「名前と住所、書いて、二人とも」

女性は少しためらっていたが、やがて諦めたように息をつくと、ボールペンを手に取ってメモ用紙に書いた。

「〈永沢亜紀《ながさわあき》〉さんね……。何歳? 書いて」

〈24才〉と記して、

「本当にもう行かないと」

と言った。「この残骸、もらってってっていいですか。手帳とかないと困るんで」

「ああ。――じゃ、この紙袋に」

巡査はお菓子の入っていた手さげの袋をくれた。

永沢亜紀という女性は、二つになったバッグと、砕けた鏡や手帳などを袋へ入れた。

「いくらになるか、請求してね」

と、巡査は言って、健司のメモを手に取った。「ええと……。何て読むんだ、この名前?」

「〈生田目《なまため》〉です」

と、健司は言った。「〈生田目健司〉」

「珍しい名前だね」

と、巡査は言った。

健司は、永沢亜紀という女性が、大きく目を見開いて自分を見つめているのに気付いて、

「あの……」

「あなたのお父さん、生田目……」

「生田目重治《しげはる》っていうけど」

「検察官の?」

「元、ね。今はもう――」

と言いかけた健司の言葉を遮って、

「冗談じゃない!」

と、永沢亜紀が激しい口調で言った。「あんたなんか、助けるんじゃなかったわ!」

呆然《ぼうぜん》としている健司を後に、永沢亜紀は交番から走るように出て行った。

2　発作

「すみません！　遅れちゃって」

永沢亜紀は、サラリーマンやＯＬが七、八人並んで待っている弁当屋に、飛び込むように駆け込んで行った。

「今何時だと思ってんだ」

店長の東《あずま》が顔も上げずに、「早く仕度しろ」

「はい」

店の奥の、人一人やっと通れるだけのスペースへ潜り込むと、フックに引っかけてあった白いエプロンをつける。急いで手を洗った。

水が冷たい。

「——ごめんね」

と、店に出て、「ご飯、入れるわ」

「うん」

同僚のしのぶがテーブルの定位置からずれて隙間を作った。

「三つ目、大盛り」

「はい」

炊きたての熱いご飯をプラスチックの器へ詰める。軽く詰めて、できるだけご飯を使わないようにした。東の指示だ。

「亜紀ちゃん……」

しのぶが小声で「ちょっと――」

「唐揚げ二つ！」

と、東の声が飛ぶ。

この時間、勤め帰りの一人暮しのサラリーマンやＯＬ、加えて残業している勤め人もいて、店は混雑する。

しのぶは亜紀に何か言いたげにしていたが、今は話をしている余裕がなかった。

「ご飯お願いします！」

と、亜紀は調理場へ声をかけたが、ご飯はすぐ炊き上るわけではない。

客の数を見ながら、早目に言っておかなくてはならない。

亜紀もこの店に来て半年、やっとそこまで気が回るようになった。

肌寒い季節だが、汗がこめかみを伝って行く。手を休めている暇はない。

何種類もある弁当に、付け合せの一つ一つまで間違いなく詰められるようになるのは容易なことではなかった。今は、考えなくても目で覚えているので、入れ忘れはほとんどなくなった。

「お待たせしました！」

次々に捌《さば》いても、

「早くしてくれよ！」

「グズグズすんなよ！」

といった文句が飛ぶ。

たちまち一時間、二時間と時間が過ぎて行く。

そして——八時近くになって、やっと客足が途切れた。

「手際悪いぞ」

東が亜紀たちへ言った。「むだなんだよ、動きが」

「すみません」

「自分でちっとは考えて工夫しろよ。大学出てんだろ」

東はタオルで顔を拭くと、奥へ入って行った。

「いつもの愚痴ね」

と、しのぶは肩で息をした。「亜紀ちゃん、きっと日当減らされるよ」

「うん、遅れたんだからしょうがない」

と、亜紀は言って、おかずの種類を数えた。

「何かあったの？」

「ちょっと……」

「あ、そうだ！」

しのぶが手を打って、「忘れてた。――亜紀ちゃん、お母さんから電話」

「え？」

亜紀は面食らって、「母から？」

「亜紀ちゃんが来たとき、言おうと思ったんだけど、あの店長に何言われるかと思って……」

「どうして母が――」

「亜紀ちゃんのケータイにかけたけど、出ないからって、お店にかけて来た」

「そう。ケータイ、壊れちゃったの」

「じゃ、私の使って」

しのぶがポケットからケータイを出して渡した。

「ありがとう」

お客が来たが、しのぶが、

「私、やるから大丈夫」

と、亜紀へ肯《うなず》いて見せ、「いらっしゃいませ！」

亜紀は、しのぶのケータイで自宅へかけた。

「もしもし、お母さん？」

「亜紀！　どうしたの？　何度かけても出ないから」

母の声で、何かただごとでないことは分った。

「壊れちゃったの、ケータイ。それより、どうしたの？」

「〈ホーム〉から電話で」

一瞬、亜紀は緊張した。

「お父さん、どうしたの？」

「発作起したようなの。何だかひどいんですって。行ける？」

「今は……」

と、店の中を見回したが、「私が電話して様子を聞くわ」

「お願いね」

「うん、分った」

東が戻って来るのが見えて、急いで切った。すぐ持場に戻る。

仕方ない。電話していられる状況ではなかった。また客が次々に入って来る。

「カツ弁当三つ！」

と、東の声が飛んで来た。

「今は落ちついています」

という言葉に、亜紀の体のこわばりが、一気に氷が溶けるように流れ落ちて行った。

「そうですか。——今から伺ってもいいでしょうか。一時間くらいかかりますが」

もう夜十時を過ぎていた。しかし、幸い〈ホーム〉の当直は、亜紀のことをよく憶《おぼ》えていてくれた。

「どうぞ。裏の夜間通用口、ご存知ですね」

「はい。できるだけ急いで参ります」

「どうせ起きていますから」

爽やかな声の男性だった。たぶん三十五、六歳というところだろう。

亜紀は地下鉄の駅へと急いだ。二度、乗り継がなくてはならないので、夜遅くなるとますます時間がかかる。

地下鉄に乗ると、運よく目の前の席が空いて座ることができた。二十分ほどだが、何時間も立ちづめの仕事の後では救いである。

足がむくんでいるのがはっきり分る。

絶え間ない頭痛。肩こりと目の疲れから来ているのだろう。

それにしても、ひどい一日だった。もちろん、あの地下鉄の駅ホームでの「事件」が一番だが、加えて父の発作……。

心臓の方はずいぶん安定していると言われていたのだが、どうしたのだろう？　——

亜紀は両目をつぶって、固く固く閉じた。

今、あれこれ想像しても仕方ない。実際、世の中にはとんでもないことが起るのだ。

今日の、あの青年のように……。

もう考えまい。強く頭を振った。あんなこと、もう忘れるのだ。

でも、壊れたケータイだけは買い直さなくては。母からの連絡、〈ホーム〉からの連絡。いつ、突然かかって来てもふしぎではないのだ。

「予定外の出費だわ……」

と、つい呟いていた。

千円、二千円でも、今の亜紀の財布にとっては大きい。何とか、古い型でも安く手に入れれば、と思った。

もちろん、「あんな奴」からお金など受け取れない！

月給日まで、何とかケータイなしで我慢しよう。あと……一週間だ。

「土日があるんだわ」

月給日が日曜日なのでくり上る。そう気付くと、亜紀は嬉《うれ》しくなった。二日早い。それは今の亜紀にとっては「天の助け」だった……。

金網の入ったガラス窓の向うに、当直の男性の顔が見えた。

この人、何て名前だったかしら？　――いつも忘れてしまうのだ……。

ドアが開いて、

「どうぞ」

「すみません」

亜紀は中に入った。

「お父様は今眠っておられます」

明るい廊下へ来て、亜紀はその男性の胸の名札を見た。そうだった。〈秋田《あきた》〉さん。

何度も見ているのに、その都度、こうして名札を見て思い出さなくてはならない。

「病院へ連れてっていただいたんでしょうか」

「いえ、そういう発作とは違ったんです」

「というと……」

「ひどく興奮なさったんです。声を上げて激しく頭を左右に……。実際、あんなところは初めて見ました」

と、秋田という職員は言った。

ひんやりとした空気。〈ホーム〉のロビーは照明を落としていて薄暗い。

「——何かきっかけがあったんでしょうか？」

と、亜紀は訊いた。

「それがどうも……。TVを見ておられて、突然」

「TVですか」

「いや、そのせいかどうか分りませんが」

と、秋田は言った。「娯楽室で、TVが点《つ》けっ放しになっていましてね、お父様以外にも二、三人の方がTVを見ておられたんです。すると突然……」

「他の入所者の方々にご迷惑だったでしょうね。申し訳ありません」

「いや、やかましい人はいくらもおられますから。ただ、永沢さんは普段あんなことがないので、みんなびっくりして」

——四人部屋は、もう明りが消えていた。

父、永沢浩介《こうすけ》のベッドは奥の方だ。そっとドアを開け、他の人の目を覚まさないように息を殺して進んで行くと——。

父がゆっくり頭をめぐらすのが見えた。

「起きてるの」

と、小声で言って、ベッドの傍の椅子にかける。

「——何かあったら呼んで下さい」

と、秋田は言って、出て行った。

亜紀は、ベッドの方へ身をかがめた。

「お父さん。――大丈夫？」

父の目がじっとこっちを見ている。そこにはいつもと違う光があった。

「どうしたの？　何だか興奮したみたいって聞いたけど……」

脳出血で倒れた父は、言葉が思うように話せない。その苛立ちを、いつもはよく耐えていた。

「ちゃんと毛布かけないと。風邪ひくと怖いよ」

少し乱れていた毛布をきちんとかけようとした亜紀の手を、いきなり父がギュッとつかんだ。それは、亜紀が思わず声を上げそうになるほどの強さだった。

「お父さん……」

「あ……う……」

父の喉から、絞り出すような声が洩《も》れて来た。しかし、言葉にならない。

それでも必死で声を出す。父の体が震えるほどの力の入れようだった。

「どうしたの？　お父さん……何が……」

亜紀は父の口に耳を寄せた。「大きな声でなくていいから。ね？　――ゆっくり。ゆっくり、話してみて……」

右手にも麻痺《まひ》が残って、字を書くことも難しい。父の言葉は亜紀にもほとんど聞き取れなかった。

父は、ひどく疲れたようで、大きく胸を上下させて息をした。

「焦らないで。ね、そんなに無理すると、せっかく良くなった心臓が――」

と言いかけたときだった。

父がゆっくりと息を吐き出しながら、突然聞き取れる言葉を発したのである。

机に向っていた秋田が、亜紀に気付いて、

「どうしました、お父様は？」

と言った。

「ええ……」

廊下に立って、亜紀は少しぼんやりしたように言った。「眠ったようです」

「そうですか。――わざわざ来ていただいて」

「いえ、それは……」

と、亜紀は言って、「秋田さん」

「はあ」

「父の様子がおかしくなったとき、ＴＶで何の番組をやっていたか、憶えておいでですか？」

「TVの番組ですか？　さあ……。何だったかな」

と、首をかしげる。

「何時何分ごろだったか、分ります？」

「ええと……。たぶん……五時少し前くらいだったような……。そうだ、何かお祭の風景じゃなかったかな、どこかの」

「ニュースですか」

「ドキュメンタリーじゃないですか。よくやってる。地方のお祭を紹介するとか」

「NHKでしょうか」

「たぶんそうでしょう。点けっ放しにするときはたいていNHKの地上波かBSです」

「五時少し前……。ありがとうございました」

「いえ。——今からお帰りになるのは大変ですね」

「終電には何とか……。お手間かけました」

亜紀は頭を下げた。

秋田は夜間通用口で見送ってくれた。

何度も礼を言って、亜紀は人気《ひとけ》のない夜道を辿《たど》って行った。

街灯の一つ一つが、孤立したように遠く、道は暗かった。

――あれは何だろう？

父は言った。「ゆあさ」と。

実際には「うああ」という音でしかなかったが、そのアクセントや父の表情は、はっきり言っていた。

「湯浅《ゆあさ》……。湯浅を見た？」

TVの映像が父を興奮させたのだとしたら……。でも、本当に？

父はTVに「幽霊」を見たのだろうか……。

3　真夜中

「私……やっぱり帰らないと……」

いつもの通りだな、と健司は思った。

「まだいいだろ、もう少し」

「でも、今からここ出ても、家に着くのは十二時過ぎちゃう」

言い訳もいつも通り。――でも、今夜の健司は、そんなマリのことにも腹を立てないゆとりがあった。

「じゃあ、出るか」

「うん」

マリはホッとした様子で、「シャワー、浴びる？　私はいいわ。髪、濡《ぬ》らすと大変」

「俺も帰ってから風呂に入る」

健司はベッドを出て、服を着た。

「――気を付けてね」

マリの言葉がどういう意味か、健司はちょっと戸惑ったが、ホームから落ちたことだと気付いて、

「もう落ちないよ」

と、笑って見せた。

マリがベッドから出て下着をつけるのを、健司はじっと見ていた。マリが気付いて、

「見ないでよ！」

と照れる。

そんなときのマリは本当に可愛《かわい》い。

梓《あずさ》マリは健司と同じK大学文学部の学生だ。同じ十九歳だが、アメリカ留学で、一年遅れているので、健司の一学年下になる。

丸顔で童顔なので、アメリカでは「キュート」と言われ、男の子にもてたらしい。わがままなところは、アメリカでの感覚が抜けないからだろう。

それでも、健司はマリが可愛い。

特に今夜のマリは、いつになく優しかった……。

「送るよ、タクシーで」

「うん」

マリはニッコリ笑った。無邪気そのものだ。

二人はホテルを出ると、広い通りへ出た。すぐに空車が来る。

マリの家は、健司の家より少し遠いのだが、先に降りてしまうわけにはいかないので、マリを送ってから、少し戻ることになる。

「――ねえ」

マリは、健司の方へもたれて来て、「もう少しで、地下鉄にひかれるところだったんでしょ?」

「ああ、後五秒ってとこかな」

「そのとき、私のこと、考えた?」

健司はちょっととぼけて、

「さあな……。色んな女の子の顔がごちゃまぜになってた」

「へえ。何人分?」

「四、五人かな」

「冷たい奴！」

マリは健司の頬に唇を触れた。

――二十分ほどで、マリの自宅に着く。

「おやすみ！」

マリはちょっと手を振って、家の中へ駆け込んで行った。――自由に遊んでいるように見せているが、家は結構うるさいのだろう。

タクシーはUターンして、都心の方向へ向った。夜中なので、せいぜい五、六分で着く。

健司は、夕方マリとやり合って不機嫌だったことなど忘れていた。ホームから落ちたことは、肘のすりむいた傷で、いやでも思い出していたが。

「――あ、そこの信号、右に」

健司はクレジットカードを取り出した。

「あの門の所――」

と言いかけて、健司は、「ここで停めて」

自宅の門の前に、他の車が停っていたのだ。

白い車体には見覚えがあった。

車の中で、人影がチラチラと動いている。

いやな予感がしたが、ともかくカードで支払ってしまうと、タクシーを降りないわけにいかない。

タクシーが走り去ると、健司はそのまま、暗がりの中に立っていた。夜風が首筋に冷たい。

白い車のドアが開き、降りて来たのはやはり、母だった。

「ごちそうさま！　またね！」

いつもの母とは違う、上《うわ》ずった声は、アルコールが入っているせいだ。

車が走り出し、母、弥生《やよい》は見送って手を振っていた。

母の姿が門の中に消えると、健司は歩き出した。

少しゆっくり歩く。すぐに家に入って行ったら、弥生が「見られた」ことに気付くだろう。

それでも、ほんのわずかの距離である。何分もかかるわけではない。

「――ただいま」

玄関を入ると、健司はいつも通りの口調で言った。

返事はない。まだ、きっと着替えてるところなのだ。

健司は玄関から上ると、そのまま二階の自分の部屋へと階段を上って行った。上り切ったところで、寝室から母、弥生が出て来て、顔を合せた。

「お帰り！　いつ帰ったの？」

見れば分るだろ、と心の中で言いながら、

「今だよ。母さんは？」

「うん、ちょっと前。今、お友だちに電話してたの」

弥生は咳《せき》をして、「何だか、喉がいがらっぽいわね……」

「晩飯は食べて来た」

と言って、健司は自分の部屋へ入ろうとしたが、「――父さんは？」

階段を下りようとした弥生が足を止めて、

「お父さんがどうしたの？」

「いや、帰って来るのかなと思って」

「さあ……」

弥生は無関心を装って、「分らないわ。訊いてみて、直接」

「別にいいんだ」

そう言って、健司は部屋へ入り、ドアを閉めた。

ケータイを取り出して、机の上に置く。これは家に帰ったときの「第一の儀式」である。

着替えて、階下《した》に下りて行くと、弥生は台所で洗いものをしていた。

「――何か飲む?」

と、健司へ訊いた。

「お茶がいいな。日本茶が」

と言って、居間のソファに横になった。

「すぐ寝て! だめよ、そんなだらしのないことじゃ」

と、弥生が言ったが、もちろん健司は無視している。

「――はい、お茶」

「うん。いてて……」

肘が痛い。弥生が聞き咎《とが》めて、

「どうかしたの?」

「別に。――地下鉄のホームから線路に落っこちたんだ」

「何ですって?」

弥生が愕然《がくぜん》とした。

「心配ないよ。ちょっとすりむいただけさ」

手を伸してリモコンを取り、TVを点ける。

「危ないじゃないの!」

と、弥生は目を見開いて、「大丈夫なの、本当に?」

「ちゃんと足ついてるだろ」

「そうじゃなくて……。頭打ったりしてないの?」

「どうってことないよ」

チャンネルを変えたが、面白そうな番組はない。

「でも……どうして?」

弥生の口調が、いやに真面目になっているので、健司はTVから母親へと視線を移した。

「たまたまホームの端に立って、メール打ってたんだ。せかせか歩いてた奴がぶつかって来て……。どうってことないんだよ」

母親があまりうるさく口出しして来ると苛立つのだった。

「そう……。でも……」

と、弥生は少し口ごもっていたが、やがてまたTVを見ている息子へ、「まさか、誰かに突き落とされたんじゃないわね」

これにはさすがに健司もびっくりした。

「違う――と思うよ。だって、俺、そんなに人から恨まれる覚えないもん」

そう言ったとき、あの女の言葉が思い出された。

「あんたなんか、助けるんじゃなかったわ!」

あの女はそう言った。親父の名前を聞いたら。

「そうね。そんなこと、あるわけないわね」

と、弥生は無理にこしらえた笑顔で、「お母さん、ちょっとお腹が空《す》いたわ。お茶漬でも食べようかしら。あんたは？」

「母さん、そんなに人から恨まれてるの、うちって」

弥生は当惑したように、

「そんなことないわよ！　ただ――分るでしょ？　お父さんの仕事は、恨みを買うことがあるってこと」

「もう辞めたのに？」

「辞めたって、恨んでる人はいつまでも忘れないわ」

「――俺はいいよ」

「何が？」

「お茶漬さ」

「ああ……」

「永沢亜紀って知ってる？」

「〈永沢〉？　――そんな名前の人、珍しくないわ。どうして？」

「金、くれよ」

「何よ、いきなり」

「その永沢って女に弁償しないと。俺のこと助けてくれたけど、バッグやケータイが、電車にひかれて潰れちゃったんだ」

「助けてくれたの、その人が？」

「うん。危なかったんだ。電車がホームに入って来てた」

「まあ……」

弥生は胸に手を当てて、「怖いこと言わないで！　——本当に、もう」

「金、くれよ」

と、くり返した。

「いくら？」

「さあ……。バッグとケータイで、十万もありゃ充分だろ」

「助けていただいたんだから、そのお礼もしないと」

「いいんだよ。向うは何もいらないって」

「でも……。分ったわ。お母さんが届けて来る。住所は伺ったの？」

健司はジーンズのポケットから、交番で彼女が書いたメモの写しを取り出した。弥生はそれを見て、

「〈永沢亜紀〉さんね。明日にでも届けて来るわ」

「急がなくても」

「こういうことは、すぐにやるものよ」

と、弥生はメモをしまった。

そして、台所へ立って行く弥生に、

「やっぱり食べるよ、お茶漬」

と、健司は言った。


「——呆《あき》れた」

弥生は、健司がアッという間にお茶漬を食べてしまうのを見て、「お腹空いてたのなら、そう言えばいいじゃない」

「食べてみたら、空いてるって分ったんだよ。——ごちそうさま」

健司は大きく息を吐き出した。そして、

「姉さん、最近来ないね」

と言って、お茶をすする。

「礼子《れいこ》は今大変なの」

「大変って?」

「つわりでね。寝込んでるみたい」

「――そういうことか」

と、健司は肯いた。

健司の姉、礼子は竹内治《たけうちおさむ》という男と結婚した。もう一年余りになる。

「じゃ、孫ができるってことか」

「そうね」

弥生は、やや素気なく言った。

「姉さんの所へ行って来たら」

「忙しいのよ、私だって。――あんた、行ってらっしゃい」

「うん……。その内ね」

そういえば、最近姉からメールも来ていないな、と思った。お茶を一口飲むと、

「父さんは知ってるの？　姉さんのこと」

「知ってるでしょ。私は話した……と思うけど」

「でも、帰って来ないんだね」

弥生は顔をしかめて、

「お父さんの話はよして」

「だけど――」

「お母さん、お風呂に入るわよ」

と、弥生は立ち上った。

「うん」

健司は、母がバスルームへと姿を消すと、ちょっと肩をすくめた。

居間のソファにまた横になって、TVのリモコンを手に取ると、BSやCSのチャンネルを次々に見て行った。

——気が付くと、居間のドアの所に、父が立っていた。

「父さん。——いつ帰ったの？」

と、起き上って訊く。

「さっきだ。母さんが風呂に入るのを、玄関で待ってた」

「どうしてそんな……」

父、生田目重治は、黒いコートをはおったまま居間に入って来ると、台所へ真直《まっす》ぐ入って行き、引出しを開けた。

「何してるの？」

「住民票を取るのにカードがいる」

重治はカードケースから何枚かカードを抜いてポケットへ入れた。

「父さん。——出て行くの？」

「帰らないわけじゃない。ただ——向うの暮しが主になる。それだけだ」

「だって……」

「どうせ、お前とは月に二、三回しか顔を合さなかったろ。同じだ」

「大違いだよ。母さんとちゃんと話してよ」

「散々話した。お前のいない時にな」

「今、誰と暮してるの？」

重治は意外そうに、息子を見た。

「知らないのか」

「母さん、何も話してくれないよ」

「そうか」

重治はちょっとためらって、「じき、母さんが風呂から上るだろう。また改めて話す」

「だけど——母さんに何て言えばいいの？」

「黙ってれば分らんさ。一度、外で会おう。ちゃんと話す」

健司が何も言わない内に、重治はさっさと玄関へ出て行った。健司はあわてて追ったが、もう重治は外へ出るところだった。

「父さん——」

「後は頼む」

と言い終らない内に、玄関のドアは閉じられていた。

「勝手にしろ」

健司は思わず呟いた。

バスルームからは、まだシャワーの音が聞こえていた……。

4　群衆の中

「疲れてるようね」

と言われて、永沢亜紀はあわてて口に手を当て、

「見られちゃった」

と笑った。

大きな欠伸《あくび》をしていたのだ。

「計算間違いしないようにしないとね」

亜紀は頭を振って、「ゆうべ、父のいる施設まで行って来て、遅くなったから」

「何かあったの？」

と、大谷《おおたに》のぞみが訊く。

保険会社の営業所に、昼間いるのは、亜紀と大谷のぞみの二人だけ。もちろん、だからといって、サボるわけにはいかないが。

「うん……。父が、ちょっと発作起して」

「まあ。――それで？」

「大丈夫。じき落ちついたんだけど」

亜紀は営業マンが出して来た交通費の処理をしていた。タクシー代などは、ため込むと結構な金額になるので、みんな早く欲しがる。

「――本間《ほんま》さん、タクシー使い過ぎじゃない？　OK出ないわよ、きっと」

と、大谷のぞみが舌打ちした。「怒鳴られるのはこっちだもんね。いやだな」

大谷のぞみは、亜紀より二つ年下の二十二歳だが、高卒で就職しているので、亜紀よりも先輩である。

世間話がほとんど芸能ネタなので、亜紀は少々閉口するが、それを除けば気のいい女性だった。

「本間さんって、成績悪いのに、ふしぎと所長の受けがいいのよね」

と、のぞみは言った。「でなきゃ、とっくにリストラされてるわ」

「本間さんって、オーディオとか趣味なんだっけ？」

と、亜紀は訊いた。

「下手《へた》にスピーカーはどこの、なんて訊いたら大変よ。一時間は話が終らない」

「私、昨日の夕方くらいのTV番組、見たいんだけど。どこかで見られるかしら？　本間さん、分るかな」

「昨日の？　――そうね。訊いてみれば？　大喜びで教えてくれるわよ」

そう言ってから、のぞみはちょっと思い出し笑いをして、「あの人、新人の歓迎会でね。『僕の趣味はＡＶです』って、得意満面で言ったの。みんなシーンとなってね」

「ＡＶ？」

「〈オーディオ・ヴィジュアル〉。大型ＴＶで映画見たりすることらしいんだけどさ。みんなＡＶって、〈アダルト・ビデオ〉のことだと思ったわけね。女性たちなんか、みんな引いてたわよ」

「へえ！　難しいもんね」

と、亜紀も笑って言った。

「しかも、当人が全然分ってないもんだから、どうしてみんなが変な目つきで見てるのか、わけ分んないで突っ立ってて……」

噂《うわさ》をすれば、であった。

営業所のオフィスに入って来たのは、当の本間だったのである。

「早いのね、本間さん」

と、のぞみは涼しい顔で言った。

「資料が必要になってね。永沢さん、悪いけどコピー取るの、手伝ってくれない？」

「はい」

亜紀はすぐ返事して、「これ、切りのいいところまで、五分ぐらい、いいですか?」

「うん、構わないよ」

本間は、自分の机の引出しを開けてかき回し始めた。のぞみがチラッと亜紀を見て口元に笑みを浮かべる。

その意味は、亜紀にも分っていた。本間はこういう雑用を必ず亜紀へ頼むのだ。のぞみに頼んでも少しも困らないはずだが……。

のぞみに言わせると、

「亜紀さんと二人になりたいのよ」

ということで、亜紀もそれは感じていた。

本間昭夫《あきお》は三十八歳で独身。亜紀に関心を持ってもふしぎはないが、亜紀はどこか本能的に受け付けないところがあった。

――コピー機のある部屋は、のぞみなどの席からキャビネットに隠れて見えなくなっている。

「じゃ、これとこれの組合せで二十部作ってくれないか」

「分りました」

業務用のコピー機はスピードも速いので、特に亜紀が手伝うほどのことでもなかった。

実際、亜紀がコピーしている間、本間は何もしないでじっと亜紀を眺めているだけだ。

何か話しかけられそうな雰囲気を感じて、先に口を開いた。

「本間さん、ちょっと伺ってもいいですか？」

「何だい？」

「昨日の夕方のTV番組、今から見る方法、あります？」

本間はちょっと面食らった様子で、

「昨日の？　うん、見られるよ。どのチャンネル？」

「たぶん、NHKのBSです」

「僕のレコーダー、主なチャンネルの全部の番組を二日間保存してる。二日過ぎると、自動的に消去するんだけどね」

「じゃあ——見せていただけますか？」

「いいよ。何を探すの？」

「ドキュメンタリーに、知ってる人が映ってたって、人から聞いて。確かめたいんです」

「ああ、なるほどね。——昨日っていうと、明日の夕方までに見ないとね」

「今日、見せていただけます？」

「いいとも。じゃ、帰りに……」

本間の声が弾んだ。

父が何を見たのか。——亜紀は何としても確かめたかったのだ。

その時——。コピーを取っている亜紀の手に、本間の手が重なった。一瞬、亜紀は固まって動けなかった。

やめて下さい、と言おうとしたが、ためらいがあった。

拒まれていない、と思ったのだろう。本間が大胆に亜紀を抱き寄せようとした。亜紀が押し戻す。

「亜紀さん」

のぞみが顔を出し、本間は亜紀から離れた。もちろん、のぞみは見ていたはずだが、無視して、

「亜紀さんに会いたいって人が」

「はい」

救われた、と思った。急いでコピー機の部屋から出ると、

「ありがとう」

と、小声でのぞみに言う。

「別に私……。お客が受付の所に待ってるわ」

「うん」

「何だか――警察の人ですって」

行きかけた亜紀の足が止った。


「健司！　引出し、開けた？」

起き出したのは、もう十時過ぎだった。

ダイニングへ欠伸しながら入って行くなり、母、弥生の声が飛んで来た。

「俺、開けないよ」

「でも、誰かがいじってるわ」

そう言われたらしょうがない。健司は肩をすくめて、

「父さんだろ、きっと」

と言った。

「何ですって？」

「ゆうべ、母さんが風呂に入ってる間に来たんだ」

「どうして黙ってたの？」

「だって……」

言い訳するのも面倒くさくて、健司は、「大学に行くよ」

と、ダイニングを出ようとした。

「キャッシュカードがなくなってる」

という弥生の言葉に足を止める。

「お金を引き出す？」

「でなきゃ、持って行かないでしょ。健司、何か言ってた、あの人？」

「住民票がどうとか……。でも、すぐまた行っちゃったから」

「そう……」

「母さんに言うなって言われてたんだ。だから……」

「分ってるわ。いいのよ」

弥生は引出しの中を直しながら、「お父さんは女と暮してる」

「それは知ってるけど……。母さんも知ってる女なの？」

「ええ」

弥生はあえてそれ以上は口をきかず、そのまま二階へ上って行ってしまった。

「何だよ……」

舌打ちして、健司は、「コーヒーないのか……」

と呟いて台所に入って行った。

亜紀は、受付まで行って、戸惑った。

「誰もいないじゃない……」

と呟いて、首をかしげながら、エレベーターホールを覗くと――。

くたびれたコートをはおった男が、亜紀の方に背を向けて立っている。

「あの……」

と、亜紀は言った。「私にご用ですか」

男がゆっくりと振り向く。

「あの――」

と言いかけて、「まあ……。あなたは……」

「久しぶりだ」

と、男は、コート以上にくたびれた表情で言った。

「喜多村《きたむら》さん……。警察の人だっていうから……」

「嘘《うそ》じゃないだろ。元刑事だ」

「だって、今は……」

「時間、あるか」

亜紀はチラッとオフィスの方へ目をやって、

「少しでしたら」

と言った。「警察の人ってことにしておきます」

「うん。──表で待ってる」

喜多村という男はエレベーターに姿を消した。

──昨日の今日だ。

喜多村もTVを見たのだ、と亜紀は思った……。

コーヒーショップのテーブルでパソコンを開いて、黙々と仕事をしている男たち。

店内の客の半分以上が、パソコンと向い合っている。

「今どきのコーヒー屋は静かだな」

と、喜多村は言った。「昔は、仕事の打合せをする連中で一杯だったが……」

「そうですね」

亜紀はコーヒーカップを手に取って、「ちゃんとしたカップで飲めるだけ、いいですよ」

「うん……」

亜紀は、髪がほとんど白くなっているその男を、やっと見つめられるようになった。

「──老けましたね」

「言われなくても分ってる」

と、男は不機嫌そうに言った。

亜紀はつい微笑《ほほえ》んで、

「相変らず、傷つきやすいのね」

と、親しい口調になった。

そう。――確か喜多村はまだ四十になったばかりのはずだ。

見た目では、五十代半ばと言っておかしくない。亜紀は、喜多村がコーヒーを一口飲んだだけでいるのを見て、

「体、こわしたんですか？」

と訊いた。

「胃を半分取った」

「まあ……」

「手術、入院……。金もかかってな」

亜紀はちょっと腕時計を見て、

「すみません。あんまり長くは……」

「見たか」

と、喜多村は言った。

「昨日のＴＶですか」

「やっぱり見たのか」

「その時刻には働いてます、私。ただ、父が――」

「親父《おやじ》さん？　死んだんじゃなかったのか？」

「そんな……。殺さないで下さいよ」

亜紀は苦笑した。「施設にいます。体も口も不自由ですけど、頭はしっかりしてます」

「そうか……。誰からだか、死んだと聞いたな。じゃ、親父さんが見てたのか」

「TVを見て、ひどく興奮したと連絡があって……」

亜紀は手短かに事情を話して、「父は確かに『湯浅』と言ったように聞こえました」

「そうか……。親父さんもそう思ったんだな」

「喜多村さん、見たんですか？」

「俺が見たんじゃない。ただ、湯浅を知ってる奴から電話があってな。『よく似てたよ』と言ったんで、気になった」

と、小さく首を振って、「この目で見たいが、何の番組かも分らなくちゃな」

「見られるかもしれませんよ」

「何だと？」

喜多村が身をのり出した。

本間は何とも複雑な表情をしていた。

てっきり、亜紀が一人で自分の部屋へ来てくれるものだと期待していたのに……。何だか妙な男がくっついて来たのだから。

しかしその一方で、その男が「元刑事」だったということ、そのTVの映像が、過去の犯罪に係《かかわ》るものらしいということ……。それは本間の好奇心を大いに刺激したのだった。

「――NHKのBSのドキュメントね」

本間はリモコンでハードディスクに録画された映像を早送りして行った。

「大体五時くらいといったら、この辺かな」

「あ、お祭の風景。本間さん、そこゆっくり見せて下さい」

「ああ、いいよ」

山間《やまあい》の小さな町に何百年か続く素朴な祭。しかし、ある映画でその祭が取り上げられたせいで、今、祭の時期になると、町の人口の十倍近い観光客がやって来るということだった。

手作りの山車《だし》を、可愛い子供たちが引く。ビデオに撮る観光客。中にはケータイで撮る人もいる。

昼間から始まった祭は、夕暮が近付くと、紫色に染まった山並を背景に幻想的なものになって行く。

「——もう終りそうですね」

と、亜紀は言った。「これじゃなかったのかしら」

ゾロゾロと引き上げて行く観光客たち。この町には、小さな旅館が一つあるきりなので、みんなバスで他の町のホテルからやって来ているのだ。

「お疲れさまでした」

とバスガイドが迎える。

観光客たちが、バスに乗り込んで行く。

「足下にお気を付けて……」

というバスガイドの言葉に、乗ろうとしていた客が動きを止めて振り返った。

亜紀は息が止るかと思った。

「喜多村さん」

「うん。湯浅だ」

二人の声は少し上ずっていた。

画面は、バスが町を出て行く場面に変っていた。

「今のとこ、もう一度見せてくれ」

喜多村の口調は刑事のそれだった。

「はい」

本間がリモコンで画面を戻す。

「止めてくれ」

静止した画面に、バスの明りに照らされた男の顔がはっきり見えた。

「でも——この町に住んでるわけじゃないんですね」

「うん。どこのバスかな」

「じゃあ、ここのとこだけ、コピーしましょうか？」

本間はちょっと得意そうだった。

「頼む。バス会社が分れば……」

「一体誰なんです？　指名手配の犯人とか？」

本間が知りたがるのは当然だろう。

亜紀と喜多村はちょっと顔を見合せた。

「犯人ってわけじゃない」

と、喜多村が言った。「殺された被害者だよ」

5　記憶

「助かりました」

と、亜紀は言った。

「何だ」

「あの人の部屋に一人で行かなくて済んで」

「向うは当てが外れたろう」

と、喜多村はちょっと笑った。

本間のアパートを出て、駅へと歩いていた。

夜風が冷たい。

「この辺も寒いですね」

「ああ。何もないしな」

二人とも、黙って歩いた。何を話したものか、分らなかった。

やっと小さな私鉄の駅に着く。駅前にソバ屋とマクドナルドだけがあった。

「何か食べるか」

「そうですね。――喜多村さんは、おソバの方が?」

「うん。君はいいのか」

「帰ってまた残りものを食べますから」

結局、二人はソバ屋へ入って、簡単に食べることにした。

「酒も飲めない」

と、喜多村はお茶をゆっくりと飲んで、「飲みたいって気にならないんだ」

「以前はずいぶん飲んでたのに」

「そうだったな」

喜多村の口調が少し変って、「今日は急ぐのか」

亜紀はそれに気付かなかったふりをして、

「明日も忙しいんで。本当は、夜もお弁当屋さんで働いてるんです」

「夜もか」

「今夜はたまたまお休みの日で……。いつもなら、やっと終るころ」

「そうか。――大変だな」

「もっといいお仕事があるといいんですけど。あの事務のお給料だけじゃ、とても……」

「うん。分る」

「喜多村さんは……。奥様、働いてらっしゃるんでしたっけ」

「ああ。――一緒にいたころはな」

「今は？」

「出て行った。というより、俺が追い出されたと言った方が正しいかな」

と、苦笑した。

「そんなことが……。お互い、色んなことがあったんですね」

「まあ……身の上話はともかく、このＤＶＤの映像は――」

「私、よく見てみます。ただ――何か分ったからって、それ以上どうやって調べればいいのか……」

と、亜紀は首を振って、「毎日働いて、食べて行くのがやっとです。とてもあの町まで調べに行くような暇は……」

「俺も、刑事のままでいれば、何かと調べて回れるんだが、今じゃただの失業者だ」

「でも――」

と言いかけて、亜紀は言葉を切った。

店の戸を開けて、二人の男が入って来た。

刑事だ。亜紀には、その雰囲気がすぐに分った。

店の中の空気が、突然冷えたようだ。

一人は三十代の後半だろう。ポケットに手を突っ込んで、店の中を見回した。

もう一人は二十七、八の若い男で、店内を冷ややかな目で見渡した。といっても、亜紀たちの他には二人、別々の客がいるだけだったが。

「いらっしゃいませ……」

店の奥さんが出て来た。「お席は――」

「食いに来たんじゃない」

と、年長の方の刑事が言った。「警察の者だ」

「はあ……。何か……」

「この近くで、傷害事件が起きた。犯人は逃走中だ。調べるぞ」

「特に誰も――」

「お前に訊いちゃいない。店はこれだけか」

「はい。二階が住居で……」

「おい、見て来い」

と、若い男へ言った。

「はい」

若い男は、二階へ上る階段を下から見上げると、靴のまま上って行った。

「あんた、靴ぐらい脱いで――」

店の奥から主人が出て来て言いかけたが、年長の刑事に冷たい目でにらまれて、口をつぐんだ。

「もし、犯人が二階に隠れてたら、逃げられそうになって追いかけるかもしれん。そのとき、いちいち靴をはいてられるか」

と、刑事が言った。「文句があるのか?」

主人は顔を真赤にしたが、奥さんがその腕をつかんでギュッと握りしめた。

「ふん……」

刑事は調理場へ入ると、中を見回し、めんをゆでていた鍋をちょっと覗くと、中へ唾を吐いた。

そして、店の方へ出て来ると、

「おい！　一人ずつ身分証を出せ！」

と怒鳴った。

一人ずつ客の身分証を見て、亜紀たちのテーブルへやって来る。

「臨時雇いなので、保険証しかありません」

と、亜紀は言った。

「出せ」

亜紀はバッグを開けようとしてハッとした。昨日、あの地下鉄で電車にバッグをひかれたとき、保険証のカードもバラバラにされてしまっていたのだ。

「──今は持っていません」

と、亜紀は言った。「再発行してもらおうと……」

「どういうことだ？」

刑事の声に、面白がっている気配があった。

「要するに、身許《みもと》の分らん奴だってことだな」

肩をぐいと突かれて、亜紀は自分の意志と関係なく体がこわばるのを感じた。肩を突く刑事の力には、「暴力」の匂いがあった。

「どうだ。取調室で、二人きりでじっくり調べてやろうか。体の隅々までな」

冷ややかな視線は、はっきり亜紀の胸のふくらみやテーブルの下の脚をなめるように眺めていた。

恐怖の記憶が、亜紀の喉を締め上げて、声を殺した。必死でこらえようとしても、顔から血の気がひいて行くのが分る。

「おい、何とか言ったらどうだ！」

怒鳴り声に思わず身を縮める。

そのとき、喜多村が口を開いた。

「おい、中垣《なかがき》。ずいぶん偉くなったもんだな」

刑事が鋭く喜多村の方へ視線を移して、

「――喜多村さんですか」

「もう忘れたか」

「いえ、そんな……。いや、びっくりしました」

中垣と呼ばれた刑事は、取ってつけたような笑みを浮かべて、「体を悪くされたと聞きましたが……」

「死にそこなってね」

「お元気で何よりです。――お連れですか」

と、亜紀を見る。

「古い知り合いだ。怪しい者じゃない」

「それなら結構です。これからは身分を証明するものを持って歩いて下さい。俺のようなもの分りのいい刑事ばかりじゃありませんからな」

二階から、若い刑事がドタドタと靴音をたてて下りて来た。

「誰もいません」

「よし。行くぞ」

「はい」

中垣は店の出口へと歩きかけて、

「おい、工藤《くどう》。こちらは俺の先輩の喜多村さんだ。刑事のイロハを教えてくれた人だ」

「工藤です」

と、一礼して、「お名前は中垣さんから」

「行こう」

中垣は戸を開けた。

「失礼します」

工藤という若い刑事は、きちんと両足を揃《そろ》えて、もう一度礼をすると、中垣を追って出て行った。

店の中には、なおしばらく息苦しいような重苦しさが漂っていた。

店の主人が大股に歩いて行って、中垣たちが開け放して行った戸を力一杯閉め、

「畜生！」

と、声を震わせた。

「あんた……」

「鍋に唾を吐きやがった！　何て奴だ！」

「しょうがないわよ。もう店を閉めましょう。すみませんね」

食欲も失《う》せていた。みんな素直に席を立つ。食べ終っていた客からも、主人は代金を取らなかった。そして、

「また来て下さいよ。今度はのんびりできますよ」

と、やっと笑顔を作った。

「――出よう」

と、喜多村が促したが、

「待って」

と、亜紀は何度も深く呼吸した。

「急ぐな」

喜多村は亜紀の手を取って、軽く握った。「ゆっくり息をしろ。——そうだ」

「具合でも？」

と、店の奥さんがやって来た。「少し横になりますか？」

「いえ……。大丈夫です」

亜紀はテーブルに手をついて、体を支えるようにして立ち上ると、「行きましょう……」


駅のホームを冷たい風が吹き抜けて行く。

「——大丈夫か」

と、喜多村が亜紀に言った。「俺に心配されるようじゃ、君も情《なさけ》ないだろう」

亜紀はやっと微笑んで、

「すみません……。あのときのことを思い出してしまって……」

「当然だ。暴力を振われたことを、体はいつまでも憶えてるからな」

と、喜多村は肯いて言った。

「さっきの——中垣さんっていいましたか」

「昔、俺が仕込んだ男だ」

と、喜多村が言った。「若いころは、真面目一方で正義感の塊だったがな」

「今は一流の刑事さんですね」

「皮肉か。まあ、確かにな。人を力で支配するのは快感さ。麻薬のようなもんだ」

「でも、あなたは染まらなかった」

「いや、怪しいもんだ。もし君と知り合わなかったら……。そして体を悪くしなかったら、俺はもっと性質《たち》の悪い刑事になっていたかもしれない」

「でも――ならなかったんですから」

「その代りこのざまだ」

会話を交わす内、亜紀もやっと落ちついて来た。

「電車が来たぞ」

「ええ。――喜多村さん、ケータイ、持ってます?」

「一応な。博物館入りしそうなやつだが、つながる」

「番号、教えて下さい。あのDVDをよく見ておきます。私のケータイ、バラバラになっちゃったんで」

「バラバラ?」

「それが――。忘れてたわ。妙な縁で。今度お話しします」

亜紀が喜多村のケータイ番号をメモして自分の番号を教えると、ちょうど開いた電車の扉の中へ入った。

振り向くと、喜多村がホームに立って手を上げて見せた。

あの仕草。面倒くさそうな手の上げ方。

亜紀は一瞬で思い出した。自然に笑顔になり、手を振る。喜多村も口元に笑みを浮かべた。

扉が閉り、電車が動き出す。ホームの喜多村はその場に立ったまま、じっと電車を目で追っていた……。

6　訪問

「この辺ですね」

タクシーの運転手が車を停めて言った。

確かに、カーナビは今タクシーがその住所に到着しているのを示していた。

「探すわ」

生田目弥生はバッグを手に取ると、「ここで待ってて」

——どこか、この辺のアパートだろう。

弥生は健司から渡されたメモを片手に、それらしい建物を目で探した。

古いアパートがいくつも並び、その内のどれなのか、見当もつかなかった。

「まだ、こんな所が残ってるのね」

と、弥生は呟いた。

ギシギシときしむ音に振り向くと、ショッピングカーを引いてやって来る白髪の女性が見えた。

「ごめんなさい」

と、弥生は呼び止めて、「ちょっと伺いたいんだけど」

「何でしょうか」

と、うつむいていた顔を上げる。

「この辺のアパートで……何て読むのかしら？　〈水流荘《すいりゆう》〉とかいうの、ご存知？」

「〈水流《みずな》荘〉といいます。その少し赤茶けたアパートです」

「ああ、あれ？　看板がないわね」

「こっちは裏口なんです。入口は向う側で」

「あら、そうなの」

「でも、そこからも入れますよ」

穏やかな感じの女性だった。「私もそのアパートにいます」

「あら！　じゃ、永沢さんってお宅が？」

その女性はちょっと目を見開いて、弥生を見ていたが……。

「まあ」

と、吐息のように、「弥生さん？」

「え？」

当惑した表情で、弥生はしばらくその女性を眺めていたが、

「——もしかして」

「直美《なおみ》です。永沢直美」

「じゃ、永沢って……。あなたの……」

「どうしてここへ？」

「亜紀さんって——」

「娘ですけど」

「あなたの娘さん！　そんなことが……」

「亜紀がどうかしましたか」

永沢直美の表情が曇った。「あの子は真面目に働いています」

「今日は——お礼を言いに」

「お礼……ですか」

直美は少し背筋を伸すと、「ともかく、ここではお話もできません。うちへ」

と、ギシギシ音をたてるショッピングカーを引きながら、〈水流荘〉へと歩き出した。

「――二階です」

と、直美がショッピングカーを抱え上げて階段を上る。

「重いの？　手伝いましょうか」

と、弥生は直美の後を上りながら言った。

「いえ、重くはないんです。このショッピングカーがさびてて音をたてるんで……。粗大ゴミで捨ててあったのを拾って来たんで、仕方ないですけどね」

と、直美は笑って言った。


「偶然に、そんなことが」

と、直美は紅茶を出しながら、「亜紀は何も言ってませんでしたけど。――どうぞ」

「ありがとう……」

２０３号室の六畳ほどの板の間に、古びたダイニングテーブルが置かれていた。

「地下鉄のホームで、バッグを線路に落として、ひかれちゃった、と話してました」

「健司を助けてくれたのよ」

「そうでしたか……。もう大学生？　早いですね」

「ともかく、そのバッグやケータイの弁償と、助けていただいたお礼を、と思って。すぐ伺うつもりだったけど、二日ほど用事が詰ってってね」

「おけがはなかったんですか？　それなら良かったわ」

弥生は、バッグを開けて封筒を取り出し、

「――だめになった物の分と、健司の親としてのお礼。気持だけだけど」

と、テーブルに置いた。

直美はその封筒を見ているだけだった。

「たぶん――亜紀が何も言わなかったのは、健司君の身許を知って、お礼を受け取る気になれなかったからでしょう」

と、直美は言った。「私が受け取ってしまったら、きっと亜紀に叱られるわ」

「そう言わないで。だって、昔のことは関係ないでしょう？　バッグやケータイの分だけは……」

「そうですね。――では、せいぜい四、五万のことでしょう。その分だけちょうだいします」

封筒の中を覗いて、「まあ、こんなに……。ご主人は今何を？」

「何だか、色々顧問だの相談役だのやってるわ」

弥生は出された紅茶を一口飲んで、「いい葉を使ってるわね」

「ええ。――亜紀には悪いと思うんですけどね。紅茶だけはどうしても安物では我慢できないんです」

直美は微笑んで、「他にぜいたくはしていませんから」

——しばらく沈黙があって、

「あなたは……二つ年上だったわね」

と、弥生が言った。

「そうでしたね。高校の、私が三年生のとき、弥生さんは一年生で」

「私、凄《すご》く太ってた」

と言って、弥生は直美から目をそらした。

「老けてるでしょ？　亜紀は『髪ぐらい染めたら』って言うんですけど……。つい面倒で」

「永沢さん……浩介さんは、今……」

と、弥生は言いかけて口ごもった。

「倒れたのはご存知でしょ」

「聞いたわ。——心配だったけど、どこへ訊いたらいいかも分らなくて……」

「今は施設にいます。うちではとても面倒みられなくて。私と亜紀じゃ、お風呂に入れるのも重労働です。それに私も……」

弥生は直美をやっと真直ぐに見た。

「どこか悪いの?」

直美は答えず、ただ微笑んだ。

弥生のティーカップが細かく揺れた。飲むのをやめて置くと、

「こんなことになるなんて……」

と、独り言のように言った。

「哀れだとか思わないで下さいね」

と、直美はきっぱりした口調になって、「亜紀には申し訳ないと思うけど、私は不幸じゃない。一緒にいなくても、時々は施設へ行ってあの人に会える。あの人は動かせる方の手で私の手をずっと握ってくれてるわ。それだけで私は満足」

——弥生は、着古したセーターの直美を前にして、高価なスーツに身を包んだ自分が、ひどく惨めに思えた。

この狭いアパートには、弥生の手の届かないものがある……。

「では——」

直美は、封筒から一万円札を抜いて、「五万円だけいただきます。これで充分」

封筒を弥生の方へ押しやって、

「わざわざどうも」

と言った。

弥生は封筒をバッグへ戻すと、

「――憎んでるでしょうね、主人のこと」

と言った。

「生田目さんを？　あの人、一人のことじゃないでしょう。あのころ、世の中は狂ってた。弱い人間を踏みつけ、袋叩《ふくろだた》きにして、自分たちの不幸の憂さ晴らしをしてた。あなたのご主人は確かにそんな世の中を煽《あお》り立ててたけど、そうせざるを得ない立場だったでしょう」

恨みごとを言われないのが、弥生をいっそう辛《つら》くした。

「失礼するわ」

と立ち上って、「何か役に立てることがあったら……」

「ありがとう。でも、あなたに甘えるわけにはいかない。主人も、亜紀も、私もね」

弥生は逃げるように部屋を出て、階段を駆け下りた。

「二度と……。二度と来ないわ」

我知らず、そう呟いていた。

タクシーに戻ると、弥生は、

「銀座へ行って」

と、息を弾ませながら言った。

「銀座のどこです？」

「どこでもいいわ」

「そう言われても、大体どの辺ってことぐらい……」

弥生は息をついて、

「そうね、ごめんなさい」

と言った。「Mデパートの角まで」

「はい」

タクシーが動き出す。

本当はどこでも良かった。ともかく永沢直美から離れたかったのである。

とりあえずデパートへ行って、何か買物をしよう。──弥生にとって、一番のストレス解消だった。

ケータイを取り出して、

「もしもし、生田目だけど」

「これは奥様！　いつもありがとうございます」

Mデパートの外商の担当だ。

「これから行くけど、店にいる？」

「もちろんでございます！　あと何分ほどでお着きで？」

「たぶん……二十分くらいね」

「では、下でお待ちしております。お昼は召し上られましたか」

「いえ、まだ」

「では、どこかご用意しておきましょう」

「よろしく」

弥生は少し落ちついてケータイをバッグへ戻した。――上得意の上流夫人。その役割はいつも快感だった。

窓の外を眺めていると、町並がどんどん立派になって行き、すぐ近くにあんな古い安アパートがあるとは思えなかった。

「そうね……」

と、弥生は呟いた。「その内、あの辺も住人を追い出して、ビルやマンションを建てればいいんだわ……」

社会全体が美しくなれば、それは世の中が良くなることだ。ほんの一部の人間たちが不幸になっても、それは大多数の人間が幸福になるための、「小さな犠牲」に過ぎない。

少しの犠牲が出るのは仕方のないことだ。

「そういう連中は、好きでその道を選んでいるんだ」

と、夫はよく言っていた。

今は弥生も夫の言葉がよく分る。

そう。世の中には、わざわざ貧乏になったり、苦労する道を選ぶ物好きがいる。そんな人々に同情していたらきりがない……。

こうして離れてしまうと、あの貧相な格好の永沢直美の前でひけめを感じていた自分が信じられない。

あの人は、デパートへ行っても「特売場」をうろつくぐらいしか、することがないだろう。私のように、担当の店員がいて、店内どこでも案内してくれ、荷物も持ってくれる上客とは違うんだわ。

――かつて、夫の生田目重治が検事だったころ、弥生は暮しに困りはしなかったが、こんなぜいたくもできなかった。

現役の検事を辞めて、政府の仕事をするようになると、生田目には徐々に色々な団体の役員や顧問の肩書が付き、その報酬はたちまち検事時代の何倍にもなった。

家も新築し、車も買い換え、別荘も手に入れた。――弥生は「人から羨《うらやま》しがられる」快感を覚えたのだ。

それは一旦手に入れると、決して手離したくないと思わせる魔力を秘めていた……。

「――その辺でいいわ」

と、弥生はタクシーを停めさせると、カードを取り出そうとしたが、どこで見ていたのか、デパートの外商担当が駆けつけて来て、

「生田目様、タクシー代は私どもで」

「悪いわね」

「いえ、とんでもない！」

弥生はその男性の名札を見て、ああ、そうだったわ。この人、加藤《かとう》っていうんだ。ありふれた名前なので、いつも忘れてしまう。

「――先に何か召し上りますか」

「そうね。何かさっぱりしたものがいいわ」

デパートへ入ると、加藤がレストラン街へ案内する。

さっぱりしたもの、と言っておいて、結局こってりしたイタリア料理にした。

「お食事が済みましたころ、また参りますので」

と、加藤は弥生をテーブルへ案内してから出て行った。

そう。この快適さだわ。

もちろん、タクシー代も昼食代もデパートが持ってくれるのは、充分それだけの儲《もう》けがあるからだ。弥生はここへ来る度、必ず何十万単位の買物をして行く。

「白ワインを一杯」

と、注文しておいてから、気が付いた。

今日は何を買おう？　加藤にわざわざ案内させて、何も買わないで帰るわけにはいかない。

「何かあるわ……」

顔なじみのブランドに寄れば、一つや二つ、服やアクセサリーで気に入る物があるだろう。それに、弥生が何を欲しいと言う前に、加藤の方から、

「いいニットのスーツが入りました」

とか、「ぜひお見せしたい品が……」

と言って、連れて行く。

きっと今ごろ加藤は店内のあちこちの売場に連絡していることだろう。

パスタを取って、食べていると――。

「奥様」

珍しく、早々と加藤がやって来た。「お食事中、申し訳ありません」

「どうしたの？」

加藤はチラッと周囲を見回して、少し声をひそめると、

「今、ご主人様がおみえになっています」

「主人が？」

一瞬、弥生の顔がこわばったが、すぐに笑って、「まあ、偶然ね！　あの人が買物なんて珍しい」

と言うと、食事を続けながら、

「何か服でも欲しくなったんでしょ。あの人のセンスは最悪だけど」

「それが――お一人ではないので」

食事の手が止った。

「誰か一緒に？」

「はあ。どなたかは存知ませんが、若い女の方とご一緒で」

弥生の顔から笑みが消えた。

「そう……。あの人も隅に置けないわね」

「今、宝飾品売場においでで」

「宝石を？」

「女の方に指輪を見立てておいでのようです」

黙ってはいられなかった。しかし、みっともなく騒ぎたくはない。

だが、連絡しようとしても返事もよこさない夫だ。ここにいるというのなら……。

「加藤さん、悪いけど……」

と、弥生は言った。

7　機会

「生田目様」

声をかけられて、生田目重治は振り返った。

「いつもありがとうございます。外商の加藤でございます」

「ああ。——いつか家で会ったな」

生田目は少し上《うわ》の空という様子で言った。

「ね、これどう？　似合う？」

若い女が明るい声を上げた。

ルビーの赤い色が耳もとで揺れている。

「ああ、可愛いじゃないか」

と、生田目は言った。

「これ欲しいな。でも——待って。あっち、見て来ていい？」

返事など待たずに、彼女はショーケースの間を足早に抜けて行く。すると加藤が、

「これを……」

と、折りたたんだ紙を生田目に手渡した。

「何だ?」

いぶかしげにその紙を開くと、生田目の表情がこわばった。チラッと加藤を見る。

「——おい、伸子《のぶこ》」

と、若い女性に声をかけると、「ちょっとこのデパートの人と話がある。ここで見てろ」

「はい。ごゆっくり」

と、伸子と呼ばれた女性は手を振った。

明るく華やかな印象の女性だ。

生田目は、加藤についてエスカレーターへ向った。

「いちいち家内に知らせるのか」

と、加藤へ不機嫌な口調で言う。

「いいえ、奥様はこれからお買物されますので、店内でバッタリお会いになっても、と思いまして」

「余計な心配だ」

「申し訳ございません」

加藤はただていねいに言っただけだった。

「——こちらにおいでです」

案内されたイタリア料理の店に入ると、奥のテーブルで弥生が食事していた。

「――やあ」

と、テーブルの傍に立つ。

「偶然ね」

弥生は夫を見ようとせず、「もうさげて。デザートとコーヒーを」

「かしこまりました」

ウエイターが食べ終った皿をさげる。

「あなた、何か飲む？」

「連れを待たせてる」

と、生田目は椅子を引いて座った。「何か用か」

「そういう言い方、ある？　カードを持ち出しといて」

「自分のカードを持ち出して悪いか」

「そんな――」

と言いかけて、「いいわ。こんな所で言い争いはみっともない。――伊丹《いたみ》さんと一緒ね」

「ああ」

「ともかく、今みたいなこと、いつまでも続けたくないわ。どこかではっきりさせて」

「連絡するよ」

と、立ちかける。

「こっちが連絡するわ。ちゃんとケータイに出てよ」

「――分った」

行きかけた生田目へ、

「あなた」

「まだ何かあるのか」

「永沢さんに会ったわ」

「永沢？　どこの永沢だ」

「永沢直美さんよ。永沢浩介さんの奥さん」

弥生が夫を見る。二人の目が合った。

「――どうして会ったんだ」

「偶然よ。健司が地下鉄のホームから落ちて電車にひかれそうになったのを、永沢さんの娘さんが助けてくれたの」

生田目は、すぐには状況が理解できない様子だったが、

「永沢の娘が……」

「永沢亜紀さん。もう二十四ですって」

「そうだったかな」

生田目は、ちょっと肩をすくめて、「だからどうだって？」

「別に。――とんでもなく古いアパートに住んでたわ。浩介さんは施設ですって」

「いちいち知るか、昔の知り合いのことなんか」

「気になってると思って」

「それだけか。行くぞ」

「どうぞ」

生田目は、すぐには動かなかった。見えない糸で弥生につなぎ止められているかのようだった。

「キャッシュカードは、生活に必要な分しか下ろさない。心配するな」

「ご親切に」

「じゃ――行く」

「別に止めてないわ」

生田目は振り切るような勢いで、レストランを出て行った。

デザートが来て、弥生はナイフとフォークを手に取ったが、入口の辺りに加藤を見付けると手招きした。

「――奥様」

「その女、何を買ってる？」

「アクセサリーを。色々迷っておいでです」

「いくらぐらいの買物したか、後で教えて」

「かしこまりました」

「十分くらいしたら来て」

「はい、ごゆっくり」

加藤は足早に立ち去り、弥生はデザートにナイフを入れた。

「こんなもの、フォーク一本で充分ね」


加藤はレストランを出た足で、婦人服売場の〈P〉というブランドへと向った。

「やあ、どうだ？」

「生田目さんはまだ？」

「食事中だ。あと十分くらいで終る」

「ちょうど、あの奥さんの好みのセーターが入ってるの。用意したわ」

水浜《みずはま》ゆかりは四十歳。この〈P〉の責任者だ。

加藤とは時々食事したりする仲で、〈P〉の品は、弥生の好みにも合っていた。

「何枚か用意しとけよ」

と、加藤が言った。

「そんなに何枚も買ってくれそうなの？」

「成り行き次第だな」

「何の成り行き？」

「たまたま、旦那が女連れでここに来てる」

「へえ」

水浜ゆかりの目が輝いた。「知ってるの、そのこと」

「うん」

加藤は状況をザッと説明した。

「——それって、かなり危ないわね」

「だろ？　まあ、これからどうなるか分らないけどね」

「要するに、奥様はかなりカッカ来てるってわけね」

「もちろんだ。しかし、プライドがあるからな。店の中で喧嘩《けんか》はしない」

「その分、ストレス解消で買物する、ってわけね」

「うまくやれよ。君の腕の見せどころだ」

「任せて。ここに連れて来てよ」

「ああ、真先にな。後は——」

「ええ、分ってる。三枚は売ってみせる。今日の売上げは伸びるわね」

と、ゆかりは笑った。

加藤はレストランのフロアへと戻りながら、外商の部下へケータイで連絡した。

「生田目様の分、旦那と奥さんで分けとけよ。――うん、あれは相当夫婦仲が悪くなってるぞ。うまく煽れば、両方で買物させられる」

特に夫の方は、若い女にいいところを見せたいだろう。一時的に、かなりの買物をする可能性がある。

しかし、それはおそらく長続きしない。何のかのといっても、「妻」は強いのだ。

生田目弥生は当分上客として扱って大丈夫だろう。ただ、離婚ということになると、デパートとしても用心しなくては……。

加藤は弥生向けの笑顔を作った。

言われた「十分後」には、まだ二分ある。加藤は、そういう点、こだわる性格だった。


「ケンジ!」

振り返らなくても分る。

生田目健司は、黙って手を上げて見せた。

「一人? 寂しいね。付合ってあげようか?」

K大文学部のカフェテリア。健司の隣の椅子にドサッと腰をおろしたのは、同じ二年生で、母親がアメリカ人のジュリア三原《みはら》。

十五歳までアメリカにいたとかで、むやみに陽気で騒がしい。

「お昼は？　食べたの？」

「これ見りゃ分るだろ」

と、盆に空になったサンドイッチのパックをのせてあるのを指す。

「そんなんで、よく足りるね！　私なら、十時のおやつだ」

「おやつは三時だぜ」

「私は一日三回おやつ食べるの」

ジュリアはともかく太っている。当人は大して気にもしていないらしく、健司など、一緒に食事すると見ているだけで食欲がなくなる。

「ちっとはダイエットしろよ」

と、健司は言った。「体に悪いぜ」

「あら、無理なダイエットこそ体に悪いって、この間読んだ雑誌に出てた」

「自分に都合のいい記事だけ読むな」

こういうことを言っても、怒らせたりすることはない。

「おい、ジュリア」

と、健司は言った。「マリのこと、何か聞いてないか」

「マリ?」

ジュリアの顔が急に真面目になった。「ケンジ、マリのこと、どう思ってるの?」

「何だよ、いきなり」

「訊いてるの。答えて」

「まあ……付合ってるさ。可愛い奴だからな」

「でもケンジは……しないよね、そんなこと」

「『そんなこと』って、何だ?」

健司はわけが分らず、「ともかく、マリの奴、ケータイにかけても出ないし、メールしても返事がないんだ。何か知ってるのか?」

ジュリアは、しばらく健司の顔を眺めていたが、

「そうだよね。ケンジはそういうタイプじゃない」

「何の話だよ?」

「マリ、大学に来てるよ、今日」

「本当か? でも午前中の講義、いなかったぜ」

「ケンジに会いたくないんじゃない?」

健司は少しムッとして、

「俺が何したっていうんだ？」

「何もしてない。見られたくないのよ、マスクした顔を」

「マスク？」

「マスクして、帽子かぶって……。ケンジに会ったら、どうしたのか訊かれると思ってるんでしょ」

「ジュリア――」

「マリの顔、トイレで見たよ。頬がはれ上って、肩にあざがある」

「――何だって？」

「階段から落ちた、って本人は言ってたけど、あれは違うね。殴られたのよ」

健司は啞然《あぜん》として、

「殴られた？　――誰に？」

「知らないよ。ケンジじゃないね」

「当り前だろ！　でも、どうしてマリが……」

「私、アメリカにいるとき、よく見たわ。ボーイフレンドから乱暴されて、目の周りにあざ作ってる女の子」

「ボーイフレンドに殴られたっていうのか？」

「珍しい話じゃないよ」

しかし——信じられなかった。

マリは、他の男のことなど、口にしたこともない。

「それって、本当に階段から落ちたんじゃないのか？」

と、健司は言った。

「だったら、ケンジに隠す？」

「そう言われると……」

ジュリアがハッとして、

「あれ——。マリだわ」

ジュリアの視線の先を追うと、足早に大学を出ようとしているマリが見えた。

マスクをしているが、確かにマリだ。

「直接訊く！」

健司は立ち上って、駆け出した。

マリが校門を出たところで追いついた。

「マリ！」

ギクリとして振り向いたマリは、

「健司……。忙しいの、私」

と、マスクの下から言った。「今日はごめん」

「待てよ」

健司はマリの腕をつかんだ。「どうしたんだ、顔？」

「え？」

「ジュリアから聞いた。――何があったんだ？」

マリは首を振って、

「何でもないの！　放っといて！」

健司の手を振り切って、マリはちょうどやって来たタクシーを停めると、急いで乗り込んで行ってしまった。

――健司は呆然として、それを見送っていた。

あのマリの様子は、ただの「事故」ではない、という証拠だろう。

しかし、どうしてそんな相手と？

むろん、マリの私生活すべてを知っているわけではないが、そんな暴力を振う男がいれば、分りそうなものだ。

「どうだった？」

ジュリアがやって来て言った。「何か言ってた、マリ？」

健司は黙って首を振った。

「だろうね」

と、ジュリアは言った。「そういう話は、まず自分からはしないわ」

「ジュリア。マリのことで、何かわかったら、教えてくれ」

「それを訊くのは、ケンジの役目でしょ。マリのことが好きだったらね」

健司は何とも言えなかった。確かにマリのことは好きだが、厄介事に巻き込まれたくない。しかし、一方で自分の恋人だと思っていたマリに、「他の男」がいるらしい、と考えると内心穏やかでなかった。

「もし、耳に入ったことがあったら教えてくれよ、な」

「うん、もちろん」

「俺、帰るよ。午後の講義、出る気がしなくなっちまった」

健司は、そのまま大学を後にした。


前の晩、ケータイの充電をしないで寝てしまったので、電池が切れそうだった。

健司は、ケータイのショップに寄って充電して行くことにした。

「そうか。――発売まで二日か」

新型のケータイが出ることになっていて、健司も予約はしてあるが、今もショップの中はいつもより混んでいる。

充電しながら、新しいパンフレットをパラパラめくっていると、

「古い型でいいんです」

という女の声に振り向いた。

どこかで聞いた声だ。

「通話とメールだけできれば充分なんですけど」

カウンターに向って座っているので、斜め後ろからしか見えないが、もしかしたら、あの女……。

「今はもうほとんど生産してないんですよ」

と、ショップの女性店員が言った。「万一故障しても、部品がないということも。そそのときにまた買い換えるのなら、今新しいタイプにされた方が」

「それって無責任じゃありません？　売っといて部品がなくなるから買うな、なんて」

やっぱりだ。――あのとき、

「あんたなんか助けるんじゃなかった」

と言い捨てて行った女だ。

永井？　永田？――永沢か。そう、確か永沢亜紀だ。

「何といいましても、もうお使いになる方がほとんどおられませんので」

ショップの店員は、ともかく「新型を売りつけろ」と上から言われているのだ。

「分りました」

と、永沢亜紀はため息をついて、「一番シンプルで安いのに。去年のタイプとか、ないんですか？」

「一年違いますと、やはり機能が……」

「じゃ、新しいので結構です」

亜紀は不服そうだ。

何だか、いつも文句ばっかり言ってる女なんだな、きっと。

ずっと眺めていたせいだろうか、ふと亜紀が振り向いて、健司を見た。目が合って、健司はギクリとしたが、亜紀はそのままカウンターの向うへ目を戻した。

やっと健司のことを思い出したように、もう一度振り返ったのは、たっぷり二、三十秒もたってからだった。

「――ああ」

と、亜紀は言った。

健司は小さく会釈した。あのとき、マリとメールでやり合っていたことを、反射的に思い出していた。

亜紀はさほど不愉快そうではなく、

「けがはもういいの？」

と訊いた。

「うん」

「気を付けてね」

その言葉は、思いがけず穏やかで優しく聞こえた。

新製品を持って来た係の女性が、早口でマニュアル通りの説明を始めた。

8　レンズ

係の女性の説明を、果してちゃんと聞いていたのかどうか、永沢亜紀は黙ったまま座っていたが、料金体系のことを訊かれると、初めて口を開いた。

「ともかく、一番安くて済むのにして下さい」

簡潔そのもので、ケータイを充電しながら聞いていた生田目健司はつい笑ってしまいそうになった。

「ありがとうございました」

ちっとも心のこもっていない言葉に送られて、亜紀が席を立つ。健司のケータイが、ちょうど充電を終えた。

「――何してるの?」

と、亜紀が足を止めて訊く。

「電池、切れそうだったんで、充電してた」

「こんな所でできるの」

「知らないの？　信じられないな」

「何も買わないで出てって大丈夫なの？」

「何度も機種買い替えてるからな」

「へえ」

大して関心のない様子で、亜紀は健司がケータイをポケットへ入れるのを見ていた。

二人は何となく一緒に表に出ることになった。

「時間ある？」

と、亜紀に訊かれて、

「ないこともないけど……。どうして？」

「使い方、教えてくれない？　あんな説明じゃ、全然分んない」

健司は笑って、

「そうだよな。きっと本人だってよく分ってないから、質問されないように、ペラペラしゃべりまくってんだよ」

「そうかしらね。これから大学あるの？」

「もう帰りだよ。じゃ、その辺に入る？」

二人はコーヒーショップに入って、カウンターに並んだ。

「僕、払うよ。あのときのお礼だ」

「一人ずつにして。礼なんていいのよ」

と、亜紀は言った。「勤め人が学生におごってもらうんじゃおかしいわ」

健司も、それ以上言わなかった。

二人でコーヒーを持って空いた席につくと、

「お袋が、君のとこへ礼に行くって言ってたよ」

と、健司は言った。

「うちへ？――そう」

「ケータイとバッグの代金ぐらい払わないとな」

亜紀は何も言わずにコーヒーを飲んで、

「じゃ、使い方、教えて」

と、箱から新しいケータイを取り出した。

「大体、どこで電源入れるの？」

古いケータイのようにボタンを押すのでなく、タッチパネルになった新製品は、確かに慣れていないとどうしていいか分らないだろう。

健司は、そのケータイを手に取って、

「割とすぐに電池がなくなるから、毎日充電した方がいいよ」

と言った。

「分った。とりあえず、電話かけるのと受けるの、それとメールのやり方だけ分ればいい。それだけ教えて」

「それじゃもったいないよ。これって、小型のパソコンなんだぜ」

「ゆっくり憶えるわ。そんなに色んなこと、一度に憶えられない」

健司の説明を、亜紀は時々小さく肯きながら黙って聞くと、実際にやってみて、

「これでいいの？」

と、念を押した。

三十分ほど、ああだこうだとやっていたが、

「もう行かなきゃ」

と、亜紀はケータイに表示された時刻を見て言った。

「出かけるの？」

と、健司は訊いた。

「仕事よ。お弁当屋さんで働いてるの」

「夜だけ？」

「昼は事務。一つだけじゃ食べていけないわ」

亜紀はケータイをバッグにしまおうとした。「——何の音?」

「かかってるんじゃねえの?　着信音だよ、それ」

「え?　こんな音なの!」

亜紀はケータイをまた取り出すと、「ね、出るときはどうするんだっけ?」

「ほら、ここ指で——。そう、その印に触れればいいんだ」

「面倒ね!　——もしもし」

自分でも苦笑している。「ああ、喜多村さん。——ええ、それならいいけど。——一人で大丈夫?　用心してね」

亜紀の声が変っていた。真剣そのもので、何かただごとでない感じだった。

「——ええ、何かあれば知らせて。——それじゃ、くれぐれも気を付けて」

亜紀は厳しい表情でケータイをしまうと、

「ありがとう」

と、健司へ言って席を立った。

「ね、待って」

健司は自分のトレイを返却口へ返すと、亜紀を追って店を出た。

「——まだ何か用?」

亜紀は足を止めずに訊いた。

「僕の――彼女が男に殴られてるらしいんだ。どうしたらいいと思う？」

どうしてこの女にそんなこと訊いてるんだろ？　健司もびっくりしたが、亜紀ももちろん、面食らっている。

「どうして私に訊くの？」

「うん、そうだよな。――君に関係ないもんな。いや、ごめん」

と、あわてて言うと、「気にしないで。ちょっと、その――ショックだったんで」

亜紀は足を止めると、

「彼女って、いくつ？」

「マリかい？　十九。僕と同じさ」

「マリっていうの。――男に殴られてるって、彼女が言ったの？」

「いいや。大学の女の子が。僕が訊いても、逃げちゃったんだ。でもマスクして顔隠してて……」

亜紀はちょっと上の方へ目をやると、

「歩きましょ」

「――え？」

「歩きながら話して。世間話みたいにね」

さっさと歩き出す亜紀をあわてて追いかけると、健司は、

「仕事に遅れそう？」

「そうじゃないわ。足を止めて親しそうに話してると、面倒なことになるから。あなたがね」

「面倒って？」

健司はわけが分らない様子だった。

「私、永沢亜紀はね、〈要注意人物〉なの。私の顔は登録されてて、監視カメラの映像の中でも、自動的にチェックされるの。誰と会って、誰と話してるか」

「監視カメラって……。あちこちにあるのは知ってるけど、そんなことまでできるの？」

「知らなかった？　あなたのお父さんに訊いてごらんなさいよ。詳しく教えてくれる」

「そうか……。でも、親父、今家にいないんだ」

「あなたは生田目重治の息子だものね。監視カメラに映ってたって、別に心配いらないわ。でも私は……。あなたのお父さんの息子と話してたって、報告されるでしょうね、きっと」

「君が〈危険人物〉？　どうして？」

「〈要注意人物〉」

と、訂正して、「一度でも取り調べを受けると、そう分類されるの」

「取り調べって、警察の?」

「ええ。——お父さんがいなきゃ、お母さんにでも訊いて。永沢浩介の事件について、って訊けば分るわ」

と、亜紀は言って、「そんなことといいわ。マリって子は誰かと付合ってるの?」

「僕と。——でも、僕は殴ったりしない」

「じゃ、他のボーイフレンド?」

「思ってもみなかった」

と、健司は首を振って、「ごめんね。余計なことで時間取らせて」

「ケータイの使い方、教えてくれたから」

亜紀は足を止めて、「——私、向うへ渡るの」

「ああ、それじゃ……」

また、と言うのも何だか妙で、健司はそのまま歩き出そうとした。

「ね、健司君っていうんだっけ」

と、亜紀が声をかけた。

「うん」

「女の子を殴るような男は、彼女が他に付合ってる男がいると、嫉妬するもんよ。その子のこと、心配でしょうけど、絶対に一人で相手の男と会ったりしちゃだめ。危ないわ。

何されるか分らない。あなたなら、警察に相談できるでしょ」

「まあね。でも、彼女が表沙汰にしたくないみたいなんだ」

亜紀はちょっと眉を寄せて、

「それって、もっと深刻かもしれないわね」

と言った。

「どういう意味？」

「別に。――あ、信号変った」

亜紀は横断歩道を渡ろうとして、「彼女から無理に事情を訊き出そうとしないで。追い詰めちゃだめよ。話をただ聞いてあげるだけにして」

早口にそう言うと、

「それじゃ！」

と、亜紀は小走りに道の向うへと渡って行った。

その軽やかな足取りは、亜紀もまだ若いのだと健司に思わせた。

「――弁当屋か」

昼も夜も働いてるなんて、健司には想像もつかない。

足早に遠ざかって行く亜紀を、健司はしばらく眺めていた。

待ち合せたホテルのラウンジに足早に入って来る姿は、一向に変っていなかった。

喜多村は立ち上って、

「やあ」

と、肯いて見せた。

「喜多村さん！　お久しぶり」

と、差し出してもいない喜多村の手を固く握って、「ごめんなさいね、何の連絡もしないで」

淡い水色のスーツが、彼女にはよく似合った。——辻元千代《つじもとちよ》は、もう五十を過ぎているはずだ。

「いや、忙しかったろ。しかし、成功して良かった。雑誌で読んだよ」

「照れるわ」

と、辻元千代は笑って、「でも——喜多村さん、老けたわ」

「病気してね」

「噂には聞いたの。刑事を辞めたってこともね。ホッとしたわ」

千代はサンドイッチを一皿頼んだ。「——忙しくてお昼抜きなの」

これがあの女だろうか？

遊び暮している夫のために、ホステスから風俗の店で働くようになり、稼いだ金はすべて夫に持って行かれていた。そして夫はすぐ彼女を殴った……。

喜多村が辻元千代を知ったのは、その夫が誰かに殺されたからだ。千代の息子は当時十六歳になっていて、継父である千代の夫と年中やり合っていた。

不良仲間に入っていた息子に殺人の容疑がかかったのだが、喜多村はその少年が犯人だと思えなかった。母親に対して見せる優しさを目にしていたからだ。

少年を犯人扱いする上司に真向から反対し、喜多村は殺された夫の身辺を洗い、借金絡みでトラブルを起していた暴力団関係者がいたことを突き止めた。

その男を見付けたとき、男は喜多村へ襲いかかってけがをさせたが、ともかく何とか逮捕し、男は殺人を認めた。

千代は泣いて喜多村に感謝した。そして、自分で商売を始め、別人のように逞《たくま》しく生きて行くようになったのだ。

今は社員百人近くを使う会社の社長。

「——息子がこの間結婚しましたよ」

と、千代は言った。「来年には、私、おばあちゃんよ」

「そいつはおめでとう。君の仕事を継ぐのか?」

「いいえ、新聞広告で見た会社に入って頑張ってる。私の下じゃいやだって」

と、千代は笑った。

喜多村もサンドイッチを少しつまんだ。

「――頼みがある」

「何ですか？」

「金を貸してくれないか。ちょっと調べたいことがあってね」

「そんなこと、いつでも言って下さいよ」

と、千代は肯いて、「現金がいいんでしょ？　百万？　二百万？」

「百万あれば充分だ。必ず返す」

「水くさいこと言わないで。喜多村さんがいなかったら、今ごろ私も息子もどうなってたか……」

「俺は刑事だったんだ。仕事をしただけさ」

「今の警察だったら、とても救われませんでしたよ」

「しかし、ちゃんと返すよ。――無事に戻れたら、だが」

「喜多村さん、どういうこと？　もう刑事でもないのに」

「君は知らない方がいい。裏に何があるか分らないんだ」

千代は真顔になって、

「本当に危ないことなのね。――誰かついて行かせる？」

「いや、これは俺の仕事だ。大丈夫。用心するよ」

「分ったわ。待って。三十分もあれば持って来させるから」

「すまんね」

千代はすぐにケータイを取り出した。

9　出発

実際には二十分で届いた。

今どき見かけない型の事務服の女の子が、鞄《かばん》を手にやって来て、封筒を千代へ渡した。

「ご苦労さん」

千代は微笑んで、「何か甘いもんでも食べてお帰り」

と、千円札を何枚か女の子の手に握らせた。

「人間、サボれるチャンスは逃さないもんよ」

「すみません」

女の子がちょっと笑顔を見せて、喜多村に会釈すると、急ぎ足で出て行った。

「いい子でしょ？　高校でいじめに遭って自殺しかけたのを、たまたま助けたの」

「君らしい話だ」

「さ、これ」

分厚い封筒を喜多村の前に置く。

「じゃ、遠慮なく借りるよ」

と、喜多村は封筒を上着の内ポケットへしまった。

「喜多村さん。あんたがそこまで危ない橋を渡るっていうのは、もしかしてあの事件？　湯浅道男《みちお》が殺された……」

喜多村はすぐには返事ができなかった。

「──やっぱりね」

と、千代は肯いて、「あれは色々裏のありそうな事件だったものね」

「うん」

「本当の犯人の目星がついたの？　私、あれが事件の真相だったなんて思ってなかったわよ」

喜多村は少し迷っていたが、

「ここだけの話にしてくれ」

「もちろん」

「湯浅が生きてた」

千代が目を見開いて、

「それって……何なの？」

「それを調べに行くんだ」

と、喜多村は言って、「これ以上は訊かないでくれ。君が危なくなる」

「分ったわ。でも――そんなことが！」

「全くね。事件そのものが存在しなかったことになる」

「とんでもないことね。でも――本当に危ないわ」

「分ってる。用心するさ」

喜多村は立ち上って、「じゃあ、仕度があるから。明日の朝には発《た》つ」

「くれぐれも気を付けてね」

と、千代は言った。「ここは払っとくわ」

「すまない」

喜多村はちょっと肯いて見せると、足早にラウンジを出た。

急いでホテルの出口へ向おうとすると、

「あの――」

と、声がした。「先ほどは……」

あの事務服の女の子だった。

「やあ。さっきはご苦労さま」

と、喜多村は言った。「何か？」

「喜多村さんでいらっしゃいますね」

「そうだけど……」

「ちょっと――こちらへ」

女の子は喜多村を促して、ロビーの奥の化粧室の方へと足を向けた。ロビーから見えない場所まで来ると、足を止め、

「社長さんから、喜多村さんのことは聞いています。本当に恩人だと……」

「そういうわけでも……」

「でも、今社長さん、大変なんです」

「大変というと？」

「息子さんが車で事故を起して。人をはねて、逃げたものですから、ひき逃げで捕まって」

喜多村は驚いて、

「そんな話、してなかったが」

「社長さんも、息子さんには甘くて。結婚されて、少し落ちつくかと思われてたんですけど、スポーツカーを乗り回して、ほとんどお宅にも帰らなかったんです」

「孫が生まれる、と喜んでたがね」

「妊娠が分って結婚したんですけど、息子さんは遊びを止《や》めませんでした。――社長さ

ん、何とか息子さんの罪が軽くなるように、と国会議員や都議会議員のあらゆるつてを頼って、頭を下げて回っています」

一代で成功した千代。——その「金」が息子をおかしくしてもふしぎはない。

「今日、喜多村さんからお電話があったとき、私、たまたま社長さんにお茶を出してたんです。ここでお会いする約束をして、社長さん、すぐ電話をかけてました。——たぶん警察へ」

「警察？」

「『喜多村さんが会いたいと言って来たわ』と、声をひそめて言ってました。『話を訊き出すから、息子のことをよろしく』っておっしゃって……」

「そうか……」

「とても辛そうでした。電話した後、すぐトイレに立たれましたけど、泣いてらっしゃるようでした」

喜多村は言葉がなかった。千代が抱いている感謝の気持に嘘はないだろう。しかし、一方で息子を刑務所へ入れたくない、とも思っているのだ。

「今のお二人のお話を、たぶん社長さん、警察へ知らせていると思います」

「ありがとう。——よく話してくれた」

「もし、喜多村さんの身に何かあれば、きっと社長さんはずっと悔まれるでしょう。だから私……」

「分った。君は、俺とここで話したことも、すべて忘れるんだ」

「はい、そうします」

「気を付けて帰るんだよ」

「失礼します」

喜多村は、事務服の後ろ姿を見送った。

「さて……」

どうしようか。――喜多村は考え込んでしまった。

そう。まず、千代が本当に警察へ通報したかどうか、確かめることだ。

すべてはそれからだ。

喜多村は、千代と出くわすことがないように、ホテルの別の出口から外へ出て、自分のアパートへと向った。

いつも降りるバス停の一つ手前で降りると、用心しながらアパートへ向った。わざと裏通りを回って、周辺の様子を見ることにしたのだ。

元刑事の身には、どこで刑事が張り込んでいるか、容易に察しがつく。――アパートの少し手前で、車を発見した。

ちょうど喜多村の部屋の窓を見上げる位置である。車には二人乗っていた。

おそらく、アパートの表にも車がいるだろう。あの事務服の子の言った通りだったのだ。

アパートには戻れない。

しかし、懐《ふところ》には百万円の現金がある。差し当り、何も持たずに出かけても何とかなるだろう。

喜多村はアパートを後にした。

千代に、たまたま「明日の朝発つ」と言った。刑事たちは、今夜までは喜多村の帰りを待っているだろう。

様子がおかしいと思うのは、夜遅くか、明日の朝だ。今の内に東京を離れてしまおう。

喜多村はケータイの電源を切り、電池を外した。追跡される心配がある。

少し迷ったが、やはり亜紀に黙って発つのはためらわれた。突然連絡が取れなくなったら心配するだろう。

数の少なくなった公衆電話を見付けて、亜紀のケータイへ連絡した。留守電になっていたので、

「今から発つ」

とだけ吹き込んだ。

ともかく、あのドキュメンタリーに出て来た町へ行く。そこから何とかして湯浅の足

跡を辿って行くしかない。

やせて、すっかり老け込んだはずの体に、喜多村はわずかだが、かつて刑事だったころのエネルギーが戻って来るのを感じた。

駅へ向うバスに乗り込むと、喜多村はわくわくするような高揚感に捉えられて、深々と息を吸い込んだ……。


「今から発つ」

その留守電のメッセージを亜紀が聞いたのは、弁当屋のアルバイトが一息ついたときだった。

今から……。その唐突さが、不安だった。

何かあったのだろうか？　そして、喜多村がケータイでなく、公衆電話からかけて来ているのも奇妙だった。

汗をタオルで拭きながら、亜紀はケータイのメールをチェックした。

そして、ほとんど無意識に、喜多村のメッセージを消去していた。

「おい、サボるな」

相変らず、店長の東は口やかましい。

「はい、すみません」

店先に立って、「温かいお弁当、いかがですか」

と、足早に通り過ぎて行く人たちに呼びかける。

「もっと大きな声を出せ！　普段おしゃべりしてるときは、そんな声じゃないだろう」

「すみません」

東の小言にはもう慣れっこだ。

今夜は、刈谷《かりや》しのぶが急に休んでしまって、亜紀は大変だったのである。

若いＯＬに、少し高い弁当を作って渡す。

二人の男が立った。

「いらっしゃいませ！」

と、元気よく言った亜紀は凍りついた。

刑事だ。あのとき、ソバ屋に入って来た二人。

「やあ」

と、中垣が言った。「似合うじゃないか、エプロン姿」

もう一人の若い方の刑事の名前は思い出せなかった。

亜紀は黙って弁当の準備を始めた。

「――いらっしゃいませ」

と、東がやって来て、「おい、何を黙ってるんだ」

と、亜紀へ文句を言った。

「どうも失礼しました。何を差し上げましょう?」

「仕事中、すまないが、弁当を買いに来たんじゃないんだ」

「は?」

中垣が警察手帳を見せると、東は青ざめた。

「これはどうも。失礼しました!」

「邪魔して悪いがね、ちょっとその女の子に訊きたいことがある」

「はい。——おい、何をやったんだ?」

東の目は早くも、「こんな奴はクビだ」と言っていた。

「何もしていません」

「だったら、どうして刑事さんが会いにみえるんだ」

「ああ、そうじゃないんだ」

と、中垣が笑って、「その子の知り合いのことで、ちょっと訊きたいだけだ。その子が何かしたわけじゃない」

「さようで。——おい、ちゃんとお答えしろ」

「少し借りるよ。十分もありゃ済む」

中垣が促して、亜紀は手を洗うとエプロンをつけたままで店を出た。

「あの……」

「何だ？」

「取り調べですか？　荷物を取って来た方が？」

「そんな大げさなもんじゃない。そうビクつくな」

中垣は、亜紀の肩を叩いた。その強さに、亜紀はギクリとした。

近くのコーヒーショップへ入ると、

「大変だな。立ちっ放しの仕事か」

「ええ……」

「何か甘いもんでも食べろよ」

「コーヒーだけで……。ご用は何でしょうか」

「喜多村さんが姿を消してね。どこにいるか知ってるんじゃないか？」

亜紀は無表情のまま、

「知りません。あのおソバ屋さんのときから会っていませんし」

「本当か？　嘘だったらただじゃおかねえぞ」

と、若い刑事がにらみつける。

「おい、工藤、そう脅かすな。——永沢亜紀だったたな」

「そうです」

「ケータイ、持ってるか？　見せろ」

「はい……」

亜紀が渡したケータイを、中垣はいじっていたが、

「何も入ってないじゃないか」

「それ、今日買ったばかりですから」

「今日？」

「前のが壊れて」

「怪しいですよ」

と、工藤という刑事が、「もう一つ、持ってるかも」

「二台も持つ余裕はありません」

と、亜紀は言った。

「どうかな。——中垣さん、こいつ、裸にして調べましょう」

「いやです。そんな！」

と、つい強い口調で言っていた。

「拒むのか？　警察の取り調べを拒むのは、何か後ろめたいことがあるんだろう」

亜紀は固く唇を結んで、工藤を見返した。

「——反抗的だ。しょっ引いてやってもいいんだぞ」

「おい、工藤。よせ。お前はすぐ喧嘩を売りたがる。困った奴だ」

と、中垣は苦笑して、「──なあ、俺たちは喜多村さんがどこへ行ったか分りゃそれでいいんだ」

「本当に知らないんです」

「そうか。──分った」

中垣は肯いて、「じゃ、もし喜多村さんから連絡が入ったら、知らせてくれ。いいだろ？」

妙に優しい声で言われて、亜紀はゾッとした。しかし、感情を顔に出さないのは慣れている。

「分りました。すぐご連絡します」

「よし、頼んだぞ。おい工藤」

「はあ」

「時々、あの店に寄ってやれ。その代り、ちゃんと弁当を買えよ」

工藤は不満げだったが、渋々、

「分りました」

と、気のない様子で答えた。

中垣はコーヒーを飲み干すと、

「じゃ、店に戻ろう。あのガミガミ言ってたのは店長か」

「そうです」

――亜紀は、どうして中垣がわざわざ店まで送ってくれるのか、分らなかった。

「邪魔したな」

と、店に戻ると、中垣は東に言った。「この子を返すよ」

「いいえ、とんでもない。何かお役に立ったんでしょうか」

東は別人のように下手《したて》に出て言った。

「もちろんだ。――ああ、この永沢亜紀さんは大切な証人なんだ。辞めさせたりするなよ」

「それはもう……」

「よく働くだろ? 俺は以前からよく知っててな」

「さようで。本当に役に立ってくれます」

「そうだろう。――また寄らせてもらうよ。ま、頑張れよ」

「はい」

と、亜紀は肯いて洗った手を拭いた。

「そうだ。話を聞くだけじゃ申し訳ない。一番旨《うま》い弁当はどれだ?」

「それは……〈特製焼肉弁当〉ですね」

「じゃ、そいつを二つもらおう」

「かしこまりました！」

と、東が声を弾ませて、「亜紀ちゃん、新しいご飯を詰めてくれるか？」

「はい、分りました」

打って変って、猫なで声を出す東に、亜紀は苦笑しながら空の容器を二つ、手に取った。

中垣の訪問が、思いがけず亜紀のためにプラスになったのだ。——妙なもんね、と亜紀は思った。

10　落差

「今日は病院よ」

と、伸子は言った。「ちゃんと健診受けないとね」

下着姿で髪を直している伸子の背中は肉感的で、生田目重治はついベッドから見とれてしまった。

「順調なのか」

と、生田目は訊いた。

「ええ。つわりもないし。少し運動くらいした方がいいって言われてるわ」

「そうか……」

今から新しく生まれて来る子の父親になる。生田目にも、ためらいがなかったわけではない。

しかし、伸子が素直に喜んでいるのを見ると、好きにさせてやろうという気になる。

「――ねえ」

と、伸子はベッドに腰をかけて、「お産の間近になって引越すのはいやよ。早く決めてね」

「分ってる」

いつ奥さんに話してくれるの？

伸子にそう言われる度に、生田目は白髪が二、三本ふえる気がする。いや、実際はもうほとんどが白くなっているのだが。

弥生が素直に離婚に応じるわけがない。

しかも伸子が妊娠していると知ったら、ますます逆上するだろう。弥生のことはよく分っている。

伸子も、その話をすると生田目が苛立つのを知っているから、しつこくは言わない。ただ、「忘れないでね」と念を押すことで、効果を上げているのだ。

仲子は手早く仕度をすると、

「じゃ、行ってくるわ」

「ああ」

「夕飯、近くで食べる？」

「それでもいい」

「病院が混んでると、夕方までかかるわ」

仲子はそう言って、出かけて行った。

生田目はベッドから出て、大きく伸びをした。

小さなマンションを借りて住んでいる。二人きりには充分だが、子供ができたとなると、もっと広い、落ちついて住めるマンションが必要だ。その金をどう工面するか。

「奥さんと別れるしかないでしょ」

という仲子の言い分も分る。

だが、そう簡単に弥生が納得するはずがない。――頭の痛いことだった。

顔を洗おうかと立ったとき、ケータイの鳴るのが聞こえた。――誰だ？

面倒くさくて、放っておこうかと思ったが……。意外な相手からだった。

「もしもし」

「生田目さんですか！　ごぶさたしております。西山《にしやま》です」

かつて、生田目の下で働いていた検事である。今は一人前だが、生田目に仕込まれたことで、何とか今のポストに就けた男だ。

「実はちょっと厄介なことが……」

「どうかしたのか」

「湯浅道男ですが……。生きていたという話が」

「どうした」

「何だと？」

眠気は一気に吹き飛んだ。「どういう意味だ？」

「憶えておいでですか、喜多村という刑事」

「もちろんだ」

「その喜多村が言ったと……」

生田目は、西山の話をじっと聞いていたが、

「――辻元千代か。憶えてる。喜多村があの女に言ったんだな？」

「詳しいことは話さなかったそうで。しかし、調べに行くと言って……」

「どこへ、何を調べに行くんだ」

「それが分りません。喜多村のアパートを張っていますが」

生田目は、かつての検事のころに戻ったようで、眉を寄せて考えていたが、

「喜多村を見付けることだ」

と言った。「しかし……本当に湯浅が？」

「さあ、分りません」

「今、どこだ？」

「検察局です」

「これからそっちへ行く。昼飯でも食おう」

そう言って、生田目は通話を切った。

「――喜多村か」

確か体を悪くして引退したが、優秀な刑事だった。その喜多村がわざわざ調べに行くというのだから……。

生田目は顔を洗い、ひげを当ってから、仕度をした。

マンションの一階へエレベーターで下りると、オートロックの扉を通ってロビーへ出た。

そして、マンションから出ようとして、ガラス扉に手をかけたが――。

マンションの前から、赤いスポーツカーが走り出すところだった。

生田目は足を止めて、その目立つ車が走り去るのを見送っていたが……。

「伸子？」

今、あのスポーツカーの助手席にいたのは、確かに伸子だ。

しかし、マンションの部屋を出てから、もう三十分もたっている。それなのに、なぜ？　今まで何をしていたのか。

そしてあのスポーツカーに乗っていたのは誰なのか。

「男か……」

生田目は、初めて伸子に「男がいるのかもしれない」と思い付いた。

いや、生田目と出会う前、伸子は何人か恋人がいたし、そのことは隠しもしなかった。

しかし今の伸子が男と会っているとしたら……。

生田目は頭を振った。

今はそれどころじゃないんだ！

ちょうど同じマンションの住人がタクシーでマンションの前に乗りつけたので、生田目は入れ代りにそのタクシーに乗って、検察局へと向った。

「生田目さん」

西山が建物のロビーで待っていた。

「久しぶりだ」

生田目は西山と握手をして、「何か分ったたか」

と訊いた。

西山は、

「人目があります。こちらへ」

と、生田目を自分の部屋へ連れて行った。

「――分りました」

と、ドアを閉めると、西山が言った。「TVのドキュメンタリーです」

「TVだと？」

「見て下さい」

西山がDVDレコーダーのリモコンを手に取った。

生田目は、その田舎町の祭の映像を見ていたが、西山は、

「この後です」

バスに乗り込む客たち。西山が画像を静止させた。

「――どうです？」

生田目はじっとTV画面に見入っていたが、

「――他人の空似《そらに》ってこともある」

と言った。「止めずに、何度かくり返し見せてくれ」

「分りました」

止った顔よりも、身のこなしや動いている姿にこそ、人間の特徴が現われる。

生田目は、その男がバスに乗る場面を三回くり返し見て、

「もういい」

と言った。

「どうです？」

西山が訊く。

生田目は少しして、

「お茶がほしい」

と言った。

「ペットボトルですが」

「それでいい」

グラスに注いだウーロン茶を一気に飲み干して、生田目は息を吐いた。

「生田目さん――」

「分ってるだろう。あれは湯浅だ」

「はあ……」

「誰が見付けた？」

「メディア担当です。誰にも言うなと言ってあります」

「これを、喜多村も見たんだ」

「おそらくそうでしょう」

「どこの町だ？　分るか」

「すぐ調べます」

「しかし、湯浅はバスであの町へ来たんだ。あの町にいるわけじゃない」

「そうですね。バス会社を当ってみましょう」

「うん……」

生田目は小さく肯いたが、「他に誰か気付いた人間は？」

「今のところは特に……」

と、西山が言った。「ただ、喜多村を捜そうとすると、警察に色々知られることになりますが」

「そうだな。あまり話を広げると、マスコミもかぎつけるだろう。刑事には、喜多村を捜している理由を話すな」

「分っています」

「だが――いずれ誰かが、あの映像に気付くかもしれんな」

「再放送を中止させましょうか」

「そうだ。いい所に気が付いた。湯浅を知っていた人間なら、あの映像で気付くだろう。

少しでも、人目に触れる機会を減らしておくんだ」

「すぐ手配します」

――生田目もそういう点は安心していた。今、マスコミで警察や検察の言うことに反抗する者はない。

たとえ、「湯浅道男が生きていた」という記事が書かれたとしても、事前検閲で、掲載を止めることができる。

ただ、厄介なのは「ネット」である。

匿名の投稿は取り締ることが難しい。もし、湯浅を知っている人間があのTVを見て、ネットに書き込んだら……。

正直、生田目はあの手の技術に弱い。今、ネット社会は生田目などには想像もつかない勢いで発達している。

しかし、まあ――そのときはそのときだ。

いくつか電話をかけて、西山はホッと息をついた。

「必要な手は打ちました」

「そうか。――何だ」

生田目のケータイが鳴ったのである。

伸子からだった。少し迷ったが、出ないと後がうるさい。

「――外なの？」

と、伸子が言った。

「ああ。ちょっと用があって、昔の部下と会ってる。そっちはどうだ」

「診察、早く終ったの。順調ですって」

「そうか」

「少し遅いお昼、食べない？」

生田目はどうしたものか、少し考えて、

「分った。どこで待ってる？」

「ホテルSで。――三十分したら行くわ。それでいい？」

「うん、分った」

生田目は通話を切ると、「西山、悪いが――」

「彼女ですね。おめでただそうで」

西山がニヤリと笑った。

「どうして知ってる？」

「生田目さんは『有名人』ですよ。どんな情報もつかんでます」

生田目はちょっと苦笑した。確かに、すべての関係者の生活を、隅から隅までつかんでおけるようにしたのは、他ならぬ生田目たちだった……。

「伸子と待ち合せてる。失礼する」

と、生田目が立ち上る。

ドアをノックして、

「失礼します」

と、大柄な若者が入って来た。「西山さん、今日の資料です」

「ありがとう。——生田目さん、ご記憶ですか？　新人で汗かいていた村井《むらい》です」

「ああ、憶えてる。もう一人前だな」

「これは生田目さん！」

と、その若者は敬礼でもしかねない様子で、「お久しぶりです！」

「頑張ってるか」

「はい！」

「おい、ニューヨークからメールが来てるか？」

と、西山が訊く。「チェックして後で持って来てくれ」

「分りました」

村井は出て行こうとドアを開けて振り向くと、

「ああ、湯浅道男が生きてたそうですね」

と言った。「ツイッターで流れてて、びっくりしました」

立ちすくむ生田目たちに気付かず、村井はさっさと出て行った。

「具合、どうなの？」

と、生田目健司は訊いた。

「うん。今はもう大分落ちついた」

と微笑んだのは、健司の姉、礼子である。

「つわりって辛いの？」

と、健司は言った。「男にゃ分んないけどな」

「説明できない辛さよ」

と、礼子は言った。「お母さんもひどかったらしいからね。お友だちなんか、まるっきりつわりのない人もいるのよ。不公平だと思うわ」

礼子はメニューを眺めて、「少し栄養とらないと。一か月くらい、ろくに食べてなかったからね」

健司はレストランの中を見回して、

「昔、ここに来たことあったっけ？」

「え？　忘れちゃったの？」

と、礼子は呆れて、「よく来たわよ、お母さんと三人で。お父さんは忙しくて帰って来なかったから」

「そうだっけ……」

二人はオーダーすると、ちょっと黙った。

礼子は、健司より七歳年上の二十六。年齢が離れているので、礼子は昔から健司にとっては「大人」に見えた。

「やせたね。つわりのせい？」

「そればかりでもないけど……。ダイエットしようとしてもやせないのに、皮肉ね」

スープが来て、飲みながら、

「――旦那さん、元気なの？」

と、健司は訊いた。

「ちゃんと竹内治って名前があるわよ」

「でも、何とかいう週刊誌の記事、最近、名前見ないね」

何気なく言ったのだが、礼子は表情をこわばらせて、

「あんた、お母さんにそんなこと言っちゃだめよ」

と、真剣な口調で言った。

「ああ……。分った」

健司は、姉に呼び出されてここへやって来た。

礼子と竹内という男の結婚には、両親がいい顔をしていなかったのを、健司も知っていた。

食事しながら、

「健司、悪いけど……」

「何だよ」

「今日、ここ、払ってくれる?」

「――うん。ケータイで払えるから」

と、健司は肯いたが、「姉さん。――そんなに大変なの?」

「たまたまなの。ちょっと今、家に現金がなくて……」

と、礼子は言った。「でも、月末になれば原稿料が入るわ」

竹内治は、肩書としては〈フリージャーナリスト〉である。しかし、聞こえはいいが、要は不安定な仕事だ。

「こんなでなきゃ、私も働くんだけど」

と、礼子が言った。

「少し、父さんや母さんにたかればいいんだよ」

と、健司は言った。「姉さんは、ずっと親に迷惑かけなかったんだから、それぐらいしたって……」

「やめて。そういうことをしないって決心して、結婚したんだから」

「でも――本当のところ、仕事ないんだろ、竹内さんって」

礼子は、青白くて頬にも血の気がない。もともと色白だが、今は病み上りと見える。

「不況だから、出版社も原稿料を惜しんで、フリーの人間には声かけないの」

「でも、変に意地張らないで。父さんだって、カード持ち出したりしてんだから」

礼子は当惑して、

「お父さん、何かあったの？」

「知らないの？」

「どういうこと？」

「父さん、今、若い女といる。伊丹伸子って二十……七、八かな」

「お父さんが？」

礼子は目をみはった。

「うん。今、その女と暮してる」

「そう……」

礼子は少し考えて、「お父さんのコネで仕事を回してもらえないかと思ったけど……。

じゃ、とても無理ね」

少しして、礼子は、

「お父さんと連絡とれる?」

と訊いた。

「もしもし」

ホテルSのロビーで、伊丹仲子はケータイを手にソファに腰をおろしていた。

ロビーは、今日これからこのホテルでの結婚式に出席するらしい、盛装した客で、ほとんどごった返しているると言ってもいい状態だった。――一時期、親しい友人たちだけで挙式するのが流行《はや》っていたが、このところまたこういうホテルでの式に戻りつつある。

生田目重治との食事を抜けて出て来た仲子は、

「――どうも様子がおかしいの」

と言った。「何か心配事はあるみたいだけど、どうも、それだけじゃなさそう」

お洒落《しやれ》をした小さな男の子、女の子がバタバタとロビーを駆けて行く。

「あれ、たぶんあの人だったのよ。――え? 言ったでしょ、車で出るとき、チラッとマンションの玄関の辺りにあの人らしい姿が見えた、って。きっと、私とあなたが車で出るのを見たんだわ。――仕方ないでしょう、今さら。――そうよ。あなたがあんなに遅れて来なければ。――分ってるわ。ともかくうまくやるわよ。――ええ、相手は生田目重治よ。元鬼検事なんだから、いい加減な言いわけしても、却《かえ》って怪しまれるだけだわ……」

仲子はちょっと嘆息して、「どうしても必要なら、あなたを生田目に紹介するわ。うまくやってよ。——ええ、そう。もう戻らないと。食事の途中で出て来たから。——また連絡するから」

仲子はケータイをバッグへしまうと、ソファから立ち上った。

レストランに戻ると、生田目重治はコーヒーを飲んでいた。仲子の食べかけの皿はそのままだ。

「あら、もう食べ終ったの？」

と、椅子を引いてかける。

「ああ。まだ食べるんだろう？」

「どうしようかな……。いいわ。何か甘いものをいただくから。——ちょっと、さげてちょうだい」

と、ウエイトレスに声をかける。「デザートのメニューを」

「俺はコーヒーだけでいい」

と、生田目は言って、メニューを眺める仲子を見ていたが……。

すぐそばに立った女に気付くのに、少しかかった。

「——礼子か」

「お邪魔？」

「いや……。ちゃんと話してなかったな。伸子、これは娘の礼子だ」

突然のことで、伸子は戸惑いながら、

「どうも……」

と、口の中で呟くように言った。

「竹内礼子です」

と、礼子は会釈して、「父がお世話になっているようで」

「はあ……」

「座っていい？」

礼子は父の答えを聞く前に椅子を引いてかけると、「つわりがひどくて……。やっとおさまって来たの」

「おめでたですか。私も……」

と言いかけて、伸子は口をつぐんだ。

「礼子――」

「健司から聞いた。検察局の西山さんに電話したら、お父さん、ここだって」

「そうか。――竹内君は元気か」

「まあ、何とかね」

と、礼子は言った。「お父さん、情報局に知り合いいくらもいるでしょ」

「それがどうした」

「出版社に言って、主人を使ってくれるようにしてほしいの」

生田目はしばし言葉がなかった。

「お前……本気か？」

「冗談言いに、ここまで来ないわ」

「それはそうだろうが……。待て」

生田目のケータイが鳴った。生田目は席を立つと、足早にレストランの入口の方へ向った。

「——何かあったのね」

と、礼子は言って、「伸子さんでしたっけ。お腹《なか》に父の子が？」

「ええ」

伸子は真直ぐに礼子を見返した。

「父が離婚すると思って？　別れれば父は丸裸になるわよ」

「でも——お腹の子の責任は取ってもらわないと」

「分るわ」

と、礼子は肯いて、「あなたに損にならない方法を考えた方がいいわ。私が力になってあげる」

仲子は面食らって、

「あなたが？」

「その代り、あなたも私に協力して。父を説得するの」

「どういうこと？」

「私を信じた方がいいわ。――『元鬼検事《の》』の娘ですからね」

礼子の口調に、仲子は一瞬息を呑んだ。

「あなた、私の電話を――」

「背中合せのソファで休んでたの」

礼子はウエイトレスが来ると、「ハーブティーを」

と、オーダーして、

「あなたも何か頼むんじゃなかったの？」

そう言われて、仲子はデザートのメニューを手にしたままなのに気が付いたのだった……。

「申し訳ありません」

と、西山が言った。「ツイッターまでチェックしていませんでした」

ケータイで西山と話しながら、生田目はホテルのロビーに出ていた。

「今からツイッターを消去しても遅過ぎます。最初のツイッターは、ゆうべの真夜中でした」

「そんなにたっているのか」

生田目はため息をついた。

「どうしますか」

「放っておくしかないだろう。マスコミの動きはどうだ」

「今のところ、特に目立ったことはありません」

「放っておいて、自然にみんなが忘れるのを待つしかない。——まあ、大丈夫だろう」

「何かあれば連絡します」

「ああ、よろしく頼む」

通話を切って、生田目はレストランの中へ戻ったが、思いもかけない光景を目にして唖然とした。

礼子と伸子が楽しげに笑っているのだ。

「——あ、済んだの？」

と、伸子が言った。

「うん」

「ね、あなた、礼子さんの頼みを聞いてあげなさいよ」

「え？　ああ……。出版社の件か」

「礼子さんの所の生活が安定すれば、私たちにとっても悪いことじゃないわ」

「まあ……そうかな」

「そうよ！　あなただって、礼子さんが安心して子供を産めるようにしてあげたいでしょ？」

仲子の熱心さは、生田目の理解をいささか超えていたが、礼子が仲子のことを嫌わずにいてくれるのはありがたい。

「どういう所がいいんだ？」

と、生田目は礼子に訊いた。

「払いのいい所」

即座に礼子が答えたので、仲子はちょっと笑った。

「それなら、まあ……。しかし、竹内君に合うかどうかってことがあるだろう」

「フリーじゃなくて、正社員になれない？」

「正社員か……。今はどこも厳しいからな」

「お父さんが恩を売ってる所があるでしょ」

「人聞きが悪いな」

と、生田目は苦笑した。「分った。二、三当ってみよう」

「お願いよ。出産間近になって決ってないんじゃ、お腹の子に悪い」

「早速当ってみるよ」

礼子の気迫に押された感じだった。

「私だってそうよ」

と、伸子が言った。「宙ぶらりんなままで産むんじゃ……」

「ちゃんと話す。心配するな」

「お父さん。――でも、お母さんと別れて、全部残して来たら、後が大変よ」

「まあ、今でもいくらか収入はある」

「伸子さんも、ここは名より実を取って、まず経済的に安定させることだわ」

「礼子、お前に何か考えがあるのか」

「ちょっとね」

と、礼子は肯いた。「とりあえず私に任せてくれる?」

「――分った」

当惑気味ではあったが、生田目としては礼子が難しいことを引き受けてくれるならありがたい。

「お父さん」

「何だ、まだあるのか？」

「少しお金ちょうだい」

礼子は、どこか覚悟を決めている様子だった。プライドや、父への意地も捨てている。

「分った。じゃ、これを持って行け」

生田目は札入れごと礼子に渡した。

「ありがとう。――中身だけで結構」

礼子は一万円札を何枚か抜いて自分の財布へ入れると、「何があったの？」

「何のことだ」

「とぼけないで。西山さんも普通じゃなかったわよ」

生田目は黙ってコーヒーを飲むと、

「――幽霊が出たのさ」

と言った。

11　温泉

その小さな温泉町の近くでバスを降りたのは、ほとんど偶然のようなものだった。

終点まで行くつもりだったのだが、バスの外の風景を眺めていて、ふと立ち上り、

「次のバス停は？」

と、運転手に訊いた。

「この先の国道に出る辺りですよ」

「その手前にはないのか。どこか泊れるような所は？」

「そうですね……。じゃ、このバスの路線じゃないけど、停めましょうか。一本向うの道にあるバス停から山へ入ると、〈かかと温泉〉って立札がありますよ」

「〈かかと温泉〉？　面白い名だね」

「小さな湖がありましてね。靴のかかとみたいな形なんで、誰もがそう呼ぶようになったんですよ」

「なるほど。泊れる宿はあるかい」

「二、三軒はありますよ。——ま、廃業してなけりゃ、ですが」

という頼りない話。

ともかく、道が分かれている所でバスを停めてくれた。

「ありがとう」

「いえ。そっちへ歩いてくと、じきですよ」

と、運転手は言った。

バスを降りると、ひんやりとした空気が喜多村を包んだ。山の気配だ。

バスが行ってしまうと、辺りには人の気配もない。まだ日は高いが、夕刻になればどんどん冷えてくるだろう。

喜多村は、運転手に言われた通りに歩き出したが、こういう田舎での「じき」は、東京の感覚とは大違いだと思い知らされることになった。

「――まだか?」

息を弾ませつつ、そう言い続けて、歩くこと三十分近く。

やっと〈かかと温泉〉の立札に出会ったときは本心から嬉しかった……。

そこからさらに「山へ入る」というので、いささか覚悟したが、今度は割合あっさりと着いた。

古い民家が肩を寄せ合うように並んでいる。ところどころ、白い湯気が屋根から立ち上っていて、温泉町なのだと分るが、果してこんな所に宿があるのだろうか。

道が広くなると、やっと「町」らしい家並みが見えて来て、人通りもあった。

しかし、こういう鉄道の駅のない町では車がほとんど唯一の移動手段だ。小さな町にしては、至る所に車が停めてある。

パサッと音がして、歩道に水がまかれた。すぐに竹ぼうきを手にした女性が出て来ると、落葉を掃き始める。

喜多村は、その玄関に、〈旅荘・緑風館《りよくふうかん》〉の看板を見付けた。文字は半ば消えかかっている。

エプロンをつけて道を掃いていた女性が、喜多村に気付いて、

「あ、すみません」

と、傍へどいた。

「いや……」

三十五、六だろうか、化粧っけがないので少し老けて見える。どことなく控え目な感じの女性だ。

通り過ぎようとした喜多村は、少し行って振り返り、

「そこは旅館?」

と訊いた。

その女性はびっくりしたように顔を上げて、

「そうです……」

と、小さく肯いた。

「泊れるのかな?」

「はい、もちろん。——お客様は、お一人で?」

「うん。たまたま通りかかったんだが……。泊めてもらえるかい?」

「もちろんです！　あの――」

と、ちょっとためらって、「もう少し行くと、新しくて立派な旅館がございますが、そちらでなくてよろしいんですか」

喜多村は笑って、

「よその旅館の宣伝をするのかい？　珍しいね」

「そうじゃないんですけど……」

と、頰を赤らめ、「ここへ入られたお客様で、後から新しい旅館をご覧になって、『あんないい旅館があると知ってたら、こんな所に入らなかった』とおっしゃる方がおいでなので」

「俺はここでいい。温泉は出るんだろ？」

「はい！　二十四時間、お入りいただけます」

「じゃ、お世話になろう」

「ありがとうございます！」

と、ほうきを持ったまま頭を下げて、「こんな格好で、すみません！　どうぞ中へ」

と、サンダルでコトコト音をたてながら、その二階建の建物の中へと入って行った……。

確かに、都会のホテルに慣れた者には何かと不便な宿ではあった。

しかし、喜多村は刑事として働いていたころから、こういう少し人気の湯から外れた小さな温泉が好きだった。

他に客もいないらしく、二階の広い部屋へ通された喜多村は、まず一風呂浴びて息をついた。

浴衣《ゆかた》は大分古くてすり切れているが、清潔だった。

部屋へ戻ると、さっきの女性がエプロンだけ外して、お茶とお菓子を運んで来た。

「お湯はいかがでしたか」

「うん、結構だった」

と、喜多村はあぐらをかいて座ると、「二、三日厄介になるよ」

「どうぞ、いつまででも」

と、笑顔を見せると思いがけず可愛い。

〈宿泊カード〉に適当な名と住所を書いて、

「〈緑風館〉といったね」

「はい。母の代からで、結構古いのですが、近くの農家の方々も、今は大きな町のホテルをお好みで」

「そうか。大変だね」

「主人は役場で働いています。ここは私一人で……。私、中畑恵美子《なかはたえみこ》と申します」

「よろしく。中村《なかむら》だ」

「お仕事の旅でいらっしゃいますか」

「旅行ライターというか、旅のルポを雑誌などに載せてる」

「まあ、いいお仕事で」

「そうでもないが、旅が好きでね」

「どうぞごゆっくりなさいませ。夕食は七時ごろでよろしいですか」

「うん。少し寝るよ。食事になったら起してくれ」

喜多村は部屋の隅の電話を見て、「時代物だね」

「はあ。でも、一応かけられます」

中畑恵美子は真面目に言った。

一人になると、喜多村は、こういう古い電話の方が、探知や追跡をされにくいかもしれない、と思った。

永沢亜紀のケータイにかけてみる。

「――永沢です」

「俺だ」

「まあ……」

「今、大丈夫?」

「ええ、オフィスに一人でいます。今、どこに?」

「あの町の近くだ。詳しいことは知らない方がいい」

「突然発ったから、心配したわ」

「目的が警察に知れてね。アパートに戻らず、そのまま発ったんだ」

「あの二人の刑事が来たわ」

「中垣のことか」

「あなたのことを、どこに行ったか言えって……」

「大丈夫だったか」

「知らないで通したわ。この着信も消しておくから」

「うん。ケータイの電源を入れると追跡される。毎日午前中に一度連絡するよ」

「分ったわ。——用心して」

「そっちも」

必要なことだけ話して切る。

喜多村は、亜紀が元気そうなのでホッとした。

畳の上に座布団を並べてゴロリと横になった。——さて、これからどうするか。

湯浅道男が生きていたと警察も知っている。当然あのドキュメンタリー映像のことも、すぐ突き止めるだろう。

だから、直接あの町へ入ることは避けたのである。

しかし、ここなら安全というわけでもない。当然、あの町の周辺に捜索の手は伸びると思った方がいい。ここにすぐ捜しに来ることはあるまいが、万一見付かったら……。

喜多村は起き上って、少し考えていたが、もう一度部屋の電話を取って、亜紀にかけた。

「――はい」

「すまないが、一応俺のいる所を教えておく。頭に入れておいてくれ」

「言って。メモは取らない」

町の名と旅館の名を告げて、

「消される心配もあるからな。君は決して無理しちゃいけないぞ」

「自分が無理しといて、それはないでしょ」

と、亜紀は笑った。「今、仕事でパソコン見てたんだけど、湯浅が生きてるってこと、もうツイッターに出てニュースになってるわ」

「そうか。誰かTVを見てネットに流したんだな。さぞかし慌ててる連中もいるだろう」

「たぶん、報道は止められるでしょうね」

「しかし、一旦ネットに出たら、消去しても記憶に残る。むだだ」

「そこは普通の旅館？」

「うん。古くて小さい。——一つ、聞いておいてくれ」

「何のこと？」

「俺は、バスに乗ってた。本当はもう少し先の大きな町まで行くつもりだった」

と、喜多村は言った。「しかし、ある場所でバスの外を眺めたとき、ふと思ったんだ。俺が湯浅だったら、殺されたことになっている人間で、世間から姿を隠していたいと思ったら、どんな所を選ぶだろうか、ってね」

「それが今の所？」

「突然そう閃《ひらめ》いた。もちろん、当っているかどうかは分らない。しかし、長年の刑事暮しの直感というやつかな」

「当ってるかもしれないわね」

「ともかく、ここから始めるよ」

と、喜多村は言った。

そのとき、喜多村は部屋の表で、床のきしむ音を耳にした。

「じゃあ、留守を頼む」

と、声を少し大きくして、「早く風邪を治せよ」

「誰かいるのね。じゃ、切って」

「うん、それじゃ……」

受話器を置くと、喜多村は立ち上って洗面所のタオルを手に取り、部屋を出た。

少し離れた所に、メガネをかけた小太りな中年男が立っていた。

「何か？」

と、喜多村が訊くと、

「失礼いたしました。ここの主人の中畑でございます」

と、頭を下げる。

「ああ、ご主人ですか。二、三日お世話になります。よろしく」

「ありがとうございます。私は勤めがありまして、あまりお役に立てませんが、家内に何でも申しつけて下さい」

「ありがとう。まあ、こっちも呑気《のんき》な一人旅なんでね。放っといていただいて結構。用があるときは下りて行きますよ」

「どうぞごゆっくりお過し下さい」

中畑は「では」と何度もくり返し、階段を下りて行った。

いかにも、小さな町役場に似合いそうな男である。

しかし、さっきの床のきしみは、確かに部屋の入口の辺りだった。――喜多村は入口の傍に自分で立ってみた。

床がきしむ。間違いなく、さっき聞いたのはこの音だ。

しかし、戸を開けない限り、電話で話していたことは聞き取れないだろう。部屋の中に戻ると、〈喜多村〉という名の分るようなものをバッグから取り出し、タオルでくるんで部屋を出た。タオルを手にして中畑に会った以上は、

「もうひと風呂だな」

と呟いて、喜多村は大浴場へと向った……。


玄関に入ると、すぐにTVの音が聞こえて来た。

礼子は「ただいま」も言わずに上ると、居間を覗いた。夫、竹内治がソファに寝そべって、TVのサッカー中継を見ている。

テーブルには、ビールの空缶が三つ転っていた。

「お弁当」

と、礼子はビニール袋をテーブルに置いた。

「うん……」

竹内は、礼子を見ようともしなかった。

「出かけなかったの？」

と、礼子は訊いた。

「用もないのに出かけるのか」

「仕事を探したら？」

「仕事は来るさ、その内。俺は待ってるんだ」

「待ってても来なかったら？」

「ご用聞きじゃないぞ。『仕事はありませんか』って訊いて回るのか」

言い返す言葉が、苛立ちや腹立たしさを感じさせればまだいい。竹内の口調には、全く何の感情もこもっていなかった。

礼子はバッグからメモ用紙を出して、テーブルの上に投げると、

「明日、ここへ行って」

と言った。「雇ってくれるはずよ」

夫の顔を見ることなく、礼子はそのまま寝室へ入って着替えた。

ＴＶの音量が一段と大きくなった。

礼子がお茶を淹《い》れて、居間のテーブルに向う。

夫の竹内治は、ＴＶのサッカー中継を見ながら弁当を食べ始めた。ほとんど手元を見ないから、自分が何を食べているかもよく分るまい。

礼子は昼を弟の健司とたっぷり食べているので、自分はおにぎりを二個、買って来ただけだった。

サッカーの試合が終ると、

「引き分けか。――面白くねえ」

竹内はリモコンを手に取ったが、消そうとはせず、わけの分らないバラエティ番組にすると、

「何だよ、これ」

と、テーブルの上のメモに目をやった。

「K社。知ってるでしょ、出版社よ」

と、礼子は言った。

「知ってるさ。俺の本を出すって約束しといて、突っ返して来やがった」

「昔のこと言っててもしょうがないわ。明日行って」

「どういうことだ？　雇ってくれるって？　俺はフリージャーナリストだぞ」

「飢え死にする気？　子供だって生まれるのよ」

「生活に負けるのか？　俺はごめんだ」

と、竹内は言って、「武士は食わねど、さ」

「冗談で済むことじゃないわ」

「どこでこんな話、仕入れて来た？」

「父からよ」

竹内も、さすがにびっくりしたらしい。

「会って来たのか」

「ええ」

礼子はおにぎりを食べながら、「シャケが一杯入ってる。おいしいわ」

「——何の用で会いに行ったんだ」

と、竹内は訊《き》いた。

「それよ」

「俺の就職を頼みに？」

「ええ」

「お前……。忘れたのか。俺たちが結婚するとき、親父さんに散々嫌味を言われたのを。お前だって、『絶対、お父さんのことを頼りにしない』と宣言したじゃないか」

「憶えてるわよ」

「じゃあ、どうして——」

「親子は親子よ」

と、礼子はアッサリ言って、「人間、食べなきゃ生きて行けない。お腹の子だって、

「栄養不足にしたくないわ」

竹内は妻が全く動じないのを見て、渋々メモを取り上げた。

「何の仕事をさせられるか分らないぞ」

「何でもやって。お茶くみでもコピーでも」

「おい。俺にもプライドってものがあるんだぞ」

「それがどうかした？」

——礼子の言葉に、竹内はそれ以上言ってもむだと察したらしい。立ち上ると、玄関の方へと半ば走るように出て行った。

玄関のドアが乱暴に閉められるのを聞いて、礼子はため息をついた。——おにぎりがおいしくて良かった、と思った。

検事だった父と、ジャーナリストの竹内とは、あらゆる点で対立していた。父に対して真向から逆らう竹内を見て、礼子は一瞬で恋に落ちた。

今思えば、父の下から早く逃げ出したかった礼子が竹内に飛びついた、ということだったのかもしれない。

しかし、そのとき、竹内は充分一生を委ねるに足る男に見えたのである。

結婚が単に「誤解」の産物だった……。

世の中に、そんな夫婦は山ほどいるだろう。その誰もが、結婚する時には、「自分たちだけはそうじゃない」と思っているのだ。

——礼子は、おにぎりを食べながらTVのつまらないバラエティ番組を消そうとはしなかった……。

12 傷

「何だか変ね」

と、刈谷しのぶが、弁当の袋に入れるウエットティッシュを箱から出しながら、小声で言った。

「何が?」

と、亜紀は訊いた。

「店長よ。いやに優しくない? 変にニコニコしちゃってさ」

亜紀はちょっと笑いをこらえて、

「何かいいことでもあったんでしょ」

と言った。「今夜は唐揚げが出るわね」

店長の東が、

「いや、今月はね、売上げが前の月より二割もアップしてんだ。マネージャーにほめられたよ」

と、二人に声をかけて来た。

「良かったですね。おいしいって言って、また来てくれるお客さんが多いですから」

と、亜紀は言った。

「うん。それに君たちの力だよ。ありがたいと思ってる。今度、飯でもおごらせてくれ」

と、東は言って、「いらっしゃいませ！　今日はこちらのお弁当が特別価格です」

しのぶが亜紀を見て、

「やっぱり、変よ」

亜紀は何も言わなかったが、要するに、あの中垣と工藤という二人の刑事が来て、東の亜紀を見る目が変ったのである。

「こいつは大事にしといた方がいいかもしれないぞ」

と思ったのだろう。

事情も知らずに、おめでたい話だ。

しかも、亜紀にだけ優しくするわけにいかないので、しのぶにまで恩恵が行き渡っているというわけだった。

「唐揚げ二つ！」

と、東が言った。

亜紀が弁当を袋に入れて、

「こちらです。――あら」

前に立っているのは、生田目健司だった。

「見かけてさ。ここだったんだ」

「お弁当なんか食べるの？　お宅で用意してるんでしょ」

「買わなきゃ悪いじゃないか。――何時に終る？」

「今夜は十時よ」

「ちょっと話があるんだ」

「遅くなるわよ」

「いいよ。どうせ明日はサボる日だ」

「決ってるの？　大学生は呑気ね」

と、亜紀は言って、「じゃ、どこで？」

「駅前の〈K〉って店、知ってる？　夜中までやってる」

「〈K〉ね。探して行くわ」

「毎度どうも」

と、東が健司におつりを渡す。「この子のお友だちですか」

「ああ、彼女、僕の命の恩人なんですよ」

と、健司は言った。「僕が地下鉄のホームから落ちて、電車にひかれそうになったとき、助けてくれたんです」

「へえ……」

東はまるで知らない人間を見るように亜紀を見た。「亜紀ちゃんがね……」

「たまたま居合せたんです」

と、亜紀は言った。

「でも凄い勇気ですよね。僕を助けて、下手したら自分が電車にひかれるとこだったんですから」

「そりゃ大したもんだ」

「じゃ、待ってるよ」

健司がそう言って、弁当の袋を手にさげて行ってしまうと、

「どこかいいとこの坊っちゃん風だな」

と、東は言った。

「生田目君っていって、お父さんは有名な検事さんなんです」

面白くなって、亜紀はそう付け加えた。

「検事！　へえ……」

亜紀を見る東の目には、ほとんど尊敬の色さえ浮んでいた……。

奥の席で、健司が手を振った。

「──すぐ分った？」

「地下だって言っといてくれれば……」

亜紀はソファに腰をおろしたが、あまりに柔らか過ぎて却って落ちつかない。

「大学生が来るには高級ね」

そこは会員制のクラブだった。

「親父が会員だから」

「そうでしょうね」

亜紀はシックな内装を見回して、「初めは追い立てられそうになったわ、入口で」

「ちゃんと言っといたんだけどな。ごめん」

「きっと、どこかのお嬢様が来ると思ってたんでしょ。まさかこんな労働者だなんてね」

「働いてる姿っていいよね」

と、健司は言った。「お袋なんて、遊びに行ってるか文句言ってるかだ。──昔は苦労したんだって言ってるけど、想像つかないよ」

「あんまり人のことは言えないんじゃないの?」

と、亜紀は冷やかした。

「まあね。——何か飲んで。何でもあるよ」

「明日も朝は早いの。ジンジャーエール下さい」

イギリス映画に出てくる執事みたいな感じの男性に注文した。

「かしこまりました」

と、退《さ》がって行く男性を見送って、

「みごとに無表情ね。内心『こんな場違いな女が』と思ってるんだろうけど」

「君も意地悪な見方をするんだな」

と、健司はコーヒーを飲みながら言った。

「そうね。——世間から痛めつけられて来ると、そうなるわ」

亜紀はちょっと目をそらして、「で、話って?」

「マリのことで……」

「誰かに暴力振われてるって子ね?」

「やっと話す時間があってね、今日大学で」

「彼女は何て?」

「殴られてなんかいないって言うんだ。転んであざを作ったけど、それだけだって。でも、とっても無理に明るく見せようとしてて、僕にもそれが分るんだ。やっぱり――誰かに殴られたんだと思う」

「それで？」

「うん……。今、他の男と付合ってるって言い出してさ。だからもう声をかけないで、って言われた」

「嘘だっていうのね？」

「どこの誰なのか、訊いても何も言わない。それに、マリの友人たちにも、知り合いがいるから訊いてみたけど、何も知らないって。それに、みんな最近マリがほとんど出て来ないって言ってた。前は遊びに誘うと、すぐ気楽に出て来たのに……」

「あなたはマリさんにどう言ったの？」

「僕は諦めたくない。マリがちゃんと新しい彼と会わせてくれて、納得できれば別れるけど、そうでなきゃいやだって言った」

「そしたら？」

「急に怒り出して、もう二度と連絡して来ないで、って」

「そう……」

亜紀は肯いた。

「君、何か言ってたろ？　マリのこと。――どう思う？」

「マリさんからメールとかは?」

「別れた後に、〈もう連絡して来ないで〉と……」

「口で言ったのと同じことを?」

「うん。念を押したんだろうな」

亜紀は辛口のジンジャーエールを飲みながら、

「本当に連絡してほしくないなら、アドレスを変えればいいのよ。言ったことと同じ内容のメールを送って来たのは、逆だと思うわ」

「逆って?」

「あなたと連絡が取れる状態でいたいってことを、伝えたかったのよ」

健司は面食らって、

「どういう意味だい?」

「ケータイのメールを誰かに見られるかもしれないと思ったのかもしれないわ。だからわざと同じ内容のメールを送ったんじゃない?」

「ややこしいな」

と、健司はため息をついた。「でも、そんなにマリと会ってる奴なら、誰かが知っていそうなもんだけど」

「そうね。——会ってるところを、誰も見られないのかも」

「見られないって？　どうして？」

「普通にデートするような所で、マリさんを殴ったりしたら人目につくでしょ。そういう場所じゃない所で、マリさんに暴力を振ってるんじゃない？」

「それって……」

と、健司は眉を寄せて、「つまり、相手の家ってこと？」

「それとも、マリさんの家か……」

「マリの家？　そいつがマリの所へ来て殴ってくって言うのかい？　いくら何でも……」

「来る必要はないのかもしれないわ。もともとマリさんの家にいるんだとしたら」

健司はしばらく亜紀を見つめていたが、

「――まさか」

と言った。「そんなことって……」

「お父さんと一緒に住んでるんでしょ？」

「そうだけど……。僕も一度会ったことがある。アメリカにしばらく行ってたりして、エリートビジネスマンだよ。スマートで優しくて」

「でも男だわ」

健司は、亜紀の言葉に腹を立てず、考え込んでしまった。

「見当違いならいいと思うけど」

と、亜紀は言った。「でも、初め彼女のことを聞いたときから、相手は父親じゃないかと思ってた」

「どうして？」

「逃げようともしないし、助けも求めない。初めからそれが不可能だって分ってるからじゃないかと思ったの」

「つまり……マリを自分の……」

と、健司は口ごもった。

「珍しくないわ。特にエリートビジネスマンはしばしば凄いストレスを抱えてるのよ。うまくそれを発散できないと、身近な弱い者へ向う」

「そうだったら……どうすれば？」

「さあ……。私にも分らない。それに、マリさんに訊いても、本当のことを言わないかもしれないし」

「そうだな……」

「気の毒だけど、あまり係《かかわ》り合わない方がいいと思うわ。あなたがマリさんを救おうとしてると分ったら、あなたの身に危険が及ぶかも……」

「じゃ、放っとけって言うのか？」

と、健司が食ってかかるように言った。

そのとき、健司のケータイが鳴って、

「——もしもし？　マリ、どうした？」

亜紀はグラスを手にしたまま、健司の言葉に聞き入った。

「——うん、分った。今、どこにいるんだ？　——分るよ。じゃ、そこにいろ。すぐ行くから」

亜紀は身をのり出して、

「どうしたっていうの？」

「家から逃げ出して、近くの公園の中にいる。助けに来てくれって。行かなきゃ」

健司は立ち上って、急いでクラブを出た。

「待って！」

亜紀は健司を追いかけて、「一人じゃだめよ！　警察へ行くようにマリさんに言って」

「そんなわけにいかないよ。一人で怖くて隠れてるんだ。警察までなんて行けやしない」

健司は空車を停めて、乗り込んだ。

仕方ない！　——亜紀も続いてタクシーに乗った。

いるだけ。

公園は闇の中に沈んでいた。

住宅地の中の、せいぜい住宅二、三軒分の広さで、街灯は真中にポツンと一つ立って
「――ここ？」

と、亜紀は言った。「狭いじゃない」

「でも、家の近くの公園って、ここしかない」

健司は公園の中に入ると、「――マリ！　どこだ？」

と、声をかけた。

「あんまり大きな声、出さないで」

と、亜紀は注意した。「もしかしたら、父親が捜しに来てるかもしれないわ」

「でも、この中のどこかに……」

砂場やすべり台はあるが、他は木立と茂みが両側にあって、街灯の明りが届かない。

「ね、ケータイで、マリさんにかけてみて」

と、亜紀が言った。

「そうか」

マリのケータイが鳴れば、どこにいるか分る。健司はマリのケータイへかけてみた。

「だめかな。――あ、つながった」

公園のどこかで、にぎやかなロックの音楽が鳴った。

「呼んでる。これ、マリのケータイの曲だ」

「どこかしら？」

暗がりの中、ケータイの着信音はどこで鳴っているか分りにくい。

「──そこだわ」

暗がりの奥に、小さなベンチが四つ並んでいて、屋根がついている。暗がりに目が慣れてやっと見分けられた。

「そこか。──マリ！」

健司がベンチの方へと歩いて行く。そのベンチの一つの上で、ケータイが光って鳴っていた。

「これ、マリのだ。でも──どこにいるんだろう？」

亜紀は、ケータイが罠《わな》ではないかと思った。鳴らさなくても、健司はいずれ見付けただろう。

そのベンチの所へ、健司をおびき寄せようとしたのだったら……。

亜紀は身をかがめた。

「──危ない！」

と、亜紀は黒い人影が動くのを見て、反射的に叫んだ。

健司が、相手の姿を見てというより、亜紀の叫び声にびっくりして、あわてて公園中央の街灯の下へ戻った。

暗がりの中から、白いワイシャツ姿の男が出て来た。

「梓さんですね」

と、健司は言った。「マリさんが――」

「マリをどこへやった！」

マリの父親は声を震わせて怒鳴った。

「知りません、僕。本当ですよ」

健司は、梓の手に光るものを見て、「あの……それ、何ですか？」

「ナイフだよ。見えないのか？　よく見ろ！」

と、健司へ向って突き出す。

「分りました！　でも、危ないですよ、そんな物」

健司は後ずさろうとして、よろけた。

「逃げるな！」

「逃げるんじゃありません。でも、マリはどこへ行ったんですか？」

「あいつは逃げた」

と、梓は言った。「お前なんだな。マリをもてあそんだ奴は」

「いえ、そんな……。僕はただ普通に付合ってただけです。もてあそんだなんて……」

「マリは俺のものだ！　お前がちょっかいを出すから——」

と言いかけて、傍にしゃがみ込んでいる亜紀に気付くと、「誰だ？」

「私、関係ありません！」

亜紀が首を振って、「健司君と一緒に来ただけです！　何も知りません！」

と、まくし立てた。

梓は健司の方へ向き直って、

「俺はマリを可愛がってやった。マリも、男はパパ一人でいいと言った。それなのにいなくなったのは……。やっぱりお前がそそのかしたんだな！」

と、健司へ詰め寄った。「マリはどこだ！　言え！」

「本当に知りません！　やめて……」

梓の握ったナイフが震えている。今にも健司に向って突き出されて来そうだ。二人の間が詰って、健司は逃げたかったが、動けば刺されるという気がした。

「——マリと寝たな」

と、いきなり訊かれて、

「あの……ほんの二、三回です」

と、つい正直に答えてしまった。

「マリを……汚《けが》したんだな！」

　梓が上ずった声で、「許さないぞ！　貴様のような奴にマリを抱かせてなるもんか！」

　梓はさらに前に進んで、亜紀に背中を見せる格好になった。

　亜紀は立ち上った。手に、花壇の囲みに並べてあったレンガを一つつかんでいた。そして梓の頭に、力一杯それを振り下ろした。

　――梓の手からナイフが落ちた。

「マリ……。マリ……。どこだ……」

　フラフラと歩き出して、数歩行くと梓はその場に崩れるように倒れた。

「ああ……」

　健司はその場に座り込んでしまった。

「――しっかりしてよ」

　亜紀も膝が震えて、立っているのがやっと。

「救急車を呼んで。――早く」

「でも……。死んだのかな？」

「死んでほしくないわよ。たぶん……気を失ってるだけ。早く電話して！　私じゃ、この場所を説明できないんだから」

「うん……。分った」

健司は何とか立ち上った。

「――健司！」

マリが、いつの間にか公園の入口に立っていた。

「マリ！　無事だったのか」

「ごめんね、こんな……」

マリが、うつ伏せに倒れている父親を見下ろす。「パパは……どうしたの？」

「気絶してるんだと思うよ。――ナイフを持ってた」

「知ってる。私を殺して、自分も死ぬって言ったの。本気だった。だから逃げ出したの」

「マリ……。辛かったな」

マリが健司に駆け寄って抱きついた。

「電話して！」

と、亜紀は苛々と言った。「この人が気が付いたらどうするの！」

「そうだな。うん、今かけるよ」

健司はやっとケータイを手にすると、「どこにかけるんだっけ？」

健司が警察へ連絡している間に、亜紀は倒れている梓のそばに膝をついて、手首の脈をみた。

マリがこわごわ覗くようにして、

「パパは……」

「脈はちゃんとある。気を失ってるだけよ」

亜紀は梓のズボンのベルトを抜き取ると、念のために、梓の両手を背中で重ね、ベルトで縛った。

そして梓を殴ったレンガを拾い上げると、

「これ、持って」

と、健司に手渡した。

「うん……。でも……」

「ずっと持ってなくていい。手に土が付いてないと変でしょ」

と、亜紀は言った。「それに、もしパトカーが来る前にこの人が目を覚ましたら危険だわ」

「そうか……」

「あなたが殴ったことにしてね」

亜紀の言葉に、健司は面食らって、

「どうして？」

「私は行くわ。私はここにいなかった。いいわね。——あなたも、そのつもりで」

と、マリの方へ念を押す。

「だって——マリや僕を助けてくれたんだ。逃げなくたって……」

亜紀は首を振って、

「後ろから殴ってるし、正当防衛が認められるかどうか。あなたなら大丈夫。私は取り調べを受けるのはいや」

「僕が証言すれば……」

「いいえ。私がいなかったことにするのが一番いいの。分った？」

「君がそう言うなら……」

「どうして後ろから殴ったのか訊かれたら、この人が娘さんを刺そうとするのを見て、止めようとした、って答えて。あなたなら、それで通るわ」

亜紀はちょっと耳を澄まして、「まだサイレン、聞こえないわね。じゃ、行くわ」

足早に公園を出て、振り向くと、

「駅はどっち？」

「あ……。右の方」

と、マリが言った。

「じゃあ」

「ありがとう」

と、健司が急いで言った。「助かったよ」

亜紀は何も言わず、小走りに行ってしまった。

「――パトカーだ」

サイレンが聞こえて来た。
二、三分でパトカーが公園の前に停った。
健司は持っていたレンガを地面に落とすと、マリの肩をしっかりと抱き寄せた。

13 商店街

一晩泊って、喜多村は翌朝少し早く起きて朝風呂に入った。

他にも二人ほど客がいて、珍しそうに喜多村を眺めていた。地元の人間らしい印象だ。

部屋に戻ると、女将《おかみ》の中畑恵美子がちょうど朝食の膳を運んで来たところだった。

「おはようございます」

と、恵美子は微笑んで、「よくおやすみになれましたか」

「うん。ぐっすりね」

と、喜多村は濡れたタオルを掛けると、「ちょうど腹が減ったところだ」

「大したものがございませんので……」

「いや、朝はみそ汁と漬物でもあれば充分」と、喜多村は膳の前にあぐらをかいて、「食べたら、少し町を歩いてみる。その間に掃除を頼む」

「かしこまりました。町といいましても、何もございませんけど……」

「それでいいんだ。こんな所に偉い人のゆかりの物でもあったら、みんな信じないだろう」

「そうですね」と、恵美子は笑って、「町の外れを出て、少し上りますと、とてもきれいな湖があります」

「そいつはいい。じゃ、ちょっと散歩がてら行ってみよう」

「ご飯、よそいましょう」

「ありがとう。他のお客はいいのかい？」

「お風呂でお会いになりました？　この辺の人なので、むだなお金は使いません。お風呂だけ入りに来ているんです」

「なるほど。――やあ、この漬物はうまい。あんたが漬けたのかね？」

「ありがとうございます」

恵美子は嬉しそうだ。

「うん。ご飯もおいしい」

と、喜多村は肯いた。「ご主人は仕事?」

「はい。八時過ぎには出かけて行きます」

「一人じゃ大変だね。娘さんとかいないの」

「子供はありませんの。欲しかったのですけど……。近所の人が、交替で手伝いに来てくれます。お客が多いときは何人かで」

「なるほど。ああ、適当に食べて出かける。仕事しててくれ」

「はい。それでは、終りましたら、そのままにしておいて下さい」

「うん、分った」

「お茶はこちらに。——では、ごゆっくり」

恵美子は出て行った。

気立のいい女だ。愛想はいいが、無理をしていない。

「あの亭主にゃもったいないな」

と、喜多村は呟いた。

中畑はおそらく妻より十歳くらいは上だろう。どことなく暗い印象の男である。刑事時代の直感が、あの中畑という男には「用心した方がいい」と告げていた。

朝食を食べ終ると、喜多村は仕度をして〈緑風館〉を出た。曇っていて風が冷たいが、時々雲が切れて青空も覗く。

ゆうべも少し歩いてみたが、にぎわうような場所もなかった。明るい時に見ると、ますます侘《わび》しい。

それでも、土産物の店がいくつか並び、どこも同じ〈温泉まんじゅう〉を売っていた。ゆうべは気付かなかったが、歩道には〈かかと商店街〉という名が付いていた。

ここが〈かかと温泉〉という通称で呼ばれているせいだろう。

少し歩くと、思っていたより大きな町だと分った。大きなホテル風の旅館のある辺りが、町の中心なのだ。

〈緑風館〉の辺りは町の外れ、ということになるのかもしれない。

ちょっとしたアーケードもあり、スーパーやコンビニも並んでいる。ぶらついて行くと、喜多村は足を止めた。

「こんな町にもか……」

ネットカフェだった。――といっても、普通のカフェにパソコンが何台か置いてあるというだけだ。

喜多村は店に入ると、

「ミルクティーをくれ」

と注文して、奥のパソコンの前に座った。

他に客はいない。喜多村はパソコンを立ち上げると、まずこの町のことを調べた。

町の写真などがホームページに載っていたが、ずいぶん古い。

「役場はサボってるな」

と、喜多村は呟いた。

〈緑風館〉のホームページもあったが、およそ工夫というものが見えない。中畑夫婦の写真が出ていたが、古そうだ。中畑の髪も今の倍はある。

ミルクティーを甘くして飲みながら、パソコンを眺めていたが、ふと思い立って、警察のコンピューターに接続しようとした。

もちろん、一般向けのPRページなどはすぐ出て来る。

――何を調べようというのか？

それもまた「直感」に過ぎなかった。

こんなことで、何も分るはずがない。そう思っていた。

しかし……。


「やあ」

と、健司は言った。

警察署の応接室に入って来たのは父だった。

生田目重治は、

「話は聞いた」

と、難しい顔で言うと、「相手は大したけがじゃないそうだ。石頭で良かった」

「ただの喧嘩じゃないよ」

「分ってる」

生田目はソファにかけると、「しかし、警察って所は、けがをさせた人間に厳しい」

「殺されりゃ良かったって言うの？　僕もマリも」

「そうむきになるな」

と、生田目は苦笑して、「俺の息子だ。話を信じてくれるさ」

健司は、あの永沢亜紀の言葉を思い出して、

「普通の人間だったら、信じてくれない、ってことだね」

と言った。

「そうじゃない。しかし、両方の言い分ってものがあるだろう。公平に耳を傾けるのが我々の立場だ」

公平に。——亜紀のような〈要注意人物〉の話も聞いてくれるのだろうか。

健司は、亜紀が現場から姿を消したわけが分った。

「ともかく、あのマリとかいう女の子の証言がある。心配ないさ」

「彼女、父親に――」

「ああ、聞いた。ひどい話だ」

と、生田目は顔をしかめた。「世の中、狂ってるな。俺は何とかそういう間違いを正そうとして頑張った……」

健司は何も言わなかった。

そのとき、いきなりドアが開いて、母、弥生が入って来た。

「健司、あんた――」

と言いかけて、夫に気付き、「来てたの」

「連絡があってな」

「それなら、早く健司を帰すように言って。何も悪いことなんかしちゃいないんだから」

と突っかかる。

「まあ待て。一応手続きってものが必要なんだ。俺が勝手に連れ出すわけにいかん」

「じゃあ、ここで待ってればいいの？」

「今、やらせてる。そう時間はかからんさ」

弥生は渋々ソファにかけた。こういう場所では夫の方が力を持っていると分っている。

「健司。その女の子は？」

「うん、友だちの家に行った」

「もう付合っちゃだめよ。週刊誌とかに書かれたらどうするの」

「母さん……。マリは被害者だよ」

「それでも、好奇心の的になるわ。あんたはただの大学生じゃないわ。生田目重治の息子なのよ。ともかくその子とはもう係らないようにしなさい」

弥生の口調の烈《はげ》しさは、自分を捨てて行った夫が目の前にいるせいでもあった。健司にもそれはよく分っていたので、黙っていることにした。

「――お待たせしました」

担当の刑事が入って来て、「こちらにサインを。それで引き取っていただいて結構です」

「ご苦労さん」

生田目が書類にサインして、弥生はせかせかと、

「さ、帰りましょう」

と、健司を促した。

三人が外へ出ると、夜が明けてくる時間だった。

「そこにタクシーがいる」

と、生田目が言った。「先に行け」

「ええ」

健司を乗せて、弥生が乗り込もうとすると、生田目が、

「近い内、話したいんだ」

と言った。「伸子が子供を産む」

弥生は一瞬動きを止めたが、何も言わずにタクシーに乗り込んだ。ドアが閉り、そのまま走り出す。

生田目は、ちょっとため息をついて、もう一台停っていた空車に乗り込んだ。


いつの間にか、昼近くになっていた。

喜多村はふと我に返って、

「何か食べるものはできるかい？」

と、ウエイトレスに訊いた。

「サンドイッチくらいなら……」

「うん、それじゃ頼む」

「お飲物は？」

「ミルクティーをもう一杯」

と、喜多村は言って、「長居してすまないね」

「いいえ、暇ですから」

まだ十八、九かと見えるウエイトレスは、冷たい水のグラスを持って来て、「ゲームですか?」

と、喜多村のパソコンを覗き込んだ。

「うん。一旦はまると、なかなかやめられないね」

「私も、時々徹夜しちゃうことがあります」

と、丸顔のウエイトレスは楽しそうに言った。「すぐサンドイッチ、作りますね」

「よろしく」

ウエイトレスがカウンターの中へ入って行くと、喜多村はパソコンの画面を切り換えた。人目についた時のことを考えて、ゲームの画面にすぐ換えられるようにしている。

パソコンが元の画面に戻ると、ツイッターを読んで行く。

湯浅道男が生きていた。——その書き込みは一人ではなく、やはりあのドキュメンタリーを見て湯浅に気付いた人間は少なからずいたことが分る。

これだけ出ていると、警察でも削除し切れないだろう。——喜多村はホッとしていた。

もし、書き込んだのが一人二人だったら、早々に手を打って、身許を調べ、口を封じただろうが、もうマスコミでも記事にしつつある。今さら止める意味はなかった。

そうだ。

心配は逆の方向へと向く。つまり、湯浅の存在を消そうとするかもしれないということだ。

それは喜多村にとって、どちらにも転び得る状況だった。

もし、連中が先に湯浅を見付けたら、湯浅は消されるか、あるいはどこか外国へでも送り出されるだろう。

連中より先に湯浅を見付けることができたら、湯浅を「殺されるより、真実を話した方が安全だ」と説得できるかもしれない。むろん、そううまく行く確率はわずかだが、少なくとも可能性はある。

喜多村は、パソコンの画面をゲームにした。

サンドイッチとミルクティーが来る。

「ありがとう」

と、喜多村は言って、ふと表の方へ目をやると、中畑が店の前を通って行った。

「昼休みか」

「役場の人です。十二時になる前に適当に仕事、終らしちゃうんですよ」

「なるほど。――〈緑風館〉の主人だろ？　今そこに泊ってるんだ」

「そうですか。奥さんは時々ここへお茶飲みにみえますよ」

「そうか。感じのいい人だね」

「ええ。私も仲いいんです。年齢は違いますけど」

「ご主人はこの町の人？」

「いいえ。五、六年前——もうちょっとたってるかな。この町にやって来て」

「お役所の転勤？」

「違います。役場に勤めるようになったのは、恵美子さんと結婚してからで」

「そうなのか。何となく旅館に合わない人だなと思ってた」

「ねえ。今、〈緑風館〉は恵美子さん一人でやってるんですもの。大変ですよ」

と、ウエイトレスは言った。「私、時々お手伝いに行くんです」

「それは感心だね」

「でも——私、今でも分らない。恵美子さん、どうしてあの人と結婚したんだろ？」

と、ウエイトレスはちょっと顔をしかめて、「あのね。いつか役場の人が言ってたんですけど、中畑さんと恵美子さんって、まだ婚姻届が出てないんですって！」

そこへ客が入って来た。

「いらっしゃいませ！」

お昼休みなのだろう。ネクタイをした男が三、四人で入って来た。

喜多村はパソコンの画面を見ながら、しばらく考えていた。——どうも中畑のことが気にかかる。

喜多村のことを気にしている客はいない。喜多村はパソコンにそう詳しいわけではなる。

いが、刑事時代、よく出先から警察の情報のサイトへアクセスしたので、そのやり方は分
「——さて、と」

問題はパスワードだ。以前は毎月パスワードを変えていたが、やはりこういう文化に慣れない高齢者から、「憶えていられない」と苦情が出て、パスワードの変更は年に一度になった。それも四つのパスワードを順に、くり返し使っていた。

「まさか、今は……」

喜多村は思い切って、記憶にあったパスワードを入力して行った。

「やっぱりだめだな……」

と呟いて、四つめのパスワードを入れたときだった。

「——まさか!」

つながった!

では、今でも四つのパスワードを順番に使っているのだ。

やれやれ……。

喜多村は、自分のデジカメを取り出すと、電源を入れて、待った。

サンドイッチを食べ終ると、ちょうど中畑が店の前を通って行くのが目に入った。

デジカメを手にすると、中畑を撮った。

すぐに店内を見回したが、誰も喜多村のことを見てはいない。

撮れてはいたが、横顔である。これで大丈夫だろうか？

やるだけやってみよう。喜多村は、中畑の写真をパソコンに送った。

顔のデータから、一致する犯罪者を探すことができるのだ。もちろん横顔だけでは不十分だが、それでも何人かに絞り込むことはできるかもしれない。

「頼むぞ」

〈検索〉をクリックする。

しばらく応答がなかった。――やはり、データが少な過ぎて、無理なのだろうか。

半ば諦めかけたとき、画面に男の顔写真が二十枚ほど現われた。

少しドキドキしながら、一つ一つを拡大して行った。そして――五、六番目に、呆気なく中畑の顔が現われたのである。

〈緑風館〉のホームページで見た少し前の写真と同じ顔だった。

ここに登録されているということは、少なくとも前科があるということだ。

〈緑風館〉の主人、中畑文男《ふみお》。――喜多村はその顔写真をクリックした。

14　辿る

　ネットカフェを出て、喜多村は腰を伸した。

　ずっとパソコンの画面を見ていたので、目が疲れている。晴れ間が出て来たのはありがたいが、まぶしさに目を細めなくてはならなかった。

「あ、お客様」

　という声に振り向くと、中畑恵美子がやって来るところだった。

「やあ、どうも」

「こちらのお店に？」

「ちょっと肌寒かったんで、ここに入ってゲームを始めたら、はまってしまってね」

「まあ、そうでしたか」

　と、恵美子は笑った。

「こんなことじゃ取材にならないな。晴れて来たし、少し歩くよ」

　と、喜多村は息をついて、「湖っていうのは……」

「はい、その先から道があります」

　と、恵美子は言って、「私、買物に行きますので、登り口までご一緒しますわ」

「それはどうも」

二人は並んで歩き出した。

「――さっき、店の外をご主人が通って行かれたよ」

「お昼ですね。おソバくらいしか食べないんですけど」

――この女は知っているのだろうか？　夫が実は〈中畑文男〉ではないということを。

本当の名前は〈中里文哉《なかざとふみや》〉。

勤め先の団体の金を横領。逃亡して、手配中だった……。

「ここです」

と、恵美子は足を止めて、「この道を真直ぐ行かれると、登り口に出ます」

「ありがとう。――それじゃ」

「お気を付けて」

喜多村は恵美子と別れると、のんびりと歩いて行った。

〈登り口〉とあったので、結構な登山道なのかもしれない。

もし、あまり大変なようなら、途中で引き返そうと喜多村は思っていた。何も、湖を見なければならないわけでもないのだから。

しかし、思いの外、道はゆるい上りで、苦になるほどではなかった。両側の木々の紅葉がなかなかきれいで、歩くのも楽しい。

十五分ほどで、呆気なく湖に出ていた。

「こりゃいい……」

と、思わず呟いていた。

陽光がきれいに射《さ》しているせいもあるだろうが、穏やかな湖面に、向う側の日当りのいい斜面の紅葉が映ってみごとだった。

深呼吸して、山の空気を吸い込みながら、湖の周囲を歩いて行く。ちゃんとした道とも言えないが、車が通ることはあるようで、ちょっとしたトラックなら通れる道幅があった。

所々、泥の中にタイヤの跡も見える。

湖といってもそう大きくない。道が大きく曲って、湖の一部が入江のようになっていた。

小川が湖に流れ込んでいる。

そして、木々の奥に、ひっそりと小屋がひとつ建っていた。

使われているのだろうか？

喜多村は木々の間を抜けて、その小屋へと近付いてみた。

壊れかけていると言ってもいい。埃《ほこり》だらけの窓ガラスは、中を覗くことさえできなかった。

脇へ回ると、ドアがあった。南京錠《なんきんじょう》がかかっている。錠前はそう古い物ではなかった。

全く使われていないわけでもないようだ。

喜多村は、肩をすくめて、道へ戻ろうとした。その時――ふとある匂いが風に乗って喜多村に届いた。

タバコの匂いだ。

それは、ついさっきまでここに人がいたということだ。

しかし、喜多村は足を止めずに、そのまま道へ戻ると、散策を続けた。

どこかから、こっちを見ている。その視線を感じた。

気のせいだろうか？　しかし、あのタバコの匂いは気のせいではない……。

木々を渡る風が、少し冷たさを増した。

「やっぱり、歩いた後の飯は旨い」

と、喜多村は言った。「それに、女将は料理が上手だね」

「まあ、恐れ入ります」

中畑恵美子は恥ずかしそうに笑って、「至って平凡な家庭料理で、お恥ずかしいです」

「いやいや、この味つけは大したもんだ」

と、喜多村は煮物にはしをつけて言った。

「——いかがでした、湖は」

二杯目のご飯をよそいながら訊く。

「うん、きれいだった。紅葉も具合が良くてね。ケータイで撮ったよ」

「それはよろしかったですね」

と、恵美子は肯いた。

——夕飯時まで、喜多村はまたあのネットカフェに入っていた。

〈緑風館〉へ戻って、一風呂浴びてからの夕食である。

「少し早くてすみません。七時から地元の商店会の集まりで、食事を出すものですから」

「ああ、それなら一人で適当にやってるからいいよ」

「いえ、下ごしらえはご近所の人に頼んであるので」

と、恵美子はお茶を注いだ。

「ところで——あの湖の所に小屋があるね。あれは何？」

「ああ、あれは県庁のお役人が時々使ってるんです」

「へえ」

「一応、あの湖の魚は釣っちゃいけないことになってて、それを見張る、とかいうんで小屋があるんですけど、実際はほとんど使わないので、意味ありません」

「なるほど」

「本当は、外国の魚とかをあの湖に放されると、元からいる魚に害がある、っていうんで、そういう様子がないか、たまに見回ってるようです」

「そうか。そういう話はよく聞くね」

「ええ。外国の魚はとても強いそうですから」

「日本の魚はおとなしいんだな。向うは魚も肉食系か」

と、喜多村は笑って言った。

廊下から、

「女将さん」

と、女性の呼ぶ声がした。

「はい」

恵美子が立って行って、廊下でちょっと話すと、すぐ戻って来て、

「――じゃ、申し訳ありませんが」

「ああ、どうぞ行ってくれ。のんびりやってる」

「お膳は廊下へ出しておいて下されば、主人が後でさげに参ります」

恵美子は一礼して、足早に出て行った。

喜多村は、ちょっと一息入れると、床の間のバッグの方へと立って行った。

風呂に行く時、着替えを出してから触っていない。——喜多村は、ファスナーを必ず一センチ開けた状態にしておく。

留守の間に誰かが触れれば分る。

あの主人、中畑——中里が、一人で連泊する男の客に警戒心を抱いていてもおかしくはない。いや、手配されている身なら、警戒して当然だろう。

バッグの前に座って、ちょっと顎をなでた。

バッグのファスナーがきっちりと閉めてある。誰かが触ったのだ。

中を調べると、特に失《な》くなっている物はなかったが、ローションなどを入れたビニール袋が、ポケットに斜めに押し込んである。

「ちょっと雑だぜ、中里さん」

と、喜多村は呟いた。


方々から視線が飛んでくる。

それはよく分っていた。何といっても、出版業界は小さな世界だ。

一人、「よそ者」がいれば目立つ。

中には竹内治のことを知っている者もいて、聞こえよがしに、

「あいつがここで何してんだ？」

と、同僚に訊いていた。

こっちが訊きたいよ。——竹内は所在なく週刊誌をめくっていた。

一応、編集部の中の机を一つ充《あ》てがわれたが、仕事はない。読んでいた週刊誌も、ひと月前の号だった。

K社に話はつけてあって、すぐに社員として採用されたが、むろん歓迎はされない。

竹内はチラッとパソコンの画面を見て、もう帰ろうかと思った。

「おい、竹内君」

呼んだのは、編集部の中のノンフィクション部門を担当している男だった。

「はあ」

「ちょっと来てくれ」

促されて、渋々立ち上った。

空いている会議室へ入ると、

「まあ、かけろよ」

と、菅原《すがわら》という男は言った。

竹内が無言で座ると、

「分ってるだろうが、君は歓迎されてない」

と、菅原ははっきり言った。「上の方に、どこかよほどの強いコネがあったんだって
ことは、誰でも知ってる」

「はあ……」

「さっき耳にした。君の女房は生田目重治の娘か」

「ええ」

「それで納得したよ。生田目重治か！　これ以上のコネはないな」

「それが話ですか」

「そうじゃない。今、うちの社ものんびり遊んでる人間を抱えておくほどの余裕はな
い」

と、菅原は言った。「しかし、生田目の娘婿となれば別だ。ぜひやってほしいことが
ある」

「しかし……」

「知ってるか、ツイッターで流れてるニュースを」

「何の話です？」

「湯浅道男が生きていた、って話だ。――知ってるか？」

「湯浅道男のことは知ってますが、生きていたっていうのは？」

「TVのドキュメンタリーに映ってたんだ」

「へえ……」

「今、話題のトップだぞ」

「そうですか」

「湯浅の件は、生田目さんが誰より詳しいだろう」

「待って下さい。俺は何も――」

「役に立たなきゃ、即クビだぞ」

「しかし……。分りましたよ」

と、ため息をついて、「何をやれっていうんですか？」

「分ってるだろう。真相だ」

「つまり……」

「湯浅道男が生きてるってことは、あの殺人事件は存在しなかったってことだ。実際は何だったのか、探ってくれ」

竹内は少しの間黙っていたが、

「――冗談じゃない」

と言った。「分ってるんですか？　仕組まれた事件だったとして、仕組んだのは、この国の権力を握るお偉方だ。そんな所をつついたら、命がいくつあっても足りませんよ」

「おい、昔はその権力に楯《たて》ついてたんじゃないか。宗旨《しゅうし》変えか？」

「皮肉ですか」

「俺だって分ってる。この会社が危なくなるようなことはしない」

「それじゃ……」

「まあ聞け」

と、菅原は言った。「湯浅が生きてたことは、もうネットで流れて、今さら当局も否定できない。あの一件について、何か説明しなきゃならん。分るか」

「ええ……」

「当局発表じゃ、誰も信じないだろう。だから、どこかが〈真相をスクープ！〉とやらなきゃならん」

竹内はやっと理解した。

「つまり、当局が知らせたい〈真相〉を、うちがスクープするってことですね」

「そうだ。当局も、『言論の自由』を尊重した、と言える。今、日本は世界の中で評判が悪いからな」

「そりゃまあ、こういう出版社がやってられるんですからね」

と、竹内は皮肉った。「分りました。生田目さんと話してみましょう」

「頼むぞ」

菅原は、ポケットから封筒を出して、机の上に置くと、「経費だ」と言った。

竹内は封筒を手に取って、その厚みに目を見開いた。

「――自由に使っていいんですね」

と、念を押す。

「うん。領収証なしでいい」

つまり、この金は出版社から出ているのではないということだ。

このK社は、政権から「優良企業」というお墨つきをもらっている。要するに、これは政権からの「請け負い仕事」なのだ。

「分りました。――では」

竹内は立ち上った。

15　安らぎ

重く雲が垂れ込め、風は冷たかった。

「どういうつもり？」

と、永沢亜紀はひとり言を言った。

午前十時。——二十四時間営業のコーヒーショップで、亜紀はぼんやり座っていた。平日だから、本当なら仕事があるのだが、どこからどう手を回したのか、

「二、三日休め」

と、昼のオフィス、夜の弁当屋、両方から言われた。

わけが分らずにいると、生田目健司からメールが入って、〈明日の十時にN町のSコーヒーで待ってて〉とあった。続けてもう一度メールで、〈朝の十時だよ！　夜じゃなくて〉とあって、笑ってしまった。

〈ちょっとしたお礼がしたい〉

健司はそう書き添えていた。

亜紀は、むろん健司の父親のことを忘れているわけではない。しかし、健司が年下のせいで、気が楽なのも確かである。

本気の——恋人といった付合い方にはなるまいが、話し相手としては気が楽だった……。

コーヒーを飲んでいると、店の前に、黒塗りの車が停った。大型のハイヤーだ。

どこかのホテルの正面玄関なら分るが、こんなコーヒーショップの前で？　そう思って眺めていると、白手袋の運転手が降りて来て後部席のドアを開けた。

何と、健司が降りて来たのだ！

呆気に取られていると、コーヒーショップに入って来た健司は、すぐ亜紀を見付けて、

「待った？」

「そうでもないけど……」

「出かけよう」

どこへ、と訊く間もなかった。店内の客が、ふしぎそうに二人を眺めているからだ。

車に乗ると、

「寛《くつろ》いで」

と、健司は言った。

車は滑らかに走り出している。

「──この車は？」

「一日、僕が借りた。どこへでも行くよ」

「どこへ？」

「一応、予定は作ってあるんだ」

と、健司は得意げに言った。

「でも……」

「それとも、どこか行きたい所、ある？　それなら、そっちにしてもいいけど……」

そう訊く健司の顔は、いかにも情ない様子だった。お願いだから、他へ行こうって言わないで。――そう言っていた。

分りやすい子だ、本当に！

「いいわ」

と、亜紀は微笑んで、「あなたの予定通りにしましょ」

「うん！」

健司はホッとした表情で、「じゃ、出発だ！」

――車が目指したのは、ちょっと意外な場所だった。

車で約一時間半。郊外の山の中腹にある美術館だったのである。

「さあ、降りよう」

車が入口正面に停ると、健司は言った。

平日なので、駐車場も空いている。

車を出ると、冷え冷えとした山の空気に包まれて、亜紀は身震いした。

「中へ入ろう」

健司が促して、二人は小走りに入口へと向った。白いモダンな建物は、曇り空の下、いかにも寒そうに見える。

健司はもう入場券を持っていたので、すぐに建物に入った。亜紀はホッとして、

「どうして美術館？」

と訊いた。

「いや、何となく……。君にはこういう場所が合ってる気がしたもんだから……。気に入らない？」

「そんなことないわ。絵は好きよ」

「それなら良かった」

コートは邪魔になるので、コインロッカーに入れた。

亜紀は少しも絵に詳しいわけではないが、それでも、じっと眺めていると心が落ちつき、何かよく分らないものに満たされる。

それは心のゆとり、とでもいうものだろう。今、人々はあまりに切羽詰った日々に慣れ過ぎている。

いつもいつも走り続けていると、やがて自分が走っていることとさえ忘れてしまう……。

「——空いてるわね」

と、中へ入って、思わず亜紀は言った。

高い天井からは外の光がゆるく射し込んでいて、この空間を暖かなものにしている。

ごくたまにだが、亜紀も都内の美術展に足を運ぶことがある。しかし、平日の昼間でも行列を作る大混雑。あげくに、肝心の名画の前では、

「立ち止らないで！　進んで下さい！」

と、ガードマンが声を嗄《か》らしていたりする。

とても「名画を鑑賞する」という雰囲気ではないのである。

だが、ここは――他に数人の客は見えるものの、ゆったりと一枚一枚の絵を見て歩けるのだ。

「あなた、絵が好きなの？」

と、亜紀は健司に訊いた。

「ちっとも。さっぱり分んない」

正直なところがいい。亜紀は微笑んだ。

画風ごとに、いくつかの部屋に分れていたが、その三つめの展示室に入ったときだった。

「これ、好きかな」

と、健司が言った。

かなり大きな絵だったが、上三分の二ほどはほとんど白い霧に覆われて、ぼんやりと木立や岩の先が浮んでいる。そして一艘《いっそう》の小舟が三角の帆を上げて海へ出て行こうとしていた。

そこに乗っている男女は、後ろ姿のシルエットで、顔は見えないが、肩を寄せ合って、互いに信じ合う恋人同士なのだろうと見当がつく……。

「どこかへ旅に出るのかな……」

と、健司は言った。

「〈シテール島への船出〉だわ」

と、亜紀は言った。

「知ってるの？」

「そうじゃないけど……。西洋絵画のモチーフの一つなの。有名なのは……ワットーの絵じゃなかったかしら。私もよく知らないけど」

「シテール島って？」

「ギリシャの島よ。確かギリシャ神話の中で、愛の女神のアフロディテが海から上陸したのがシテール島だということになってて、だからシテール島は美や愛や快楽に満ちた理想郷なの」

「そんな所があるんだ」

「だから実際には存在しないの。この小舟は、現実にはない夢の国へと旅立とうとしてるのよ」

「そうか……。そう思うと悲しいね」

と、健司は何だかしみじみと言った。「現実が辛いから、逃げ出すんだろ」

「そうね、きっと……」

亜紀は肯いて、「でも、人間は逃げ出せない。現実に縛りつけられてるもの」

と言うと、霧の中へ、心もとなく消えて行こうとするその小舟をじっと見つめた。

すると、

「ちょっと」

と、声がして、振り向くと、メガネをかけた、まだ大学生かと思うような若い男が立っていて、「おしゃべり、やめて下さい」

その言い方はいかにも高飛車で見下した口調だった。亜紀は素直に、

「ごめんなさい」

と謝ったが、健司の方はムッとした様子で、

「大きな声なんか出してないだろ」

と言い返した。「絵の感想、話してもいけないのか」

亜紀は健司の腕をつついたが、その若い男が、

「他のお客の迷惑ですから」

と、やり返すと、健司の方もますます腹が立ったようで、

「じゃ、この美術館の中はひと言も口をきいちゃいけないって言うのか？」

「そうは言いませんよ。ただ規則で――」

「これ以上小さな声でしゃべったら聞こえない。そんな声が迷惑なのか？」

「健司君、やめて」

と、亜紀は健司の腕をつかんで言ったが、今度は相手の方が顔を真赤にして、

「迷惑だから迷惑だと言ってるんだ！」

と怒鳴り返した。「言うことが聞けないんだったら、退出させるぞ！」

「何だと？　やれるもんならやってみろ！」

健司が胸ぐらをつかむと、相手は明らかに怯《おび》えたが、

「暴力を振うのか！　僕は――僕には権限があるんだ！　逆らったら後悔するぞ！」

と、上着にとめた札を指さした。

「どうしたの？」

と、スーツ姿の中年女性がやって来て言った。「大きな声を出して」

胸元に同じ札を付けているから、この美術館のスタッフなのだろう。

「僕が注意したんです。――この人たちのおしゃべりがうるさかったんで。そしたら、こいつが乱暴して来て……」

と、若い男は訴えるように言ったが、上ずった声は震えていて、どう聞いても普通ではない。

「もういいんです」

と、亜紀は穏やかに言った。「確かに私たち、この絵について話していましたけど、決して迷惑をかけるほどの声は出していません。それとも声を出すこと自体、禁じておられるのなら――」

「うるさいかどうか、決めるのは僕だ！」

と、若い男は突っかかるように言って、「そうでしょう？　僕が判断していいんですよね？」

と、中年の女性の方に念を押した。

「まあ、そうだけど……。でもね、ひと言も口をきいちゃいけないとは言ってないでしょ。程度問題なのよ。――もう行って下さい」

女性の口調からは、明らかにその若い男の言い方を苦々しく思っているのが読み取れた。

「分りました。――健司君、行きましょ」

と、亜紀は健司の腕をつかんで、少し強く引張った。

健司は不満そうだったが、素直にそのままその場を離れた……。

「ごめん」

と、健司は言った。「ついカッとしちゃってさ」

「治まるのに、ずいぶんかかるのね」

亜紀が微笑んでいるのを見て、健司はホッとした。

二人はあの美術館から車で十五分ほどのレストランでランチをとっていた。

「――こんな所に、洒落たレストランがあるのね」

と、亜紀は珍しげに店内を見回していた。「しかも、結構お客入ってるし」

「うん、予約しないと、特にランチは入れないんだ」

と、健司が肯いて、「眺めがいいから、ドライブの途中で寄る人が多いって」

「優雅ね。――世の中、不景気だって騒いでるのに」

さっぱりした味のフレンチだ。

「良かった」

と、メインの魚料理を食べ終えて、健司が言った。「気を悪くして、帰るって言われるかと思って……」

「おごってくれるんでしょ？　そういうチャンスは逃がさないわよ」

亜紀はナイフとフォークを空の皿にそっと置いて、「それに、あなたが怒ったのは当り前だわ。私だって内心腹立ててた」

「でも、怒らなかった」

「そういう生き方に慣れてるの。思ったことを何でも口にしたら、今の時代、生きていけない」

「そうなんだ……。あ、もうさげて」

と、健司はウエイトレスに言った。「ここ、デザートが選べて、女の子に人気があるんだ」

「あのマリって子と来たことあるのね？　図星でしょ」

「まあね」

健司はちょっと照れた。

デザートをワゴンから選ぶと、コーヒーを頼んで、

「あの美術館の男の人、きっと普段はおとなしくて、人の言いなりになっているのよ」

と、亜紀は言った。「そういう人が、他の人間を自分に従わせる権力を持った。あの人にとっては何よりの快感なのよ、人に注意して謝らせるのが」

「それにしたって……」

「そう。あんな話もできないなんて、外国の美術館なんかじゃ考えられないわよね。絵を見ることが無言の行《ぎよう》みたいになって、ちっとも楽しくない」

「あんな奴、雇うからいけないんだ」

「でもね。今はああいう人が大勢いる。自分が辛くて苦しいと、弱い者に向っていばって見せるのが気晴らしになるのよ」

「うん……。確かに、あちこちでよく見かけるな。駅員を怒鳴りつけてる人とか、デパートやお店でも、店員を大声で罵ってる客とか」

「権力を振う快感は麻薬よ。人をじわじわと毒で侵して行く」

健司は少し間を置いて、

「──うちの母さんも、よく電話でクレームつけて怒ってるよ。父さんがあんな風だから、そのせいで苛々してるのかと思ってた」

デザートが来て、食べ始めると、

「父さんも、かな」

と、健司は言った。「検察官なんて、凄い力持ってるだろ?」

「そうね。──法的な強制力を持つことは一番の快感でしょう」

「そのせいで……」

と、健司は口ごもった。

亜紀は穏やかに、

「あなたを責めはしないわよ」

と言った。「あなたは悪い人じゃない。人にも優しいし、間違ったことに対して怒る気持も持ってる。でもね……」

亜紀は淡いピンクのババロアをスプーンで口に入れると、

「おいしい……。でもね、健司君。世の中はそれだけじゃ良くならないの。優しさは大切だけど、この世の中を動かしてるのが誰なのか、そしてその人たちが、日本をどんな社会にしたがっているか、知る必要がある。言い換えれば、知らないことは罪なの」

健司は食べる手を止めて、

「知りたいよ」

と、真直ぐに亜紀を見つめた。「教えてほしい。僕の知らないことを」

「あなたが?」

「親父が元検察官だから、その資格がないの?」

「そうは言ってない。でも、知ったからって、さっきみたいにカッとなっちゃだめよ。冷静に聞いて、自分に何ができるか、どうしたらいいか、よく考えて」

「分った。約束するよ」

二人はコーヒーを飲みながら、しばらく黙っていた。

「――本気ね」

と、亜紀は言った。

「うん」

と、健司は肯いて、「君に聞いた話は、一切口外しない。もちろん親父にも」

「私は、あなたとお父さんを喧嘩させたいわけじゃないわ」

「するときは、僕の責任でするよ」

「でも――どうして急に？」

「君は命を救ってくれた。僕とマリと、二人もだ。でも、親父は人を罰したり死に追いやったりしたけど、誰の命も助けたことがない。だから君を信じるんだ」

亜紀は、健司の言葉に、いささかの戸惑いを見せながら、

「あなたは、そんなうまい嘘をつける人じゃないわね。――分ったわ」

と、肯いた。「でも、ここじゃ話が長くなり過ぎるわ」

「この先のホテルの部屋を取ってあるよ」

「え？」

「あ、いや――別にそういう意味じゃなくて。本当だよ！　もし君が疲れて休みたいって言ったときのために……」

「ずいぶん手回しがいいのね」

と、亜紀はちょっと笑って、「いいわ。これを飲んだら、そこへ行きましょう」

「うん」

健司は安堵《あんど》の表情を見せて、コーヒーを飲み干したのだった……。

16　おぼろげな顔

見込み違いだ。

喜多村は、ちょっと眉をひそめた。

夕食を終えて、横になっている内、少し眠ってしまい、目を覚ましてから、

「もう一度入ってくるか」

と、時計を見た。

女将の恵美子が、今夜は地元の商店会の集まりがあると言っていた。時間からいって、ちょうど宴会の最中だろう。

今なら、温泉の大浴場も空いているに違いない、と思った。

確かに、〈男湯〉の戸をガラッと開けて入ったときは、他に誰もいなくて、

「のんびり入れる」

と思った。

ところが、十分とたたない内に、にわかに脱衣場が騒がしくなって、ドッと裸の男たちが入って来たのである。

「ゆっくり入ろうぜ」

「どうせ、サービスでタダだ」

話している訛《なまり》や中身で、これが例の「商店会」の連中だな、と分る。宴会だけでなく、一風呂浴びて行こうということらしい。

みんな酔っているせいで、浴場の中がたちまち酒くさくなった。

湯舟に次々入って来るので、お湯が溢《あふ》れて流れて行く。喜多村は端の方へと動いた。

「——おい、どうなってんだ、土産物屋の奥さんとは」

「今夜もこの後待ち合せさ」

「じゃ、離れを借りたのか？　かみさんにばれないようにしろよ」

「心配するな。かみさんの方にもちゃんとサービスしてら」

「言ってくれるぜ。腰を痛めて動けねえ、なんてことになるなよ」

その後も、何人かずつ入って来て、大浴場（と名は付いていても大した広さではない）は大混雑の様相を呈していた……。

酔って声が大きくなっている。一人、隅の方で湯に浸《つか》っている喜多村は、やかましさにちょっと頭が痛くなりそうだった。

「出るかな……」

と呟いた喜多村は、湯舟にまた二、三人派手に湯をはねながら入って来たあおりで、押されて誰かにぶつかった。

「失礼」

「いや、何でも……」

という声は、酔っている気配がなく、訛もない。

大方、他にも泊り客がいて、一緒に入って来たのだろう。

少し離れて、喜多村はもう一度顎まで湯に浸った。

白い湯気の中に、男たちの裸がひしめいている。にぎやかな話し声が天井まで詰っているようだった……。

目を閉じて、大きく息をつく。

すると、今聞いた、「いや、何でも」という声が、なぜか頭の中でくり返し響いた。

「いや、何でも……」

この声。——喜多村は、ふと、どこかでこの声を聞いたことがある、と思った。

ここの主人ではない。ここの住人ではなく、旅行客か……。どこで聞いた声だ？

ゆっくりと、喜多村は湯の中でも体が冷えて行くのを感じた。少しのぼせるくらいだった頭の薄い霧が、少しずつヴェールをはがして行くように、消えて行く。

そっと頭をめぐらして、さっきぶつかった男の方へ目をやった。湯気を通しておぼろげにしか見えない顔。

しかし、快さげに目を閉じて湯に浸っているその顔を、喜多村は忘れはしなかった。

──湯浅道男が、数十センチの距離を隔てて、湯に浸っていたのだった。

急ぐな。──あわてるな。

わざとらしく目をそらせば気付かれる。

喜多村は、大きく呼吸をした。もう一度顎まで湯に浸ると、ゆっくり立ち上って、湯舟を出た。

ちょうど、新しくまた二人大浴場へ入って来て、喜多村は入れ違いに出ることができた。これなら気付かれないだろう。

「全く……」

と、意味もなく呟くと、ともかく急いで浴衣を着た。

男湯ののれんを分けて出ると、廊下はひんやりとして、ほてった頬を冷やしてくれる。

まさか……。こんな所で湯浅に会おうとは！

「そうか……」

喜多村はちょっと笑った。

湯浅が喜多村の顔を憶えているとは思えない。会ってはいるが、一対一だったわけでもないし、話もほとんどしていない。湯浅と話したのは、専ら他の刑事で、だから喜多村は湯浅の声が分ったが、向うは喜多村の声など分るまい。

焦ることはなかった。——のぼせた頭をスッキリさせるための長椅子に腰をおろして息をつく。

しかし、なぜ湯浅がこの大浴場にいるのだろう？　ここに泊っているのか？

ともかく、見付けたのだ！　逃がさないぞ、と自分に向って呟く。

少したつと、地元の男たちが二、三人ずつ浴衣姿で出て来た。これからどこかへくり出すのか、ここで休んで行く者はいない。

女湯の方からも、中年の女性が数人出て来て、やはりここの商店主なのだろう、商売の話をしている。

「じゃ、あんたは離れね」

と、冷やかされている女がいて、どうやらさっき湯舟で話していた男の相手らしい。

「また汗かくの？　物好きね」

「放っといて」

甲高い笑い声が遠ざかって行く。

すると、女将の恵美子がやって来て、

「あ、どうも」

と、喜多村に会釈した。「いかがですか、お湯は」

「結構だね。ちょっと混んでるけど」

「ここの人たちと一緒になったんですね」

恵美子は微笑んだが、どこかぎこちない。目がチラチラと男湯ののれんへ向いた。

「——湯ざめするといけないな。部屋へ戻るよ」

「もうおやすみですか」

「いや、原稿を書かなきゃね。印象が新しい内に。それじゃ」

「ご苦労さまです」

恵美子の顔にホッとした表情が浮んだ。

喜多村は廊下を少し行くと、振り返った。

恵美子は誰かが出て来るのを待っている。

喜多村は壁ぎわに置かれた自動販売機のかげに入ってみた。——隠れているとは言えないが、息を殺していれば気付かれないだろう。

地元の男たちが何人か通り過ぎて、十分ほど待った。

「湯が溢れてなくなっちまったよ」

と、あの声が言った。

湯浅だ。

「今夜は特別」

と、恵美子が言った。「離れが使えないの。逢《あ》いびきする人がいて」

「ふざけた奴だ」

「来て。二階の角部屋に仕度したわ」

恵美子は促して、「急な欠席がいて、一人分の食事が余ったの」

「今日は刺身付きか」

床が鳴る。——喜多村は緊張したが、二人は途中の階段を上って行った。

湯浅の食事を恵美子が用意している？　どういうことだ？

喜多村は、その階段を見上げた。

もしかすると……。迷う間もなく、階段を上っていた。

狭い階段で、おそらく掃除や布団の片付けなどに使うのだろう。上ると、二階の廊下の奥に出た。

角部屋か……。どこのことを言っているんだ？

そっと足を運ぶと——。

「だめよ！」

いきなり、目の前の部屋から恵美子の声が漏れて来て足を止める。

「今はそんな……」

恵美子の声がかすれて消えると、喜多村はそっと後ずさった。

そういうことか。——湯浅と恵美子。中畑は、形だけの亭主なのだろう。

階段を下りると、喜多村は息をついた。

恵美子と湯浅はどうして知り合ったのだろう？　恵美子はこの町の人間だ。ということは、湯浅はたまたまここへやって来て、恵美子と知り合ったのか。

それとも、古くから何か係り合いのある二人なのだろうか。

喜多村は、表玄関の方の階段を上って、部屋へ戻った。

恵美子と湯浅のいる部屋もそう離れていない。大体小さな旅館なのだ。

この旅館で湯浅が暮しているとは思えなかった。今の様子からして、食事と、風呂へ入るためにやって来ているのだろう。

ここに住んでいるのなら、別の所で湯浅を見かけてもおかしくない。

喜多村は、ともかく布団の上に横になった。——湯浅はまだしばらくいるだろう。

永沢亜紀へ知らせてやりたかったが、この時間、彼女がどこに誰といるか分らない。

夜中まで待とう。

少しすると、廊下を通る足音——というより、床のきしむ音がした。

素早く起きて、そっと戸を細く開けると、恵美子が乱れた髪を手で直しながら階段の方へ向う後ろ姿が見えた。

湯浅はこれから食事か。

喜多村は、浴衣を脱いで、服を着た。湯浅がどこに帰るのか、見届けたい。

しかし、気付かれれば再び姿をくらます危険もあった。賭けと言ってもいい。

「まあ、その時だな」

と呟く。

気付かれたら、湯浅と一対一で話をする。おそらく、自分が生きていると知られたことは承知しているだろう。自分の立場で、どうしたらいいのか、迷っているのではないか。

戸を少し開けて、廊下の気配をうかがっていると、一時間ほどして戸の音。

すぐに立ち上って、廊下を覗く。廊下の奥に影が動いた。おそらく、湯浅があの狭い階段を下りて行ったのだろう。

喜多村は、階段を駆け下りて玄関の様子をうかがった。もう夜なので人の姿はない。

「おい！　飲みに行くぞ！」

と、声がして、一風呂浴びた男たちが四、五人やって来る。

「ご苦労さまでした」

恵美子が出て来たので、喜多村は階段を途中まで上って、壁にはりついた。

「じゃ、恵美子さん！　今夜はどうも」

「旨かったよ、料理」

「まあ、ありがとうございます」

恵美子が見送る。奥から、

「女将さん！　会計のことでお願いします」

と、呼ぶ声がして、恵美子は急いで奥へ入って行った。

喜多村は靴箱から自分の靴を出すと、玄関から出た。帰ったときは、あの連中について飲みに行った、とでも言えばいい。

建物の傍を回って、裏手へ出ると、小さなくぐり戸から誰かが出て行くところだった。湯浅だろう。

駆けて行って、くぐり戸を出る。

夜道の先に小さな灯《ひ》が揺れていた。――喜多村はその灯について歩き出した。

――暗い夜道だが、少し行く内、これが町並の裏側を通る道だと分った。

表通りの方はまだ明るく、話し声も聞こえている。湯浅はやはり町の人間の目を避けているのだろう。

やがて分った。

「そうか……」

あの湖の小屋だ。

灯は、湖へ行く〈登り口〉を入って行った。――湯浅は、夜遅くに〈緑風館〉へ来て、恵美子の作った食事を食べ、風呂へ入ってから、あの小屋へ戻って寝る。

あのときのタバコの匂いは、湯浅が喫《す》っていたのだろう。

しかし、夜で、しかも山の中の道だ。灯もじき木々に遮られて見えなくなり、喜多村は足を止めた。

月明りもない。これ以上は歩けない、と思った。

あの小屋だと分れば、明日にでも訪ねてみてもいい。

「戻るか……」

湯浅を、こんなに早く発見したのは、幸運と言うしかない。いくらかは喜多村の直感の功もあったかもしれないが。

町の方へ戻ろうとして——背後に足音を聞いた。

振り向く間はなかった。

喜多村は後頭部を一撃されて、そのまま二、三歩よろけると地面に倒れ伏した。

倒れる前に、意識を失っていた。ザラついた地面の感触も、手に触れた濡れた草の冷たさも、感じなかった……。

17　回想

「どうして……」

と、生田目健司は言った。「どうして、このホテルへ入るとき、わざわざ別々に入ったの？」

亜紀はソファにかけて、

「分るでしょ、もう」

「つまり……ここも監視されてる、ってこと？」

「部屋の中までは、どうかしらね」

ホテルのその部屋は、洒落た色づかいの明るい内装だった。

「でも、少なくともホテルの入口やフロントには必ず監視カメラがあるわ」

「僕と一緒に入るのはまずい？」

「もちろん。だから、わざと他の家族連れと一緒に入ったの。あなたが先にここへ入ったのを連絡してもらってからね」

と、亜紀は言った。「ホテルの部屋で、私とあなたが二人きりでいると分ったら、あなたのお父さんは私を逮捕させるかもしれない」

「まさか！　何の容疑で？」

「そんなの、何とでもなるわよ」

「そうなのか……」

「もちろん、そこまではしないかもしれない。でも、私があなたに何を話したか、訊き出そうとするでしょうね」

「僕は何も言わないよ」

「もちろん、私から訊き出すのよ。――私、暴力には弱いの。痛めつけられたら、すぐしゃべってしまいそう」

「そんなことはさせないよ」

と、健司は強い口調で言った。

「あなたはきっと本気ね。でも、一人の力なんて、弱いものよ……」

「親父は自分じゃ何もしないんだ。部下に汚ないことは全部やらせて、自分は高潔な人格者みたいに振舞ってる。卑怯《ひきよう》だ!」

健司は心底怒っている。――亜紀は、そんな健司の姿に、意外なほど胸を打たれている自分に気付いて驚いた。いや、当惑した、と言った方が近いかもしれない。

私がこの男の子にひかれるわけがない。そんなこと、あり得ない。

「あなたが悪いんじゃないわ」

と、亜紀は慰めるように言った。

「話して」

と、健司は言った。「どんな話でも聞く覚悟はできてるよ」

「そんな深刻な顔しないで。――これは、私が父から聞いた話よ。そのつもりで聞いてね」

「うん、分った」

健司はベッドに腰かけて、少しリラックスした様子だった。

亜紀は冷蔵庫からお茶のペットボトルを取り出し、グラスに注ぐと、一口飲んで、

「どこから話しましょうか……」

と、少し迷っていた。

それから、視線を健司から部屋の隅の薄暗い辺りに向けて、

「父には恋人がいた」

と、言った……。

もう少し暖かければ、違っていたのかもしれない。

その日は凍えるような寒さだった。特に彼女のアパートに着いたのは、夜中の十二時を回って、木枯しは頬に痛かった。

せかせかと階段を上り、そのドアを叩いた永沢浩介は、外廊下を風が吹き抜けるので首をすくめていた。

「はい」

と、ドア越しに声がして、すぐ開くと、「こんな時間に――。大丈夫なんですか?」

少し老けてはいるが、その女の生活感のある表情には人を安堵させるものがあった。

「ともかく入れてくれ。寒い！」

と、永沢浩介は部屋へ上ると、体全体で息をついた。

「コート、着てらしたら？　この部屋、あんまり暖かくなってませんから」

「いや、いいよ。こんなもの着てたら落ちつかない」

永沢はコートを脱いで、彼女に渡した。

「何か召し上ります？」

「食事はして来た」

と、永沢は言って、「しかし――軽く食べたいな。何かこしらえてくれるか」

「いいですよ」

と、嬉しそうに言って、「五、六分待って」

「急がない」

「でも――お帰りにならないと」

「今日は泊るよ。寒い」

棚原《たなはら》しずかは台所で振り向いて、

「――いいんですか？」

「ああ。心配するな」

永沢は畳の上に仰向けに寝た。「――疲れたんだ。集会でな」

「そんな、畳の上で」

しずかは急いで押入れを開けると、布団を出して、「ちゃんと布団の上で寝て下さい！　風邪ひいたらどうするんですか」

と、叱るように言った。

永沢は苦笑して、

「俺は赤ん坊じゃないぞ。これぐらい平気だ」

「赤ん坊なら、もっと素直ですよ。さ、ちょっと起きて下さい」

永沢は、しずかに世話を焼かれるのが嬉しいのだった。わざと手こずらせてやることもある。

「ね、お布団で寝て下さい」

しずかが永沢の手を握って引張る。永沢は逆にそのしずかの手を力を込めて引張って、腕の中に抱いた。

「だめですよ……」

と言いながら、しずかはそのまま布団の上に仰向けにされる。「何か召し上るんじゃなかったんですか」

「ああ。お前を食べる」

と、笑ってしずかの上に重なる。

「あなた……。本当に泊って？」

「うん。大丈夫だ。女房は気にしない」

「でも――表向きだけですよ。奥様が面白いはずがないわ」

「そりゃそうだろう。しかし、もうあいつには何も感じない」

「そんなことおっしゃって……」

しずかは息を荒くした。――永沢は、およそ色気などないように見えるしずかが、自分の愛撫《あいぶ》に反応しているのを見るのが好きだった。意外性があるところがいいのかもしれない。

「お嬢さんは――何かおっしゃらないんですか」

と、しずかは言った。「亜紀さん、でしたっけ」

「亜紀か。あいつは俺と口もきかない」

と、永沢はちょっと顔をしかめて、「そういう年ごろだ」

「でも……」

口ではためらいながら、しずかは永沢を拒まなかった……。

「どうします？」

服を着ながら、しずかが訊いた。

「うん？」

永沢は目を上げた。——本当に泊って行くのか訊かれたと思ったのである。

「何か食べます？」

と訊かれて、

「ああ……。いや、もういい」

と、永沢は起き上った。

しずかを抱いてしまうと、永沢の気持は揺らぐ。帰宅が夜中になるのはいつものこと
だが、外泊することはめったにない。

妻の直美のことを考えると、やはり今夜、どんなに遅くなっても、帰った方がいいか
もしれない……。

「じゃ、お風呂に入ったら？」

しずかは、永沢が無口になったことに気付いているだろう。それが何を意味するかも。

しかし、それをあえて自分から口にするほどは、しずかも控え目ではない。

「そうだな……」

永沢は曖昧に言った。「だが、こんな時間に風呂に入ったらまずいだろう」

「シャワーだけなら大丈夫ですよ」

「そうか。まあ……そうするか」

永沢がのっそりと立ち上る。

しずかは台所に立って、

「無理しないで」

と言った。「帰りたいんでしょう」

「しずか……」

「だったら、はっきりそう言って」

しずかは少し不機嫌そうになっていた。当然のことだが。

永沢は黙っていた。そういう時に、女の方から「帰れ」と言ってくれるのを待っているのは卑怯というものだ。分っていたが……。

「いいのよ」

と、しずかは言った。「帰って。でも、暖かくしてね。風邪ひきますよ」

「そうだな。まあ、後のことを考えると……」

言葉を濁しながら、永沢は服を着て、派手にクシャミをした。

「ほら。——ちゃんと汗を拭いて下さい」

「うん。大丈夫だ」

——棚原しずかは、中学校の教師である。政府や都からの締め付けで、教師の自由が奪われることに抗議しての集会で、永沢は彼女と出会った。

反権力のジャーナリストとして、すでに有名になっていた永沢は、あくまで集会のゲストとして招《よ》ばれていたのだが、その集会で、永沢に真向から批判をぶつけたのが、棚原しずかだった。

恐縮する主催者とは違って、永沢はその名前も知らなかった女性に関心を持った。集会の後、会場の出口で見かけて声をかけたのである。

だが――「女性の自立」をいつも訴えている身で、しずかとの関係にのめり込むのは矛盾である。不倫の仲になってしまうと、永沢はしばしば「ずるい男」にならざるを得なかった……。

「はい、マフラー。きちんと巻いて」

世話を焼いてくれるしずかを見ていると、永沢は心の安らぐのを覚えた。妻の直美は几帳面《きちょうめん》でプライドが高い。

もちろん、しずかはまだ三十代半ばで、直美にない若々しい体の魅力もあったが、むしろ彼を甘やかしてくれる安堵感の方が大きかっただろう……。

「じゃ、寒いからここでいい」

と、玄関で靴をはくと、「タクシーを拾って帰るよ」

「そうして下さい」

しずかは玄関で見送って、小さく手を振った。その笑顔は永沢の疲れた体にしみ込んで来た……。

アパートの前は狭い道なので、永沢は少し歩いて広い通りに出た。ここなら空車が通るだろうと思ったのである。

ところが、木枯しに閉口しながら十分以上待っても、通るタクシーはどれも客を乗せていて、永沢の体はすっかり冷え切ってしまった。

「あ、畜生」

と、思わず呟く。

しずかに、先週の会議の議事録を渡そうと思って鞄に入れていたのに、忘れてしまった。

彼女の方も、

「次の職員会議の資料にしたい」

と言っていたのだが、つい忘れたのだろう。

一旦アパートに戻るか？

「この寒い中を？」

アパートに戻ったら、もう出て来る気になれないだろう。それなら、初めから泊れば良かった……。

迷っている間に、アパートへ戻れる。永沢は思い切ってアパートへの道を戻って行った。まだ二十分足らずだ。眠ってはいないだろう。

やっとアパートへ着き、二階へ上ると、しずかの部屋のチャイムを鳴らそうとして、シャワーの音に気付いた。

アパートの浴室が外の廊下に近いので、聞こえて来る。

「そうか……」

チャイムを鳴らしても聞こえないだろう。永沢は、鞄を開けて、議事録の封筒を取り出すと、鍵をポケットから出した。

玄関の上り口に黙って置いておこう。そしてそのまま帰ることにしよう。

玄関のドアを開けて、中へ入った。

「おっと」

狭い玄関で、靴をけとばしてしまった。身をかがめて戻そうとして――永沢の手が止った。

互い違いに引っくり返っているのは、男物の靴だったのだ。一瞬、部屋を間違えたのかと思った。

しかし、そんなはずはない。玄関の鍵があいたのだから。

誰の靴だろう？　さっき出て来るときにはなかった。たった二十分ほどの間に、しかもこんな時刻に……。

「濡れたタオルはちゃんと掛けておいてね」

しずかの声がした。

永沢は青ざめた。――今、シャワーを浴びているのは、男なのだ。

とっさに、外へ出てドアを閉める。震える手で鍵をかけた。

「あらあら、こんな乱暴な脱ぎ方して」

引っくり返った靴を直したのだろう。ドア一枚向こうに、しずかの声がする。しかし、それは永沢の知らなかったしずかの声だ。

「――シャワーだけじゃ、すぐ寒くなっちまうよ」

男が、浴室から出て来た。「何か食うものないか」

「突然来て、何よ。もうちょっとで、あの人と出くわすところよ」

と、しずかが文句を言っている。

「とっくに帰ったと思ってた」

この声……。誰だろう？　永沢には聞き覚えがあった。

「具体的なこと、決ったの？　あの人の相手してると……」

声が小さくなって、聞こえなかった。中へ引込んだのだろう。襖《ふすま》を閉めたら、もう表までは聞こえて来ない。

「しずか……」

怒りも当惑も、すぐには湧いて来なかった。

ただ、何が起っているのか理解できないまま、永沢は凍えるような夜道を歩いていた。

あの人の相手してると……。

あの後、しずかがどう言ったのか分らないが、あのほんのわずかな言葉にも、うんざりした気分が出ていた。

皮肉なことに、今度はすぐ空車が来て、永沢は自宅へと向った。

ほとんど無意識の内にケータイを取り出して、メールをチェックしていた。習慣のようにやっていることなら、何も感じないでできる……。
五、六件のメールが入っていた。読んだが、頭に入らない。
ともかく今は帰って、寝よう。——それから、今見たこと、聞いたことのすべてが幻だったのかどうか、考えよう。

ケータイをポケットにしまおうとしたところへ、メールの着信があった。〈棚原しずか〉。

〈もうお宅に着きましたか?

ちゃんとお風呂で暖まって下さいね。お宅は何時に入っても大丈夫でしょうから。

議事録をいただくの、忘れてしまいました。また今度。パソコンに送っていただいてもいいです。

今日はお疲れさま。もちろん、集会のことを言ってるのよ。

ブログに明日書き込んでおきます。

気を付けて。しずか〉

この気づかいに、いつも永沢は感謝していたのだ。しかし、このメールを、しずかはさっきの男と笑いながら打っていたのかもしれない……。

永沢はメールを消去した。

夜中でもあり、タクシーは自宅まで二十分で着いた。

自宅の玄関を入ると、

「お帰り」

亜紀がパジャマにカーディガンをはおって顔を出した。

「まだ起きてるのか」

「こんな時間に帰って来る人に言われたくない」

と、亜紀は言い返した。「お母さんも今お風呂」

「こんな時間に？」

「忘年会だって。お父さん、油断してると逃げられるよ」

永沢は取り合わず、

「早く寝ろ」

と、居間に入って、ソファにドカッと座った。

「おやすみ」

と、出て行きかけて、「あ、ファックスが来てたよ。そのテーブルの上の紙。――それじゃ」

「ああ……」

永沢は、しばらくしてから、そのファックスを手に取った。

〈次回の予定です〉

と、タイトルがあり、ジャーナリストの会合の案内が載っている。

もともと、永沢が出席しなければ始まらない会議なのだから、予定は承知していた。

念のため、か。几帳面な奴だ。

ともかく、今は考えたくない。そのファックスをテーブルに投げ出そうとして、永沢の動きが止った。

ファックスを見直す。差出人は、〈湯浅道男〉。永沢の同志として行動を共にして来た、元記者である。

そして――間違いなく、さっき棚原しずかのアパートで聞いた声の主だった。

「馬鹿な！」

と、思わず呟く。

湯浅は、勤め先の新聞の方針に異を唱えて解雇されたのだ。今、永沢の力になってくれてはいるが、収入は乏しく、

「貯金を食い潰してますよ」

と笑っていたものだ。

湯浅が……。あれはどういうことだったのか？

湯浅がしずかと恋仲になっていた、というだけなら、永沢も辛いが納得できたろう。しかし、あの二人の会話。口調。

しずかが、「あの人」と永沢を呼んだ、微妙な調子……。それは疑いようもなく、永沢を欺いていることを示していた。

湯浅もまた、同じだ。

「具体的なこと、決ったの？」

と、しずかは湯浅に訊いていた。

「具体的なこと」とは、何だろう？　しずかが湯浅に訊くようなこと。

それは、このファックスにある、ジャーナリスト会議の行動計画だろうか？　いや、単に会合の予定なら、いくらも調べる手はある。では何の「具体的なこと」なのだ？

永沢の手からファックスはフワリと落ちてソファの下に入り込んだ。

「——あなた」

バスローブを着た直美が居間へ入って来た。「帰ったの」

「ああ……」

「遅いのね。泊ってくるのかと思ったわ」

永沢は妻の顔を見た。直美はあっさりと、

「あの学校の先生でしょ？　棚原さんとかいう」

永沢は、裏切られていたと知った今、妻に恋人を名指しされるという二重の屈辱を味わった。

「もう終った」

と、永沢は言った。「その名前を口にしないでくれ」

直美はちょっと意外そうに、

「まあ。——あなた、振られたの？」

「そんなところだ。もういいだろう」

「終ったから忘れろ？　虫がいいんじゃなくて？」

「明日、また話す。今夜は勘弁してくれ」

永沢のこんな言い方を聞いたことがなかった直美は、

「そう」

と肯いた。「分ったわ」

「もう寝る」

と、永沢は立ち上った。

「あなた……。何があったの」

「今は話したくないんだ」

と、強い口調で言った。

「じゃあ、本当に――」

と言いかけて、「おやすみなさい」

「ああ、おやすみ」

居間を出ようとする永沢へ、

「明日は？　何時に起せばいいの？」

と、直美は訊いた。

「明日？――明日か」

永沢はそう呟くように言って、「明日は何もない」

「珍しいこと」

何もないわけではなかった。しかし、永沢は、明日のことを考えたくなかったのだ。

「寝かせといてくれ」

「ええ」

永沢は居間を出た。——目の前に、亜紀が立っていた。

「聞いてたのか」

「おやすみ」

亜紀はそれだけ言って、部屋へ姿を消した。

永沢は力なく寝室へ入って行った……。

18　背信

永沢浩介は、夕方になってやっとベッドから這《は》うように出て来た。

頭が重い。もやがかかったようで、何も考えられなかった。

居間へ入ると、妻の直美のメモがテーブルの上にあった。

〈お茶の用事で出かけます。少し遅くなります。直美〉そして、〈湯浅さんから何度も電話がありました〉と追記されていた。

キッチンに行くと、コーヒーを電子レンジで温め、ブラックのまま飲んだ。

やっと、ケータイの電源を入れる気になった。——予測していたことではあるが、着信もメールも何回も入っていて、ほとんどが湯浅からだった。ケータイに出ないので、家の電話にかけて来たのだろう。

直美が湯浅にどう答えたのか、見当がつかない。湯浅が焦っているのは当然で、

〈永沢様。今日の会合は午後二時からです。お忘れではないと思いますが。今、二時四十分です。湯浅〉

ほとんど同じ文面で、〈今五時過ぎです〉というのが最後のメールだった。

「〈お忘れではないと思います〉か……」

と、永沢は呟いた。

手にしていたケータイが鳴った。もちろん湯浅からだ。

「はい」

あっさり出たので、向うは却って戸惑ったようで、

「永沢さん？　永沢さんですか？」

「ああ」

「いや……。良かった！　大丈夫ですか？」

「うん」

「あの……どうなさったのかなと思って。今日は二時から——」

「知ってる。出かける途中で気分が悪くなって、寝てたんだ」

嘘じゃない。そうだろう？　「気分が悪くなった」理由はともかくとして……。

「そうでしたか！　いや、連絡がつかないんで心配していたんですよ」

「具合が悪くてな。連絡できなかったんだ」

「それでしたら……。でも、今はもういいんですか？」

そう簡単に良くなるもんか。何しろ、お前が棚原しずかと「親しく」してたんだからな。ショックなのは当然だろ？

「まあ何とかな……。ちょっと疲れたんだろう。二、三日うちで休んでるよ」

「分りました。そうして下さい。明日、明後日の約束はキャンセルしておきます」

約束？　そんなものがあったか？

永沢は、本当に明日や明後日の約束を思い出せなかった。

「あの……ただ、金曜日の件ですが……」

と、湯浅が口ごもった。

「金曜日？」

「生田目検事と会う件です。これはやっとこぎつけたので、できればキャンセルは避けたいんですが」

「それなら――」

と言いかけて、永沢は口をつぐんだ。

危うく、

「それなら、お前がしずかと別れろ」

と言ってしまいそうだったのだ。

「前日にでもご様子を」

「うん、そうしてくれ」

と、永沢は言った。「棚原君と会う機会はあるか?」

一瞬、湯浅が黙った。

「特に用事は……。もちろん、学校の帰りにでも会えますが。用ですか?」

「いや、ちょっと渡すものがあったんだが、この調子じゃ出かけられないからな。そう伝えてくれ」

「はあ。いいですが……」

「じゃ、よろしく頼む」

永沢は通話を切った。

これ以上湯浅と話していると、自分が抑えられなくなってしまいそうだ。

おかしいと思っているだろう。具合が悪いといっても、電話一本かけられないことはないだろうし、現に今、湯浅と普通に話していたのだ。しずかに用があれば、自分で電話すれば済むことである。

永沢は、外出の仕度をした。――直美が帰って来るとき、家にいたくなかった。

どこへ行くというあてもなく、永沢は家を出たのだった。

「ああ、永沢さんですね」

喫茶店に入って来た男は、ちょっと意外そうに、「いや、びっくりしました。どこの永沢さんかと……」

「悪いね、忙しいのに」

と、コーヒーを飲みながら永沢は言った。

「いえ、僕なんか今はろくに仕事がなくてね。時間を持て余してます」

「記者じゃないのか？」

「ええ、今は庶務です。まあ、閑職ですよ」

N新聞の間《はざま》は、ずいぶん前に永沢に取材に来たことがあって、何となく憶えていたのだ。

「永沢さんは偉いですね。初志を曲げなくて、反権力を貫いてる」

「主張しても空《むな》しいがね」

と、永沢は言った。

間もコーヒーを頼んで、

「誰かうちの記者にご用ですか？」

「いや、そうじゃないんだ」

と、永沢は少し間《ま》を置いて、「──君は、記者のころ、湯浅と一緒だったろう？」

「湯浅道男ですか？　ええ、一応は」

「というと？」

「湯浅はエリートです。N新聞の記者の中でも、レベルが違いましたよ」

「エリートか……。そのエリート記者が、なぜ辞めさせられたんだ？」

間はちょっと面食らったようで、

「辞めさせられた？　いや、あれは湯浅が自分から辞めたんですよ」

「それは知ってる。しかし、N新聞の方針と違うので、辞めざるを得なくなったと聞いたが……」

間は、少しくたびれた表情で永沢を見ると、

「湯浅、今は永沢さんといつも一緒ですね。TVのニュースとかで見かけてると、当り前になっちゃいましたが……」

と口ごもる。

「──教えてくれ」

と、永沢は身をのり出した。

コーヒーが来る。間はホッとした表情になり、コーヒーにミルクと砂糖をたっぷり入

れて飲んだ。

「――昔はブラックで飲んだんですがね。今は気取らないで、うんと甘くすることにしてます」

と、言って息をつくと、「正直なところ、僕もどういう事情だったのか、よく分りません」

と続けた。

「ただ、湯浅が辞めたとき、みんなびっくりしたのは確かです。湯浅は出世コースを順調に歩いていて、当然将来は取締役ぐらいにはなるだろうと思われてましたからね。それが突然……」

「辞職した事情を知ってる人間はいないかな」

「さあ……。ちょっと思い当りませんね。すみません」

「いや、いいんだ」

と、永沢は首を振った。「突然、こんなことで出て来てもらってすまない」

間はコーヒーを飲みながら、

「まあ、湯浅が永沢さんと行動を共にしてるのもふしぎですね。湯浅が今の政治や財界に対して批判的だったことなんて、全くありませんでしたから」

「そうだったのか。――まあ、N新聞としての方針に合わなけりゃ、出世も無理だったろうしな」

「社の方針に合わないから辞めた、って……。それ、湯浅が言ったんですか？」

「うん。集会に何度か出ていて、その内、俺に話しかけて来た」

「それって……。妙ですよ。大体、N新聞全体の姿勢というか、方向性を決める会議には、湯浅も出席してたんですから」

「本当か、それは」

「ええ、もちろん」

永沢は考え込んだ。

間の話に嘘はあるまい。ということは、湯浅は何か目的があって、永沢に近付いて来たことになる。

まさか……。

永沢の表情は少しずつこわばって来た。

「そういえば……」

と、間が思い出したように、「来月あたり、大規模な反戦集会があるそうですね」

永沢はすぐに返事ができなかった。——その集会については、まだ本決りにもなっていなかったし、計画自体、ほんの十人程度しか知らないことだったからだ。

しかし、永沢は大したショックは受けなかった。メールや電話の盗聴は日常茶飯事で、公安当局が知っていてもおかしくない。

「まあ……一応、そういう話は知らない、ということにさせてくれ」

と、永沢は言った。

「そうですね。すみません」

永沢は上着の内ポケットから札入れを出すと、間に見えないよう、膝の上で、一枚の写真を取り出し、二つに裂いた。そして一方をテーブルに置くと、

「この女、見たことあるかい？」

棚原しずかの写真である。裂いたもう一方には、笑顔の永沢自身が写っている。

「ええと……」

間は手に取って眺めると、「あれ？　――髪型が違うけど……」

「知ってるのか」

「名前は知りませんけど……。たぶん、僕が政治記者をやってるころに、当時の文科省の……。ああ、そうだ。北原大臣とよく一緒にいた女と似てます。他人の空似かもしれないけど」

と、写真を返して、「お知り合いですか？」

「ちょっとね」

永沢はそのしずかの写真をポケットへ入れると、「君、今はどんな仕事してるんだ

い？」

と、話を変えたのだった……。

「はい、〈M中学〉です」

「もしもし。恐れ入りますが、棚原先生をお願いします」

「あの――」

「田中と申します。以前、棚原先生が文科省においでのとき、お世話になった者です」

「はあ……。今、授業中でして」

「それは失礼しました。では改めてお電話します」

「お名前はお伝えしておきます。あと十五分ほどで休み時間です」

「よろしく」

永沢は電話を切った。――今では少なくなった公衆電話からかけていた。

間が先に社へ戻った後、永沢は店の外へ電話しに行ったのである。喫茶店に戻ると、時間を測った。――休み時間が終り、次の授業時間が始まるのを待って、もう一度中学校へかけた。

「――次の授業が始まっていまして」

「それは失礼しました。移動中だったもので」

「お名前はお伝えしましたが、田中様だけではよく分らないということでした。所属を伺わせていただけますか？」

「いや、ごもっともです。改めてお電話します」

永沢は早口に言って切った。

もう一度喫茶店に戻り、

「コーヒーをもう一杯」

と頼んだ。

「文科省においでのとき」という永沢の言葉が間違いなら、そう答えたろう。――棚原しずかは、少なくとも文科省にいたことがあるのだ。

永沢は、しずかから、「教師一筋にやって来た」と聞かされていた。さっきの間の話のように、大臣のそばにいる立場だったとすれば、しずかも嘘をついていたことになる。

「しずか……」

熱いコーヒーを、ブラックのまま飲みながら、それでも永沢は、自分の腕の中で歓びに震えていたしずかが「偽りだった」と認めたくなかった。

あの時、しずかは本当に俺を愛していた。そのはずだ。――そのはずだ。

コーヒーカップは細かく震えていた。

19　面談

ホテルのロビーへ入ると、

「電話してくれと言われています」

と、湯浅は言って、ケータイを取り出した。「――もしもし。今、ロビーにいます」

湯浅は向うの話を聞いて、

「分りました。今から永沢さんと二人で――」

「待て」

と、永沢は湯浅のケータイを持つ手をつかんだ。「相手は？」

「部下の人でしょう。今、ルームナンバーを聞きましたから――」

「貸せ」

当惑する湯浅の手からケータイを取り上げると、「永沢だ。生田目さんはそこにいるのか」

「あの……」

「話は、このロビーラウンジで聞く。待ってる」

永沢はそれだけ言って通話を切った。

「永沢さん……」

「ラウンジに入ろう」

「ですが──」

永沢は構わず足早にラウンジへ入り、空いたテーブルについた。

「こんな人目のある所で……」

と、湯浅が困ったように言った。

「いいんだ。向うが来たくなければ流れるだけさ」

「でも……」

「こっちには検察に呼びつけられる覚えはない。用があるなら向うが出向いて来るのが筋だ」

永沢はきっぱりと言った。

「ですが……」

湯浅は心底困っているように見えた。こういう湯浅を初めて見た、と永沢は思った。

いや、湯浅を見る目の方が変ったのかもしれない。

コーヒーを飲んでいると、五分ほどしてラウンジに生田目が入って来た。一人だ。

生田目重治。永沢は二、三度言葉を交わしたことはあったが、世間話以上ではなかった。

笑みを浮かべた表情は、捉えどころがなかった。

「どうも」

とだけ言って、永沢の向いの席に座る。

湯浅はどうしていいのか分らない様子で、落ちつかない。

「――私もコーヒーを」

と、生田目はオーダーして、「人目につくとうまくないのは、永沢さん、あんたの方では?」

「いや、逆です」

「逆?」

「部屋へ行ったところで、どうせカメラやマイクが仕掛けてある。有名な生田目検事と、こっそり会っていたとなれば、我々の中に、僕が裏切ろうとしてるという疑惑が生まれる。こういう誰の目にもつく所で、裏切りの話はしないでしょう」

「なるほど」

と、生田目は肯いて、「用心深いですな」

「分っていますよ、検事さん。どんなに用心していても、あなたがその気になれば口実などどうにでもなる。逮捕も刑務所も簡単だということはね」

「国家的陰謀ですか」

と、生田目は笑って、「いやいや、我々はそこまであんたを危険人物とみなしてはいませんよ」

「これほどおとなしい人間はいませんよ。なあ、湯浅？」

「はあ……」

「それで、ご用は？」

と、永沢は訊いた。

生田目は、本来なら検察庁のトップの三人に入っていておかしくないと言われる実力者だ。しかし、当人が「普通の検事」でいることを望んでいると言われていた。

現実の事件で、被告を狩りのように追い詰めて行く快感を失いたくないのだと……。

生田目はコーヒーを一口飲むと、

「一流ホテルの味じゃないな。逮捕してやりたいくらいだ」

と、首を振った。「来月の反戦集会のことですよ」

「どこから聞いたのか知りませんが、まだ正式に決っていません」

「中止して下さい。集会の許可は下りませんよ」

「そうでしょう。しかし、一人一人が勝手に電車に乗り、道を歩くのを禁じられますか？」

「おそらく大勢の機動隊が出て行く。衝突は避けられません」

「そちらが暴力を振わなければ何も起きません。ご承知のはずだ」

「しかし、先に手を出したのはデモ隊、と報道されます。当然、逮捕者も出る」

生田目の言う通りだ。今、TVも新聞も、警察発表以外のことは一切報道しない。

「中止と言っても、人々は集まる。――戦争はいやだと声を上げるためです」

「戦争など、どこでも起っていませんよ」

「石油の利権を守るために、国防軍が三千人も行ってる」

「日本人の身を守るためです」

「そういう口実で、いつも戦争は始まる。あなたもお分りのはずだ」

「戦争は政治家の仕事です。私は検事で、日本の治安を守るのが役目です」

「だからどうしろと?」

「デモの前日に、あなたと、その他の知識人を逮捕する。それは形だけです。都内の某所に軟禁状態で三日ほど過していただく。決して乱暴はしません」

「――それで?」

「著名人の一斉逮捕は、デモに参加しようとしていた人々をためらわせるでしょう。我々はそれで充分。三日したら釈放し、あなた方はヒーローになる」

永沢は、淡々とした生田目の口調に背筋が寒くなった。――法を無視することなど、何とも思っていないのだ。

「なぜ僕に話すんです？」

と、永沢は言った。「黙って実行してもいいじゃありませんか」

「逮捕は前日。該当者には一か所に集まっていてもらいたいのです。騒ぎになることは避けたい」

「それに協力しろと？」

「そういうことです」

と、生田目は肯いた。

永沢はコーヒーのお代りを頼んだ。少し時間がほしかったのである。

生田目がどこまで本気なのか、永沢には図りかねた。普通なら、永沢が怒って拒否すると考えるだろう。それを計算に入れているのだろうか？

その一方で、生田目のようにいつも自分の意志が通ることに慣れている人間は、時として相手が拒むことなど思ってもみない、という可能性もある。

確かに、大規模な集会は最近ほとんど許可されなくなっている。今計画しているものも、許可されないことは承知の上だった。

熱いコーヒーに、たっぷりミルクと砂糖を入れると、永沢は、

「協力しないこともありません」

と、ゆっくり言った。

「それはありがたい」

「ただし——その代り、集会を許可して下さい」

生田目も、さすがに少しの間無言になった。

「主催者抜きで集会を？」

「そうです。——暴力沙汰もなし。そう約束してもらえれば、協力しましょう」

生田目はしばらく無表情な目で永沢を眺めていたが——。やがてちょっと声を上げて笑った。

「したたかですな、永沢さん」

「お互いさまでしょう」

「痛み分け、というところですか。——よろしい。許可しましょう。あなたやリーダーなしで、どれくらいの人数が集まるか、私も見たい」

「では、その条件で。集会の告知もインターネットで流します」

「了解しました」

と、生田目は肯いた。「では……」

「めいめい、自分の分は払いましょう。おごってもらうわけにはいかない」

生田目はテーブルに小銭を置くと、足早にラウンジを出て行った。

「ああ、びっくりした！」

と、湯浅が息を吐いて、「永沢さん、よく怖くないですね」

「生田目か？　奴だって、家へ帰れば普通の夫で、父親さ。そう考えれば、怖いことはない」

いや、本当は怖いのだ。その「普通の人間」が、罪もない者を投獄し、社会から抹殺する。

「本当に協力するんですか」

「協力しなくても、あいつはやるさ。逆らってけがでもしたら損だ」

永沢には、考えがあった。ネットで海外に呼びかける。

予防としての拘束は、民主国家なら認められないことだ。検察の横暴を世界に訴えよう。

永沢は、ヨーロッパのアムネスティなどの人権団体に知り合いがいる。——東洋の小国の出来事も、他の民主主義国に無縁ではないと分ってくれるだろう。

「行こうか」

永沢が立ち上った。

細かいお金で支払いをすると、

「僕はこれから行く所がある」

と、永沢は言った。「明日にでもメールするよ」

「分りました」

湯浅は先にホテルを出て行った。

永沢はケータイを取り出すと、棚原しずかにかけた。

「——まだ授業か？」

「いいえ、今日はもう終ったの」

と、しずかは言った。「どこかで会える？」

そうだな。もう俺にはうんざりしてるだろうが。

「駅前で待ってる。飯でも食おう」

「ええ、いいわ」

——しずかと湯浅。

永沢は、自分の考えていることを、それぞれ別々に二人に話すつもりだった。少しずつ、微妙に違うことを話す。

それが生田目にどう伝わるか。

永沢はホテルを出ると、地下鉄の駅へと向った。

少し行って振り向くと、ホテルのベルボーイがケータイを使っているのが見えた。

おそらく、永沢を常に尾行し、監視している連中がいるのだ。

「せいぜい頑張れ」

と、永沢は呟いて、足取りを速めた。

20　拘束

その夜、永沢は少し早めに帰宅した。

「あ、お父さん」

亜紀が意外そうに、「早いね、今日は」

「用事が一つなくなった」

永沢は玄関から上って、「母さんは？」

「お父さん、忘れたの？　今日は法事で、お母さん、名古屋に行くって」

「そうだったか」

「ゆうべ、お母さんがそう言ってたでしょ。ちゃんと聞いてないから」

「そうだな……」

「そんなことじゃ、その内捨てられるよ」

亜紀の言葉に、永沢は苦笑した。

「もうとっくに捨てられてもおかしくないさ。そうだろ？」

いやに素直な父に、亜紀はちょっと不安げに、

「どこか具合でも悪い？」

「いや」

「晩ご飯は？」

「軽く食べて来た。充分だ」

と言って、永沢は行きかけた亜紀へ、「ちょっと話がある。聞いてくれ」

「私に？」

「母さんに伝えてくれ。俺は明日は帰れないと思う」

「反戦集会の準備？」

「それもあるが、それだけじゃない」

「じゃ、どうして？」

口を開きかけたとき、永沢のケータイが鳴った。

「ちょっと待て。――もしもし」

反戦集会の企画担当のジャーナリストからだった。

「永沢さん！　今どこだ？」

「家だが――」

「早く出ろ！　逮捕されるぞ」

切羽詰った声だった。

「何だって？」

「今、メンバーが次々に逮捕されてる。俺はたまたまタバコを買いに出て、戻って来たら家の前にパトカーが」

「そんな――」

「メールが入ってる。向うは全員逮捕するつもりだ。ともかく家にいちゃまずい。早く外へ出ろ！」

永沢は一瞬立ちすくんでいた。

「お父さん、どうしたの？」

「亜紀――」

だが、正にそのとき、玄関のドアを激しく叩く音がした。

「警察だ！　開けろ！」

怒鳴り声。乱暴にドアを叩くのも、こっちを怯えさせるためだ。

「お父さん！」

「落ちつけ」

永沢は、ほんのわずかでも生田目の「約束」を信じたことを悔んだ。

明日、全員が集まったところを連行するという話だったが、こうして一人一人、前日に逮捕しているのは、約束など守るつもりがないということだ。

「開けろ！」

　という声に、

「今、開ける！　ドアを壊すな！」

　と、怒鳴り返した。

「しばらく帰れないな、きっと」

　と、亜紀へ、「母さんに言っといてくれ」

「うん」

　亜紀は肯くだけだった。

　玄関のドアを開けると、刑事が七、八人も立っていた。

「大勢でご苦労だね」

　と、永沢は言った。

「パソコンを押収する」

「令状は？」

「必要ない。国家への反逆だ」

「反逆か……」

　ここで怒っても始まらない。「持って行け。――亜紀。パソコンの部屋へ案内しろ」

「お父さん……」

「早く。その辺を荒らし回る前に」

「分った」

刑事が二人、上り込んで、亜紀について行く。

今はどうしようもない。

永沢は、もう少し晩飯を食べとくんだった、と思った……。


車は、ずいぶん長く走っていた。

「どこへ行くんだ」

と、永沢が訊いても、もちろん答えはない。

車は郊外へ出て、さらに山の中へと入って行った。

永沢は、不安がふくれ上ってくるのを感じた。——俺を殺すつもりだろうか？

まさか、とは思うが、しかしあり得ないことではない。永沢を殺して、山の奥深くに埋める。

行方不明も逮捕連行も、発表されなければ、決して報道されない。

「教えてくれ」

と、永沢は言った。「殺すのか？　全員を？」

刑事の口もとに、かすかな笑みが浮んだ。

「余計な心配だ」

と、初めて口を開く。

「話してくれたっていいだろう。どうせ逃げられやしないんだ」

「話すより早いさ。そろそろ着く」

刑事はなぜか不機嫌そうな表情で言った。

車がその建物の前に着く。

「着いた。降りろ」

パトカーを降りた永沢は、その白い三階建の洒落た建物を見上げた。

「ここは何だ？」

と、永沢が訊くと、刑事は黙って傍の方を顎でしゃくって見せた。

〈保養所　やまと〉

保養所？　——どういうことだ？

「ここは、検察庁の職員のための保養所さ」

と、刑事が言った。「どういうわけか知らんが、留置場でなく、ここへ連れて行けって命令でね」

「命令。——生田目検事のか」

「俺が知るか。ともかく入れ」

外見が保養所でも、中は監獄ということもあるかもしれない、と思ったが、入ってみても、そこは普通の旅館を少しお役所風にした感じの、本物の〈保養所〉だった。

「ここの客室に三日間、監禁する。ドアは外から鍵がかかるように直してある」

「ここに？」

「食事はここの職員が運ぶ。風呂も各部屋に付いている。しかし、ドアの外には必ず刑事が一人見張っているからな」

わけが分らなかった。生田目は、永沢との約束を半分は守ったのだろうか。

二階へ上って、

「ここだ」

と、部屋の一つへ入れられる。

ごく平凡なホテルのツインルームという作りだ。

「ま、のんびりしろ」

と、刑事は言った。「取り調べはない。命令だからな」

「どういうことだ？」

「俺たちは命令の通りにしてるのさ。——おい、飯を食うか」

「ああ」

と、永沢は肯いて、「教えてくれ。僕以外にもここへ監禁されている者はいるのか」

「知らんね」

と、首を振る。

少しして、ここの職員らしい女性が盆を持って来て、テーブルに置くと、

「朝食のとき、さげますから、置いといて下さい」

と言って、そそくさと出て行った。

「じゃ、俺たちは行く。逃げようとしたら、射殺されても文句は言えないぞ」

「――分った」

ドアが閉り、鍵がかけられる。

「分らん……」

永沢は、ベッドに腰をおろして首を振った。

もちろん暴力を振われるよりはいいに決っているのだが……。

「考えていても仕方ないな」

と、声に出して言ってから、永沢はその〈夜食〉をいただくことにした。

別に毒も入っていない食事は、格別旨くもなかったが、そうひどくもない。

風呂へ入り、用意してあった浴衣を着る。糊《のり》がきき過ぎてパリパリ音がしたが、じき肌になじんだ。

明りを消してベッドに入る。――俺は無事に目を覚ますのだろうか?

しかし、ここで何を心配していても仕方ない。逃げたりすれば、それこそ向うの思う壺だろう。

永沢は目をつぶった。そして、いつもより早く、十分ほどで寝入ってしまったのだった……。

21　計画の裏

その三日間は長かった。

朝、昼、晩と食事はきちんと同じ時間に出た。永沢には何もすることがなかった。

ケータイはむろん取り上げられていたし、TVは外されて持ち出されていた。

つまらない雑誌や週刊誌が数冊あって、それを読む以外、何もできなかった。

自分以外の、逮捕された仲間たちがこの建物の中にいるのか、それが気になっていたが、食事を運ぶ女性も、何もしゃべらないよう言われているのだろう、永沢の問いには全く答えなかった。

三日間で、いい加減太りそうだな……。

永沢はともかくじっとして、時間が過ぎていくのを待った。

——何週間もたったような三日間が過ぎると、翌朝、約束通り部屋を出られた。

「世話になって」

永沢は、食事を運んでくれた女性に礼を言って、外へ出た。監獄にいたわけでもないのに、表に踏み出したときの解放感は、想像以上のものがあった。

「車で送る」

と、刑事が言った。

「ご親切に」

「ただ、車の都合で自宅までは無理なんだ。近くの駅で降ろす」

「分った」

と、永沢は肯いて、「電車に乗るカードがない」

「心配するな」

刑事はなぜかニヤリと笑った。

駅は意外と近く、車で十五分ほどだった。

駅前で、永沢は降ろされた。車はすぐに走り去ってしまう。

「わけが分らん……」

と呟くと、永沢は駅の方へ向って歩き出したが、すぐに足が止った。

こちらへやって来るのは、棚原しずかだった。

しずかは、永沢を認めると一瞬足を止め、それから駆け出した。真直ぐに永沢にぶつかって来ると、

「良かった！——帰って来たのね！」

と、声を震わせて、永沢の胸に顔を埋めた。

「しずか……」

「どこへ連れて行かれたか分らなくて……。殺されてやしないかと……」

声を詰らせているしずかは、とても演技をしているように見えなかった。

腕の中で息づくしずかのぬくもりが、永沢を思いがけず感動させた。

「ありがとう……。迎えに来てくれたのか」

「生田目さんから電話があって、この駅へ行けば会える、って……。怖かったわ。あなたがちゃんと生きてる姿を見るまでは」

「嬉しいよ。ありがとう」

永沢は、しっかりとしずかの肩を抱くと、「電車に乗れないんで、どうしようかと思ってたんだ」

と言った。

「学校は？」

「休んだわ。平気よ」

「そうか」

二人は足を止めた。しずかの視線が絡みついて来るようだった。

「この近くに泊る？」

と、しずかは言った。


「――お宅へ連絡しなきゃ」

と、しずかは言った。

まだ二人の肌のほてりが部屋を暖めているかのようだった。

「うん……」

永沢はぼんやりと天井を眺めながら言った。

――駅に近い旅館へ入って、二人は愛し合った。

永沢は改めて、自分が恐怖に捉われていたこと、意識していなくても、ずっと「殺されるかもしれない」という思いがあったことを知った。

しずかを抱き、その体に溺れるのは、恐怖からの解放だったのである。

しずかに言われるまでもなく、分っていた。

妻の直美も、亜紀も、自分のことを心配しているだろう。しかし、連絡すればすぐに帰宅しないわけにいかない。

永沢はまだしばらく、しずかと肌を寄せ合っていたかった……。

「泊ろう」

と、永沢は言った。「明日帰ることにするよ」

「いいの？」

「ああ、一日ぐらい同じだ」

同じか？　同じではない。しかも、永沢はしずかについての疑惑に、今は目をつぶっていた。

それでも、この時間をもっともっと味わっていたかったのである。

「何か聞いてるか」

「何を？」

「他のメンバーだ。逮捕されて、どこへ連れて行かれたか」

「分らないわ」

と、しずかは小さく首を振った。「ほとんど報道されてないし。何人かが逮捕されたって、ネットで流れただけ」

「そうか……」

「でも、きっと大丈夫よ」

と、しずかは永沢の頰にキスして、「あなたも、何もされなかったんでしょう？　それなら……」

「だといいがな」

永沢はしずかを抱き寄せて、「しかし、生田目は何を企んでるか分らない奴だ。用心しないと……」

「他のメンバーに連絡します？」

「いや、そんなことをしたら、家にも知れる。――明日にしよう」

「明日ね」

「ああ、明日からは元の俺に戻る。今夜だけは……」

「私のものね！」

しずかが永沢の上に重なる。一つになる、という実感が永沢を支配して、すべての疑惑やためらいを追い払った……。


「ここで降りよう」

永沢は自宅の少し手前で言った。

タクシーが停ると、永沢一人が降りて中のしずかへ、

「タクシー代は借りだ」

「ちゃんと手帳につけとくわ」

と、しずかは微笑んで、「気を付けて下さい」

「ああ、君も」

タクシーが走り去るのを見送って、永沢は息をついた。

結局、こうして帰宅するのは、次の日の夕方近くになった。むろん、遠かったせいでもあるが、朝の内も永沢はしずかの体から離れられなかったのだ。

「さあ……。夢から覚めるんだ」

自分へそう言い聞かせると、永沢は自宅へと歩き出した。

——様子がおかしい。

少し手前で気付いた。

永沢の自宅の玄関先は数十人の報道陣で埋っていたのだ。ライトが玄関と家を照らしている。

どうしたんだ？　——もしかして、直美や亜紀に何かあったのか？

血の気がひいた。小走りに急ぐと、

「永沢さん！」

一人が気付くと、ワッと報道陣が押し寄せて来る。

「どいてくれ！　何かあったのか！」

と、永沢は怒鳴ったが、記者やリポーターは逆に、

「どこにいたんですか、四日間？」

と、口々に訊いて来る。

「警察に訊いてくれ！　連行されてたんだ！」

と、永沢は言ったが、他のメンバーの状況が分らない内には説明しない方がいいと思った。

「明日、記者会見をやる！　ともかく通してくれ！」

強引にかき分けて行くと、玄関のドアが開いて、亜紀が飛び出して来た。

「お父さん！　――お父さん！」

と、駆けて来る。

「亜紀！　大丈夫か」

「良かった！　どうしてるかと思って……」

「すまん」

報道陣へ、「明日だ！」

とくり返し、振り切って家の中へ入る。

「あなた……」

直美が上り口で座り込んでいた。「無事だったのね！」

「ああ、大丈夫。生きてるよ」

亜紀は玄関をロックすると、「お母さん、ほとんど寝てないんだよ」

「上って」

「そうか……。心配させたな」

永沢の胸が痛んだ。しかし、今は何も言えない。

「――疲れたでしょう、あなた」

と、直美が永沢を居間のソファに座らせ、「けがは？　何かされなかった？」

「大したことはなかったよ」

と、永沢は言って、「他のメンバーから何か言って来たか？」

直美は答えず、

「コーヒーを淹れるわね」

と、台所へ行ってしまう。

亜紀が小声になって、

「ゆうべ、電話が。伊藤さんと山口さん」

「大丈夫だったか」

「それが……どっちも奥さんからで」

「どういうことだ？」

「何だか……奥さんも泣いてるばかりで、よく分らなかったけど……。二人とも、ずいぶんひどい目に遭わされたみたい」

「何だって？」

「山口さんは、たった三日間で、髪の毛が半分以上白くなったって……。ガタガタ震えて口がきけないそうよ」

「そんな……」

「薬を射《う》たれたんじゃないかって、奥さんは言ってたわ。ひどく怯えて、奥さんが肩に触っただけで叫び声を上げて床にうずくまっちゃうんですって」

永沢は血の気のひくのを覚えた。

生田目の奴！

「それでも、お父さんのことを心配して、奥さんに『訊いてみてくれ』って言ったらしい」

「そうか……。連絡してみる」

「でも、今は……。お父さんだって大変だったんでしょ？」

「ああ……」

俺だけが？　俺だけがあんなに優遇されていたのか？　どうしてだ！

ケータイの着信音がした。

「湯浅さんからだ」

と、亜紀が手に取って、「出る？」

「うん」

永沢はケータイを受け取ると、「湯浅か」

「永沢さん！　大丈夫ですか？」

「ああ。大したことはない。他のメンバーのこと……」

「昨日、連絡取ってみましたが、自分で電話に出られた人は一人もいません。永沢さんだけ昨日戻らないんで心配してたんです」

「お前は――どうだったんだ？」

「留置場暮しです。でも、二、三度殴られたくらいで、そうひどいことは……」

「そうか。みんな、ひどい目に……」

「どうしましょう？」

「明日記者会見をセットできるか」

「できると思いますが、どうせ記事にしませんよ」

「外国のメディアを呼べ。少しは伝わるだろう」

「やってみます。――永沢さん、出られますか？」

「もちろんだ。他のメンバーにも連絡してみてくれ」

「分りました」

永沢はケータイを亜紀に返した。

せめて――せめて昨日、帰って来るべきだった。

もう時間は戻せない。永沢は固く拳を握りしめた。

22　崩れる

ぎりぎりまで待ったが、結局湯浅から、

「無理です」

と、電話が入った。

「無理というのは、なぜ無理なんだ」

分ってはいたが、そう訊かずにはいられない永沢だった。

「どこも会場が借りられません」

と、湯浅が言った。「今まで使ったことのある会場は全部当りましたが、どこも一杯だと断られました。記者クラブももちろん、ノーです」

「どこだっていい。どこかのロビーでも、広場でも」

「でも、前もって知らせないと、誰も来ませんよ」

湯浅の言うことはもっともだった。

「それに、記者会見に出る者がいませんよ。僕の電話にも出ないんですから。記者会見の席なんか、とても……」

「しかし、何とか……」

「俺一人でもいい。ともかく、日本がデモ一つできない国だってことを、世界へ訴えたいんだ」

「でも、ともかく少し待ちましょう。落ちつけば、みんな出席する気になるかもしれません」

「どうかな……」

本来、予定されていた反戦集会は、永沢を始め、主催者幹部が全員拘束されて中止になった。

「改めて開く」

と、声明は出したが、実際には開催の目途《めど》はついていない。

「しかし、ネットではニュースが流れていますよ」

と、湯浅は言った。「海外のプレスやTVまではどうにもできませんよ」

「うん……。しかし――」

と言いかけて、「みんな、具合はどうだ？」

本当は、それを初めに訊きたかったのだが、返事を聞くのが怖かった。

「さあ……。ともかく、僕がかけても、黙って切られちゃうんですよ」

「そうか……」

永沢も、実は何人かの幹部から、〈これ以上は協力できない〉というメールを受け取っていた。事務的な文面に、却って苦悩の跡が感じられ、その後永沢がメールを送っても着信を拒否されるか、アドレスが変更されてしまっていた……。

永沢も自宅から出ずに、苛立ちがつのっていた。外では必ず何人かのマスコミが永沢を待ち受けていたのだ。

湯浅に、

「明日、改めて連絡する」

と言って通話を切ると、ソファに寝そべった。

「あなた」

直美が声をかけた。「母の具合が悪いの。出かけて来ます」

「そうか。――入院してるんだったな。よろしく言ってくれ」

と、寝たまま答える。

「そんなこと、言っても分らないわよ」

「そんなに悪いのか」

と、起き上って、「一緒に行った方がいいか?」

「いいわよ。まだそこまでは。何かあったら電話する」

「分った」

直美が出かけて行くと、永沢はコーヒーを淹れて飲んだ。

先の見えない苛立ち。――何かしていればまだ救われたろうが。

ケータイが鳴った。棚原しずかからだ。

「もしもし」

「今、お話しできる？」

「ああ。自宅で一人だ」

「そう。――辛いわね。色々噂は耳にしてるわ」

「記者会見を開きたいんだが……」

「今は辛抱の時なのよ、きっと」

「しかしな……。仲間たちの身が心配だ」

そして、なぜ自分だけが「優遇」されていたのか……。

「今から会えない？」

と、しずかが言った。

「外はマスコミが張ってる」

「私、自分の車で近くまで行くわ。うまくまくわよ」

永沢にも、今しずかと会うのは危険だと分っていた。しかし、それゆえに、しずかを抱きたいという思いがこみ上げて来て、抑え切れなかった。

「行くよ」

と、永沢は言った。「会いたい」


「何とかセッティングできました」

湯浅から知らせが来たのは、結局永沢が自宅へ戻って一週間たってからだった。

「誰か出席するか」

「佐藤さんと水原さんが、ＯＫしてくれました」

どちらも、積極的に活動してくれるメンバーではないが、それだけ警察の扱いもひどくなかったのだろう。

「分った。三人だな。君を入れて四人か」

「棚原さんはどうします？」

「そうだな。訊いてみてくれ。職を失うことになれば大変だ。無理をしないでくれと」

「伝えます」

——本当は永沢自身の口から言っていた。ベッドの中で身を寄せ合いながら。

ともかく、やっと検察の横暴を世界に向って訴えることができるのだ。

永沢は少し気持が軽くなるのを覚えた。

「明日だ」

永沢はスピーチのメモを作り始めた。

ケータイが鳴った。覚えのない番号だ。

「はい」

と、少しためらいながら出る。

予感のようなものがあったのだ。

「やあ」

生田目だった。

「よくかけて来られたもんだ」

と、永沢は言った。

「そう恨みごとを言われる筋合はないと思うがね。そちらは特別待遇をさせてもらったよ」

「何か用か」

ここで怒ってみても仕方ない。

「いや、少しは分ってくれたかと思ってね」

「分るとは何を？」

「人は弱いものさ。ちょっと痛い思いをしたら、たちまち逃げ出す。そうだろ？」

「それはあんただって同じだろ」

「確かにね。しかし、私はそうする権限を持っている」

「いつか後悔させてやるさ」

「強気だね。――どうだ。私と手を組まないか」

「何だって？」

「表面上、反戦運動も続けさせてやる。その代り、組織の情報を常にこちらへ流してくれ」

「あんたにとっては、人を裏切ることなど当り前かもしれんがね。僕はそういう人間じゃないんだ」

「残念だな」

「もうかけて来ないでくれ」

永沢は通話を切ると、震える手でケータイを置いた。


「永沢さん！」

記者会見の会場に着くと、湯浅が駆けて来た。

「何かあったのか？」

「会場は一杯です！　新聞やＴＶ局も」

「そうか」

永沢の険しかった表情が緩んだ。「国内のメディアが来てるのか」

「ええ、大手の新聞、ＴＶ局、ほとんど揃っています」

「それは良かったな」

永沢は湯浅の肩を叩いて、「海外のメディアも……」

「もちろんです」

「よし。――まあ、いざとなったら記事は載らないかもしれないがな」

と、永沢は安易な楽観を戒めた。「あまり期待しないようにしよう」

それに開催を当然生田目も承知しているはずだ。直前になって「中止しろ」という命令が出ることも充分考えられた。

しかし、それでも海外のメディアには日本の現状をつぶさに見てもらえるという意味がある。

「――あと五分ですが」

と、会見場の前に来て、湯浅が言った。

「始めよう。待つことはない」

少しでも早く始めて、ひと言でも多く、自分の言葉を伝えたかった。

た。

「分りました」

ドアを開けると、会見のテーブルのすぐ横に出る。ざわついていた会場が静かになった。

永沢はテーブルに誰もいないのを見て、湯浅の方へ目をやった。

「お二人とも、今朝になって辞退を……」

と、湯浅が小声で言った。「棚原さんは授業が抜けられないと」

「分った。――僕一人でやる」

真中の椅子に腰をおろす。湯浅が林立するマイクを、全部永沢の方へ向けた。

「これから記者会見を始めます」

と、永沢は言った。「今回、検察当局は予防拘束という卑劣な方法で、反戦のためのデモを潰しました。むろん、許可を取っていたデモです」

できるだけ静かに、ゆっくりと話した。外国の記者たちは、湯浅の通訳する英語を聞いているので、少し遅れて理解する。

「これは日本が形だけの民主主義国家になっていることの、何よりの証《あか》しです。さらに……私を含めて、集会の幹事をつとめていたメンバーを、暴力と薬で痛めつけたのです。全く信じられない暴挙です」

湯浅の通訳を待っている間に、永沢は会場の後方から、何かが配られているのに気付いていた。ビラのような物が。

前方の列へと次々に回されて来る。その紙が気になったのは、手にした記者やリポーターが、永沢の話よりもそれを読むことに熱中している様子だったからである。

何だろう?

しかし、話を途中でやめられはしない。

「元来、日本では個人の自由より、全体の都合が優先する傾向があるのは、ご存知の通りですが……」

永沢は言葉を切った。人々がざわついている。――何か起ったのだろうか?

湯浅の方へ目をやると、すでに気付いていて、配布された紙を手にしたところだった。

目を通しながら、永沢の方へ移って来たが――。その足取りが遅くなった。

「どうした?」

永沢はマイクのスイッチを切って言った。

「永沢さん……。今、これが会場に」

湯浅がこわばった表情でその紙を手渡した。

ネットのニュースのプリントアウトだ。

写真が何枚か載っていて、それが永沢を凍りつかせた。

下のほうの写真が、まず目に飛び込んで来た。解放された日、しずかと二人で旅館へ入って行くところだ。後ろ姿のその一枚と組合せて、翌朝二人で旅館を出て来るところのカットが付いている。――永沢の顔もはっきり分る。しずかも、知っている人間なら分るだろう。

永沢の目は記事の前半、一枚目の写真へと向いた。それは、あの保養所の部屋の中で、寝そべって雑誌を眺めている写真だった。外から望遠で撮っているので、ガラス越しではっきりしないが、それにもう一カット、外の空気を吸いにベランダへ出たときの写真が組合されていた。

それは間違いなく永沢と分る。

〈特別待遇の謎?〉というタイトルの記事だった。

記事は、大勢のメンバーが逮捕された中、永沢一人が、暴力も厳しい取り調べも受けることなく、検察局の保養所で三日間を過し、しかも解放された日には「愛人」と旅館に一泊していた、と報じていた。

そうか……。生田目は、このタイミングを計っていたのだ。

このメディアの数の多さも、生田目の意向が働いているのだろう。これこそは、多くのメディアとマスコミに知らせたい「スキャンダル」だったのだ……。

その記事は、すでに全員の手に配られていた。――ごていねいなことに、記事には、その内容の英訳も付いている。

「──永沢さん、これは事実ですか?」

そう訊いたのは、日本語の達者なイギリス人記者だった。

23　消失

タクシーが走り出すと、永沢はやっと息をついて、目を閉じた。

後がどうなったか、知りようもなかったが、「どう報道されるか」は分り切っていた。

ドライバーが、

「お客さん、どちらへ?」

と訊いた。

「どこでもいい」

と、反射的に答えて、「いや──ともかくこのまま真直ぐやってくれ」

と、付け加えた。

「はあ……」

ドライバーは首をかしげていた。

どこへ行く? 行くためにタクシーに乗ったのではない。あそこから逃げるために乗ったのだ。

湯浅は置いて来た。湯浅自身が、

「一人で行って下さい」

と、永沢をせき立てたのだ。「ここの始末がありますから」

大方、マスコミは湯浅にマイクとカメラを向けているだろうが、湯浅はどう返事をするだろう？

笑いたくなった。——こんな分り切った罠に引っかかるとは。

しかも、永沢は湯浅のことも、棚原しずかのことも、何か裏がある二人だと分っていた。それなのに、なぜこんなことになったんだろう？

永沢は自分の愚かさを呪ったが、同時に、

「俺には分っていたんだ」

とも考えていた。

避けようのない災いというものがある。

巨大な雪崩《なだれ》が頭上から押し寄せてくるとき、どうしたって逃げられないと分って、ただそれを受け入れる。

それに似ていた。

同時に、自分が頼りにしていた二人に裏切られたのなら、あまりにひど過ぎて信じたくないという思いのせいもあっただろう。

ケータイの電源を入れ、棚原しずかにかけてみた。

「おかけになった番号は現在使われておりません」

当然だ。しずかは、今日何が起るか知っていたはずである。

ふと思い付いて、ドライバーに、

「次の信号でUターンしてくれ」

と言った。

タクシーは二十分ほどで、しずかの勤める中学校に着いた。

ここまで会いに来たことはない。ただ、この近くに来る用事があったときに、「ここがしずかの学校か」と眺めたことがあった。

事務室の窓口に、

「棚原しずか先生にお会いしたいのですが」

と、穏やかに言った。

「誰ですか？」

受付の女性が訊き返した。

「棚原しずか先生です」

「そういう先生はおりませんが」

と、当惑顔で言った。

「そんなはずはない。何度かこの学校に電話したこともあるんです」

「ですが……。生徒でなく教師ですね？　リストにありません」

パソコンの画面を見せてくれる。

教職員名簿の中に、確かに棚原しずかの名はなかった。——そういうことか。

「分りました。調べて出直します」

ここで怒ったり騒いだりしては、自分が惨めになるだけだ。

永沢は、もう一度タクシーを拾って、今度はしずかのアパートへ向った。

分り切った展開は、安手のＴＶのメロドラマを見ているようだった。

「——そういう人は住んでませんよ」

と、管理人に言われた。「何かの間違いでは？」

棚原しずかの痕跡は次々に消されつつあった。——マスコミにとっては、「謎の愛人」で充分なのだ。

これきり、しずかは姿を消してしまうのだろうか？

永沢は、自分でもふしぎなほど冷静に事態を受け止めていた。

考えてみれば、あの保養所を出て、しずかと出会い、二人して旅館に入る決心をしたときから、こうなることを予想していたという気がする。

しずかの体に溺れながら、これが最後かもしれない、と予感していたのではなかったか……。

自宅にも、報道陣は待ち構えているだろう。

永沢は、ただあてもなく歩き出した。


暗くなってから、カレー専門のチェーン店に入って食事をした。こういう店が一番気楽だ。みんなカウンターに向って黙々と食べ、十分とかからずに出て行く。隣に誰がいようが、気にとめることもない。

盛り場に近い駅前のビジネスホテルに泊ることにした。

今はただ一人になっていたかった……。

一人？　いや、このホテルに入るところだって、監視カメラに捉えられている。顔を判別する機能も進んでいるから、どんなに素早く通り過ぎても、永沢の顔は見分けられているかもしれない。

ベッドとTV以外は、ほとんどスペースのない狭い部屋で、永沢はベッドに横になって、ぼんやりと天井を見上げていた。

TVで自分についてのニュースを見る気にもなれない。ケータイも電源を切ったままだ。直美か亜紀に連絡しようか？

しかし、どう説明すればいい？

しばらくためらって、寝たままケータイを手にする。――電源を入れると、とたんにかかって来た。亜紀だ。

「ああ」

「――お父さん？」

「うん」

「生きてたんだね！　心配したよ！」

亜紀の怒った声を久しぶりに聞いた気がする。向うで亜紀が、

「お母さん！　お父さん、出たよ。生きてるって！」

と呼びかけているのが聞こえた。

そうか。――死んでしまったかもしれない、と亜紀たちは心配していたのだ。

永沢が思ってもみないことだった。

「今、どこにいるの？」

「ビジネスホテルに一人で泊ってる」

「そう」

亜紀は少しして、「帰って来ない方がいいよ。家の前、人で一杯」

「だろうな」

「お母さん……話したくないって。でも、心配してたよ」

「そうだろうな。――すまん」

「本当なの、あの記事」

「事実だ。しかし、俺はみんな形だけ拘束されてるんだと思ってた。生田目と、そういう話になってたんだ」

「生田目検事と？」

「だが向うは俺が裏切ったと仲間に思わせようとしたんだ。罠だと見抜けなかったのは、俺が馬鹿だ」

「本当に馬鹿ね」

と、亜紀は言った。「あの女もグル？」

「棚原しずかか。おそらくな」

と、永沢は言った。「亜紀。湯浅を知ってるな」

「ええ」

「あいつも、おそらく生田目の手先だ。何か訊いて来ても、何も知らないと言っとけ」

「分った……。みんなが裏切ってたわけ？　ひどい話ね」

「これからどうするか、俺はゆっくり考える。――心配しないでいてくれ」

「うん」

「母さんに……よろしくな」

「分った。じゃあ……」

亜紀の方で切った。

永沢はケータイを傍に置いて、電源は切っておいた。

明りを消し、目をつぶるでもなくぼんやりしていると、いつしか眠り込んだ。

そして——どれくらいたっただろう。

ドアをノックする音で、目が覚めて、

「眠ったのか……」

夜中の二時過ぎだ。

再びノックの音がして、

「永沢さん。しずかよ」

その声に、永沢は起き上った。

「永沢さん、いる？　いたら返事して」

そうだ。こうなることも分っていたような……。

永沢はベッドから出ると、無言のまま、ドアを開けた。

ドアが開くと、しずかは遠慮するでもなく、永沢のそばをすり抜けるようにして中へ入って来た。

そして、永沢がたった今まで寝ていたベッドに腰をおろす。

どうしてここが分ったのか、訊く気にもなれなかった。

永沢が閉めたドアにもたれて黙って立っていると、

「生田目さんが教えてくれたの」

と、しずかは言った。「あなたがここにいること、ずっと知ってるのよ」

「分ってる」

と、永沢は肯いて、「逮捕したけりゃ、いつでも来ればいい」

「あなたを逮捕？　理由がないわ」

「そんなもの、いくらでもでっち上げられる。君が知らないわけはないだろう」

「そうね……。でも……」

少し目を伏せ、口ごもっていたしずかは、やがて意を決したように顔を上げ、永沢を見ると、

「私を憎んでるわね」

と言った。「当然よね。確かに私は生田目さんに頼まれて、あの写真を撮らせた。でも、それがあなたのためだと思ったから」

「何でも言えよ」

と、永沢は小さな椅子に腰をおろして、「どうせ、マイクでもバッグに入ってて、こ

の会話も生田目が聞いてるんだろ？」

「違うわ」

「そうか。俺のような小物のことにかかずらってる暇はないな、生田目には」

「ね、聞いて」

と、身をのり出し、「こうでもしないと、あなたは組織から離れられなかったでしょう？　――あなたは本当に立派な人だわ。信念に忠実で、国の未来を考えている。あなたこそ本当の愛国者よ。生田目さんも、今の政権も、ただ我が身が可愛いだけ。権力欲を満足させたいだけ」

しずかは息をついて、

「でも――これからあなたの身はどんどん危険になる。このまま続けて行ったら、もっと大きな罠にはまって、身動きできなくなる」

「今だってそうさ」

「でも、今はあなただけだわ。奥さんや、亜紀さんの身にも、いずれ……」

「心配してくれるのか」

「お願い。――妥協も必要でしょ。現実的になって。私だって、このままの世の中でいいとは思わない。だったら、現実と妥協しても、少しはこの国が悪くなるのを食い止められた方がいいと思わない？」

永沢はじっとしずかを見つめて、

「それは君の提案か」

と訊いた。

「ええ」

と、しずかは肯いて、「生田目さんも承知してるわ」

永沢はしばらく黙っていたが、

「――正直に答えてくれ」

「何を？」

「君は生田目の女なのか」

しずかはじっと永沢の目を見て、

「違うわ。私が愛してるのはあなただけ」

と言った。「信じてもらえないでしょうけど、それは仕方ない。でも本当よ」

「なるほど」

「私、あなたを、こんな安いホテルの一室に隠れてなきゃいけないような暮しに押し込めたくないの。堂々と町を歩いて、人々に尊敬されるような立場になってほしい。あなたにはそうなる資格があるんだから」

「仲間を裏切って、女と旅館に泊っても、か？」

「私とのことは、別でしょ。――あなたの仲間だって、何も言えやしないわ」

しずかはベッドの上に手を当てて、「お願い。ここへ来て」

と言った。

永沢はゆっくり立ち上って、ベッドのしずかの隣に座った。

「ありがとう……」

しずかが永沢の肩に頭をもたせかけて、「ツバを吐きかけられるかと思ってた」

「俺は自分にツバを吐きかけてる。騙《だま》される方が馬鹿だ」

「あなたは、すばらしい人よ」

と、しずかは言って、永沢の頰に唇を触れた。

怒りもなく、欲望も消えていた。

大地震の最中に女を抱こうと思わないだろう。今も、永沢はしずかに「女」を感じなかった。

「どうしろって言うんだ?」

と、永沢は訊いた。

「生田目さんと会って。あの人も、あなたの協力があれば、やりやすくなるって言ってるわ」

「スパイになれってことか」

「違うわ。——国に批判的な人たちも必要だわ。海外からも日本は厳しく見られてる。だから、民主的な面での改善の努力もしなくちゃならない。あなたはその意見のまとめ役になって」

「仲間がついて来ると思うのか？」

と、永沢は笑って、ベッドに横になった。

「提案よ」

と、しずかは永沢のそばに身を横たえた。

「この間、逮捕された人たちに対しては、検察が『やり過ぎがあった』と認めて謝罪する。反戦集会やデモも、人数を制限して認める。——ただ、今後組織を『政府の一機関』という形にして、色々な提言をするの。もちろん、認められるものも、却下されるものもあるでしょう。でも、会議は公開し、取材も自由。決定に不服なら、その旨をコメントもできる」

しずかは永沢の指に自分の指を絡ませて、

「メンバーの人たちには、顧問料が支払われるわ。役人から『先生』って呼ばれて、敬意を払われる。悪い気持じゃないと思うわ」

——みごとなものだ。

反対勢力を飼い慣らす。——飼われている方は、自由なつもりでいるが、その実、長い鎖でつながれていることに気付かない……。

「あなたが生田目と交渉して、謝罪を勝ち取った、となれば、みんなあなたを見直すわよ」

「茶番劇だな」

「大切なのは結果でしょ？」

結果。――結果か。

結果さえ良ければ手段は二の次。

その言葉で、今までどれだけの悪が見過されて来たか……。

「お願いよ。私の言う通りにして」

しずかが永沢にキスした。

永沢はじっと暗い天井を見上げていた。

そして、しばらくしてから口を開いた。

「湯浅はどうする」

しずかが当惑したように、

「湯浅さん？　あの人がどうしたの？」

「とぼけなくていい。あいつも生田目に飼われてる。それは知ってるんだ」

「それは……」

「湯浅とも寝てるのか」

しずかは笑って、

「冗談よして！　あんな人、好みじゃないわ」

と言った。「あなたとは比べものにならないわよ」

「そうか」

「そうよ」

永沢は、しずかを抱き寄せてキスした。しずかの息づかいが荒くなる。

しかし、永沢はもうそんな気になれなかった。

「――じゃ、話をつけよう」

と、永沢は起き上って言った。

「話を？　生田目さんと？」

「うん。ともかく、仲間に対して詫《わ》びる気持を見せてほしい。見舞金を出す、ということでもいい。何か形のあるもので」

「それはきっと聞いてくれるわ」

しずかはホッとした様子で、「生田目さんに連絡してみても？」

「ああ。――こんな時間だが、生田目ならどこか旨い所を知ってるだろう。腹が減ってるんだ」

永沢は伸びをした。

「すぐ手配できるわ、きっと」

しずかはケータイを取り出して、生田目へかけた。

しずかが生田目に説明しているのを聞きながら、永沢はぼんやりとベッドに座って、考えていた。

しずかをどうやって殺そうか。

24 和解

「こんな所があるんだな」

と、永沢は東京の夜景を見下ろして言った。

午前四時に近い。

やがて夜が明けてくるだろう。

「二十四時間、いつでも一流のフレンチが食べられる。君も、ここのメンバーになればいい」

と、生田目は言った。

ワインは極上だった。――永沢にもそれぐらいのことは分る。

「見舞金のことは任せてくれ」

と、生田目は言った。「長官や大臣の許可を取る必要があるから、朝にならんとね。金額はこちらから提案するよ」

「分った」

「ただし、見舞金のことはあくまで内密に。公式には謝罪――というか、遺憾の意を表明することで」

「ああ、それでいいだろう。――この魚は旨いな」

それは正直な感想だった。

「君の例のスキャンダルだが」

と、生田目は言った。「ネット上ではしばらく出回るだろう。しかし、新聞、TVでは今後、一行も出ない」

「それはどうも」

「ネットをあまり規制すると、ヨーロッパ辺りがうるさいんでね。アムネスティとかが」

と、生田目は言った。

「あんたも一応気にしてるのか」

と、永沢は苦笑した。

「首相が訪欧したときには、その辺のことを会見で訊かれるからね。――おい、赤をもう少し」

「同じものでよろしいですか」

と、ソムリエが訊く。

「少し軽めにしてくれ。じき朝だ」

「かしこまりました」

――超高層ビルの最上階。

会員制クラブは二十四時間のサービスだった。庶民の知らない世界だ。

「建前さ」

と、生田目は言った。「日本は建前の国だ。建前がちゃんとしてれば、現実はどうでもいい」

「認めてるのか」

「もちろんだ。しかし、法は建前で動く」

生田目は魚料理を二口三口食べただけでさげさせた。

「――彼女も一緒でなくて良かったのか」

と、生田目が言った。

「二人きりの話さ」

と、永沢は言った。「しずかと湯浅は、あんたの犬だろう？」

「『犬』って言葉は良くないな。協力者だ」

「湯浅は外してくれないか。今度のプランから」

「お気に召さないかね？」

「そばにいてほしくない」

生田目は肯いて、

「気持は分るがね」

と言った。「まあいい。彼には違うポジションに就いてもらおう」

生田目は新しい赤ワインを飲んで、

「うん、結構だ」

と肯いた。

そして、少し考えていたが、

「湯浅を外すとなると、棚原しずかも残せないな」

と言った。

「二人で一組か」

「もちろんだ」

と、生田目は言った。「しずかは、湯浅の妻だからね」

あまりに思いがけないことを聞いて、反応できない、ということがある。

この時の永沢がそうだった。

食事の手は止らなかった。

生田目は、永沢が「少しも驚かなかった」と思ったらしい。

「意外でもなかったかね？」

と訊いた。

永沢は、ちょうど皿を空にして、ナイフとフォークを置いた。これで時間が稼げた。

「そんなことじゃないか、とは思ってたよ」

と、小さく肯いて見せ、水を飲むと、「甘いものが食べたいな。疲れてるんだ」

「ここはデザートもなかなかいけるよ」

と、生田目は言って、ウエイターを呼んだ。

「デザートにしてくれ」

「かしこまりました」

生田目とウエイターのやりとりが、どこか遠い場所で行われているかのように聞こえた。

――しずかが、湯浅の妻。

それは少しも意外なことではなかった。知ってしまえば、当り前のような気がした。

しかし――湯浅はしずかが永沢に抱かれていることを知っていたはずだ。

それでいて、永沢の「同志」として行動して来た。

なぜだ？　自分の妻をも、「道具」として提供するのが忠誠の証しなのか。

「デザートをワゴンでお持ちしました」

ワゴンにのった、色とりどりのケーキやスフレ……。

「これとこれを……」

永沢は、ちゃんとデザートを選んだ。「そして、コーヒーを頼む」

と、注文した。

「いいのかね」

と、生田目が言った。「まだしずかに未練があるのでは？」

「いや、もうない」

「本当か？」

「もちろんだ。今さら……」

殺そうと思っていた。しずかは殺されて当然だと思っていた。

だが、まさか生田目にそうは言えない。

デザートが来ると、永沢は味わって食べ、

「おいしいね、確かに」

と肯いて見せた。「しずかと湯浅には、そっちから話してくれるか」

「その方が良ければ」

「頼むよ」

「分った」

「どう話していいか、困るからな」

本音だった。そして妙な話だが、デザートを食べている間に、永沢の心は決った。

しずかは殺さない。代りに湯浅を殺してやる。自分のせいで、夫が殺されたという思いを、しずかに味わわせてやるのだ。

人を殺す。そんな決心をしながら、デザートの甘さを楽しんでいる自分の残酷さが、永沢にとっては快感だった。

コーヒーも味わって飲むと、

「これから帰宅かね」

と、永沢は生田目に訊いた。

「いや、十時から法廷がある」

と、生田目は腕時計を見た。

「元気だな」

「元気をもらうのさ。人を責めることでね」

生田目は微笑んで、「まともじゃないだろう？　私もそう思うよ」

「いや、自分が正しいと信じられれば、人を責めるのは楽しいさ」

「全くだ」

生田目は笑って、「意見が合ったね」

「うん。――俺とあんたは似ているのかもしれん」

一人は合法的に人を殺し、一人は法に背いて殺す。そこだけは違うが。

「旨いコーヒーだな。もう一杯、もらえるか」

と、永沢は言った……。


みごとなものだ。

自宅の前でタクシーを降りると、永沢は感心した。一人の報道陣もいない。

玄関へ入ると、

「お父さん！」

と、亜紀が走り出て来た。「大丈夫だったの？」

「ああ」

「あなた……」

直美も出て来た。

「すまなかった」

永沢は玄関の上り口で、両足を揃えて立つと、頭を下げた。「――すまん」

すべてを一言で片付けるのは虫のいい話かもしれなかったが、他に言いようがなかった。

「表は？」

「誰もいない」

「え？」

「もう、誰も押しかけちゃ来ない。安心してくれ」

と、永沢は言った。

直美と亜紀は顔を見合せて、ちょっとの間動かなかったが――。

亜紀がサンダルをはいて、表へ飛び出して行った。そして、少しして戻って来ると、

「本当だ」

と言った。「誰もいない」

「そう……」

直美が肯くと、「良かったわね」

と、呟くように言った。

永沢は、妻がよろけるような足取りで居間へ入って行くのを見ていた。そして、背後で妙な声がしたので、振り向くと、亜紀が上り口にうずくまって泣いているのだった。

「亜紀……」

そうだったのか。――四六時中、マスコミの目にさらされ、カーテンを開けることさえできない。そんな生活の辛さ。

気が緩んでしまったのだろうか、その亜紀の涙に、永沢の胸は痛んだ……。

「許してくれ」

と、亜紀にもう一度詫びる。

亜紀は涙を拭うと、

「あの女の人とは？」

と訊いた。

「別れた。もう会うことはないよ」

「本当ね？」

「ああ、本当だ」

亜紀は立ち上ると、

「でも……どうして急に一人も表にいなくなったの？」

「生田目の指示さ」

「あの検事の？　どうして……」

「話し合った。妥協したのさ」

「そう……。それで、報道陣がいなくなったのね。でも、怖いわね」

「ああ。権力ってのは恐ろしい。人一人抹殺するくらい簡単だ」

「本当ね。でも、お父さんはそれで良かったの？」

「お互い譲り合ったんだ。当分は何もないだろう」

と、永沢は言って、亜紀の肩を抱いた。

しかし——俺は湯浅を殺す。当然捕まるだろう。

そうなれば、直美と亜紀は再びマスコミに追われる……。

永沢は居間へ入って行った。

直美がソファから立ち上った。やはり泣いていたのだろう、ティッシュペーパーで鼻をかむと、

「あなた……お腹空いてない？」

と言った。

「ああ……。いや、それほど……。しかし、お茶漬でも食べるかな」

「用意するわ」

「お母さん！　私も食べる！」

と、亜紀が明るい声で言った。

それを聞いて、直美も笑って、

「じゃ、お母さんも食べようかしらね」

と言った。

――十分ほど後には、ダイニングで三人揃ってお茶漬を食べるということになった。

正直、永沢はフルコースの食事をして来たのだから満腹だったのだが、それでもごく当り前のお茶漬はおいしかった。

亜紀は一気に半分ほども流し込むと、

「――何だか久しぶりだね。三人揃ってご飯食べるのって」

と言った。

その亜紀の言葉は永沢の胸に響いた。――普通の家庭なら当り前のことが、この家からは失われていたのだ。

「できるだけうちで食べるようにしよう」

と言った。

「お母さん、大変だわ」

と、直美が苦笑して、「外で食べて来ていいわよ、別に」

「私が作ってあげる」

と、亜紀が張り切って言った。

「あんたなんか、電子レンジで温めることしかできないじゃないの」

「あ、そういうこと言って。私だって、少しはお料理できるわよ」

と、亜紀が言い返す。

――湯浅を殺して、捕まらずに済む方法はあるだろうか？

今、監視カメラがどこにも行き渡り、犯罪を犯して逃げ切ることは難しい。

いや――それでも、未解決の重大犯罪は少なくない。

そうだ。まず動機のある人間は疑われる。犯人が捕まらないのは、偶然の犯罪、通り魔的な殺人である。

湯浅がそういう死に方をすれば……。

少なくとも世間的には、湯浅と永沢は「同志」だった。今回のことで縁を切ったとしても、それが一般に知られる可能性は低い。

下手なアリバイ工作などは逆に疑われる原因になる。シンプルに、事故かと思われるような方法で殺せたら……。

永沢は、直美や亜紀が屈託なく笑っているのを見ながら、我が身を滅ぼすようなことはすまいと決めた。

生田目が話したとしても、湯浅と全く会わずに終らせることはできないだろう。――

そこで、あくまで友好的に別れるのだ。

湯浅から見れば、自分は妻を寝取っていた男なのだ。むしろ、向うがこっちを殺そうとしてもおかしくない。

そうだ。湯浅が永沢を恨んでいるという印象を広める。そこから何か道が開けそうな気がした。

「コーヒーを淹れよう」

と、永沢は立ち上った。「みんなで飲もう」

「眠れなくなるわ」

と、直美は言ったが、「でも――いいわね」

別にコーヒーでなくても良かった。

ただ、この三人の時間を、終らせたくなかったのである。

25　事件

「やあ」

永沢はホテルの会議室へと入って行った。

「ご苦労さまです」

と挨拶したのは、首相の秘書官である。

三十代の気のきく男で、生田目からは、

「永沢さんの秘書代りだ。自由に使ってくれ」

と言われていた。

「本ができたよ」

と、同じグループの大学教授が嬉しそうにやって来た。

「良かったな」

「いい本になった。贈るよ」

「楽しみにしてる」

と、永沢は肯いて言った。

長年の研究成果を本にまとめたい、とずっと努力して来たが、どの出版社からも断られたのだった。それが——。

「今日、この後は時間あるかい？」

と、永沢は訊かれて、

「今夜は家族で食事することになってる」

と答えた。

「そうか。いや、ちょっと相談したいことがあってな」

た者もいる。

「明日、TV局で会うだろ」

「ああ！　そうだった。じゃ、その時に」

永沢は会議室のテーブルの中央についた。

以前からの「同志たち」が集まって来ていた。中には、以前、永沢たちを敬遠してい
た者もいる。

みんな送り迎えの車がつく。望めば、終った後は食事も出るのだ。

中には、さらにその後バーへくり出す者もいた。

「今度の集会の会場だがね……」

と、一人が口を開くと、

「今、一応M会館の大宴会場を押えてあります」

と、秘書官が言った。「人数的には三百人までは大丈夫です」

「充分だろう。な、永沢？」

「ああ。会場費は？」

「三十万です」

安い。――おそらく、「生田目価格」なのだろう。

「あと二人か。――まだ時間がある。待とう」

と、永沢は言った。

生田目が、人の心理を実によく分っていることに、永沢は感心した。

誰もが「先生」と呼ばれ、車の送迎がつき、テーマによっては、〈謝礼〉が払われる。その手ぎわの良さ。快さに、人はすぐ慣れるものだ。

中には恥ずかしげもなく、

「生田目って男はなかなかよく分ってる。見直したよ」

などと言う者もいる。

あのとき、連行されてひどい目に遭ったことは忘れているのだ。見舞金が百万単位で支払われたことも大きいだろう。

「永沢先生」

と、秘書官が言った。「記者会見を開いてほしいと複数のマスコミから要望が来ています」

「僕に『先生』はやめてくれ」

「失礼しました」

「記者会見といっても、何の話をする？」

「この会議の現状について、知りたがっています」

現状か。——茶番劇だよ。

永沢は肯いて、

「では、何人か出てもらおう。来週辺りでどうかな?」

「結構です」

日取りと時間、出席するメンバーを決め、

「じゃ、それで各マスコミに連絡してくれ」

「かしこまりました」

と、秘書官の会田《あいだ》が言った。「会場は手配します」

「うん、頼む」

つい頼ってしまう。——この会田という男を見ていると、みごとに自分の考えを消して永沢たちのために働いていて、時に、本当の「同志」かもしれない、と思ってしまうほどだった。

もちろん、ここで話されたこと、計画されたことのすべては会田から生田目へと伝わっているはずだ。

時として、永沢は生田目との約束に反するような提案や発言をしてみたいと思うことがある。会田が生田目にどう伝えるか、知りたい。

いや、むろんそんな危ない真似《まね》はしないが。

——会合は、危険もない代り、何の緊張感もなく終った。

永沢は、車を断って地下鉄へと向った。

実際、直美と亜紀と、三人で食事することになっていたのだ。

——湯浅としずかのいない暮しにも、慣れていた。

それでも、湯浅を殺すという意志は変っていなかったが。

直美と亜紀は、もう約束したレストランで待っていた。二人とも、すっかり明るくなり、直美は若返って見えた。

今まで、自分が妻の髪を白くしていたのかと思うと、胸が痛い。今、直美は髪を少し染めている。

「——お昼、抜いて来た」

亜紀はそう言って、「うんと食べる！」

と、宣言した。

「ああ、いくらでも食べろ」

と、永沢は笑った。

当り前の外食風景。——むろん特別高級なレストランというわけではないが、何の心配もなく、楽しく笑い合いながら食べることの幸せ。

心の底に、生田目の思惑通りの生活になじんでいる自分を責める気持を抱えながら、永沢は「自分だけが挫折の傷を抱いていればいいのなら、この暮しも悪くない」と思い始めていた……。

「——満腹！」

と、亜紀が息をついて大げさに言った。

「その辺を一周して来たらどうだ？」

と、永沢はからかった。

このところ、市民マラソンが流行して、ちょっとした大会にも二万、三万という素人ランナーが集まる。亜紀にはその気はないらしいので、わざと言ってみたのである。

それにしても……。永沢はワインを口にしながら思う。

マラソンに集まる何万という人々の一割でも、「反戦のための集会」に集まってくれないものだろうか。戦争に日本が巻き込まれないことが、マラソンよりずっと大切だということくらい、誰にでも分るだろうに。

仕方ない。今、人々は目の前の愉《たの》しみにしか関心がない。反戦だの反原発だのと聞くと、

「そんなの、自分の考えることじゃない」

と、そっぽを向いてしまうのだ。

では誰が考えるのか？　そう訊けば、

「知らないよ」

という返事が返って来るだろう。

知らないよ、で済むわけではない。戦争になれば、戦場に駆り出されるのは、「難しいことは考えない」若者たちなのである……。

俺たちは無力だ。思いたくはないが、永沢もそう認めざるを得なかった。

ケータイにメールの着信音がした。

秘書官の会田からだ。――永沢はついでにトイレに立った。

洗面所で手を洗って、メールを読むと、今日決めた記者会見に参加するマスコミ各社の返答をまとめて送って来たのだ。

「せっかちな奴だ」

と、永沢は苦笑した。

TV局のリポーター、新聞記者……。こう素早くリストが出て来るのも、生田目の威光だろう。

メールを読んでいた永沢の手が止った。

〈N新聞・湯浅道男〉だって?

「湯浅……」

N新聞へ戻ったのか。そして永沢の会見に出るというのだ。

ケータイをポケットへしまい、テーブルに戻ろうとして、永沢は足を止めた。

「待てよ……」

湯浅に「会見の後、待っていてくれ」と言っておけば、当然一人で残るだろう。誰にも知られずに、会うことができる……。

湯浅は大勢の中の一人としてやって来る。永沢は記者会見で、人々に見られている。

もし、うまく機会と場所が選べれば……。

——テーブルに戻ると、

「お父さん、デザート、選んで」

と、亜紀が言った。

「うん……」

時として、妙に甘いものが欲しくなる。

ケーキを選んで、コーヒーを注文すると、ケータイが鳴った。

「切っとくんだったな」

と、舌打ちして取り出すと、生田目からの電話だった。

「ちょっと……」

と呟いて、席を立つ。

レストランの入口辺りまで行ってから出る。

「——永沢だ」

と言うと、生田目は、

「今、どこだ？」

と訊いて来た。

「丸の内のレストランだ。家族で食事してる。何だ、出しぬけに」

「ずっと食事してたのか」

生田目の声はプロの「検察官」だった。

「この二時間くらいな。どうしたんだ」

「それならいい」

と、生田目は言った。

「おい――」

「棚原しずかだ」

思いがけない名前を聞いて、永沢は一瞬絶句した。生田目が続けて、

「刺された」

「――何だと？」

「郊外のホテルで刺された。命に別状はないようだが、重傷だ」

「いつのことだ」

「連絡は二分前にあった。救急病院の方から、こっちに身許照会が来たんだ。刺されたのは三十分ほど前だ」

「そうか……。俺じゃない、残念ながら」

「分ってる。ただ、一緒に旅館へ入った写真が出回ったろう。同じ女だと知れたら、そっちへ取材が行く可能性もあるからな」

「分った」

永沢はやっと気持を鎮めて、「本当に助かるんだな」

「今のところはな。N大病院だが、行くか？」

「いや……。妙なものだろ、俺が行っても」

「そうだな」

「亭主は――湯浅は知ってるんだろうな」

「もちろん知っているはずだ」

「それで――犯人は？」

むろん、分っていないから永沢へ訊いて来たのだろうが。

「男が姿を消した、としか聞いていない」

「つまり……ホテルに男と入ってたんだな」

「そういうことだ」

少し沈黙があって、生田目は、「――何か分ったら知らせるよ」

「うん」

通話を切っても、永沢はすぐには席に戻れなかった。

思ってもいなかったほど、動揺していたのである。

刺されたことももちろんだが、しずかが他の男とホテルに入っていたということ。

忘れたと思っていた傷が、痛み出していた。

「――どうしたの?」

席に戻ると、亜紀が心配そうに、「何かあった?」

「いや、大したことじゃない」

ケーキに添えられたアイスクリームが、もう半分以上溶けてしまっていた。


N大病院へ。

しずかの様子を見に行きたい、という思いに、永沢は必死に逆らっていた。――殺人未遂ということなら、取材も入っているだろう。そこへ顔を出すわけにはいかない。

ただ、ホテルで刺されたのがしずかだということ――永沢の元の恋人だということは、すぐには知れまい。

「おいしかった」

と、亜紀はレストランを出て、ブラブラ歩きながら、バッグを振り回した。

「ちょっと!　危ないわよ」

と、直美が苦笑する。

「時々、みんなでこうして食べよう」

と、永沢は言った。「太りそうだがな」

「いいじゃないの」

と、直美が言った。「あなたの年齢になれば、太ってくるのが普通よ」

「そうだな」

「自然の成り行きに逆らわない。それが一番だわ」

永沢は、妻のそんな言葉を初めて聞いた気がした。直美は、いつも夫の言葉に答えて何か話すことが多い。

「タクシーで帰るか」

「もったいない！」

永沢の言葉に、直美と亜紀が同時に声を揃えて答えたので、少しして三人で大笑いした。

俺は笑っている。――永沢は考えていた。しずかが刺されて痛みに耐えているとき、俺は笑っていられる……。

26　凍った炎

それは間違いなく湯浅だった。

記者会見の席は、至って和やかな雰囲気で、かつてのような張りつめたものはない。それも当然だ。本質をついた質問もなく、当りさわりのない回答だけ。目立つのは外国人記者の数がずっと減っていることだった。

それはそうだ。——以前、永沢たちは、数は少なくともこの日本社会の中で「異議申し立て」をしている、珍しい存在だったのだ。しかし、今、永沢たちもまた、権力の側に「取り込まれている」ことを、外国人記者たちは気付いているのだった。

永沢は、あまり質問に答えないようにしていた。回答は他のメンバーに任せる。

生田目から、

「リーダーはあんただ。もう少し目立っていいんじゃないか」

と言われたこともあるが、

「俺はまとめ役さ。メンバーに慣れさせたい」

と答えておいた。

正直、目立ちたくなかった。この会見に出るのはともかく、ＴＶや対談なども、できる限り断った。

それはささやかな永沢の抵抗だった……。

湯浅も後方の席に座って、他の記者の問いと答えをせっせとメモしている。

あいつ……。しずかが、自分の妻が誰かに刺されて苦しんでいるというのに……。

会見は特に問題なく終った。

「――では」

と、他のメンバーが帰って行く。

ガランとした会場に、いつしか永沢と湯浅二人きりになっていた……。

会場の係の人間が何人か入って来て、早速片付けを始めた。

「早かったな」

「早く片付いていいや」

という声が耳に入ってくる。

そうだ。早く片付いてしまうのさ、今の俺は……。

湯浅の方からやって来ると、

「お元気そうですね。安心しました」

と言った。

「そう見えるか」

「ええ。とても血色もいいですし、以前のように目の下にくまもないですしね」

「充分寝てるからな。することもなくて」

と、永沢は言って、「ちょっといいか」

と促した。

会場はホテルの広い会議室だった。永沢と湯浅はフロアを移ってラウンジへ入ると、

「――N新聞に戻ったのか」

コーヒーを飲みながら、永沢は訊いた。

「ええ。ちょうど何人か記者が辞めて困ってましてね。声をかけられたんです」

「そうか」

湯浅の方からは何も言い出さない。永沢は黙っていられなかった。

「どうなんだ、奥さんの具合は」

永沢の問いにも、湯浅は特別の反応は見せず、

「しばらくは安静が必要ですが、大丈夫です」

と答えた。

「――災難だったな」

「ええ」

「犯人は捕まったのか」

「いいえ。しずか自身もよく知らない男だったようで」

「そうなのか」

「まあ……遊びで付合っていたようですね」

湯浅の平静な口調が、永沢を苛立たせた。

「お前、どうして黙ってた」

と、永沢は言った。「俺を恨んでたのか」

「永沢さん」

湯浅の口もとにかすかな笑みが浮んだ。「てっきり、しずかがあなたに話してると思ってたんです」

「お前と夫婦だってことをか」

「それと、私がさっぱり女を満足させられない夫だってことも」

永沢は口をつぐんだ。湯浅はちょっと息をついて、

「病気をしたせいで、全く使いものにならないんですよ、私の体は。女房が他の男でその不満を埋めるのを、咎めるわけにはいきません」

「――彼女はひと言も言わなかった」

「言うほどのことでもないと思ったんじゃないですか」

と、他人事《ひとごと》のような口をきく。「しずかとはもう会わないんですか」

「怒ってるんですか、しずかのことを。でもあれは本心からあなたの身を心配してたんです」

「俺に訊くのか」

「心配か。俺が生けるしかばねになっても、その方がいいと？」

「今、ちゃんと活動されてるじゃありませんか」

「生田目の敷いたレールの上をな。俺たちに希望を託している人々に対しての裏切りだ」

「色んな立場の人間がいます。当り前でしょう。右も左も、真中も。真中から少し右も、少し左も。それが世の中ってものじゃありませんか？」

「どんな緩い坂道でも、転り始めれば速い。アッという間に落ちて行くさ」

と、永沢は言った。

「今の生活に不満が？」

「女房や亜紀は喜んでる。安心して暮せると言っててな。それだけはいいことをしてやったと思ってる」

「充分じゃありませんか。自分の家族さえ幸せにできない人間が山ほどいますよ」

湯浅の、まるで役人の答弁のような言い方が、永沢をさらに苛立たせた。

こいつは俺を軽蔑している。内心、

「あんただって、俺と同じ犬になってるんだよ」

と思っている。

「もし良かったら」

と、湯浅は言った。「しずかを見舞ってやってくれませんか」

「会いたがらないだろう」

「そんなことはないと思います。しずかはあなたを尊敬してました。たぶん、今でも」

その通りかもしれない。

「――じゃ、行こう」

と、永沢は言った。「今から行く。一緒に来てくれ。俺一人じゃ、止められるだろう、途中で」

「どうでしょうか。――私は、一旦社に戻って、入稿しないと。すぐ出られますが」

「じゃ、病院で待っている」

「分りました」

湯浅は淡々として、肯いた。

「〈面会謝絶〉です」

と言われたが、「お名前は……」

「永沢です」

「お待ち下さい」

病院の受付の女性は、奥へ入って行った。すぐに戻って来ると、

「お会いになるそうです。どうぞ。七階の715です」

「ありがとう」

湯浅を待っていようかと迷ったが、先に行くことにした。

個室とはいえ、しずかはけが人だ。傷にさわらないようにしなくてはならない。

エレベーターで七階に上り、ナースステーションに声をかける。話が来ていたとみえ、

「どうぞ」

と、簡単に通してくれた。

715の病室。名札はない。

軽くドアをノックしてから開けた。

「まあ、どうも……」

思いがけず広い部屋で、声はずいぶん奥から聞こえて来た。

「――やあ」

永沢はゆっくりベッドに近付くと、「湯浅も後から来る」

と言った。

「そうですか。——すみません、わざわざ」

しずかを見て、永沢は軽いショックを受けていた。一回り小さくなった、と思った。

「花もなしで、申し訳ない」

と言いながら、初めて、花のことなど考えもしなかったことに気付いた。

「いいんです。花粉が却って良くないんですよ」

少し間を置いて、

「災難だった——」

「もう会って下さらないと——」

二人同時に言いかけて、やめた。

「痛むか」

永沢は傍の椅子にかけた。

「痛み止めが効いてますから。そのせいで少しボーッとしてます」

と言って、しずかは、「もともとね、ボーッとしてるのは」

と笑った。

「犯人はまだ捕まってないって？」

「ええ。——いいんです。私が悪かったんですから」

「しかし……」

「男のプライドを傷つけたんですね、きっと。いつもなら気を付けてるんですけど」

「よく気の付く君が……」

「投げやりになってました」

しずかの目は白い天井を見上げていた。

「どうしてだ」

と、永沢は訊いた。「君や湯浅の思い通りになったじゃないか。今、俺はもう危険人物じゃない」

「そうですね……」

「それ以外に不満があるのか」

しずかはゆっくり頭をめぐらせて、永沢を見ると、

「あの人が来たら言えないでしょうから……」

「言ってくれ」

「あなたを夢中になって救おうとしたのは、間違ってなかったと思います。でも、後になって気が付いたんです。あなたに軽蔑されるだろう、って」

「俺が？　どうして君を——」

「現に、私を切ってしまわれたじゃありませんか」

「いや……。そうしないと、新しい自分になれないと思ったんだ」

と、永沢は言った。「もちろん——君らが夫婦だと聞かされたせいもあったが。しかし、俺の方だろう軽蔑されるのは」

「まさか……。あなたは人間で、男よ。理屈だけで生きてるコンピューターのソフトじゃない。生き方を変えたって当り前じゃないですか」

「しずか。——俺はもう家族に心配をかけない、と決めたんだ。それだけだ」

「ええ、ええ。それが正しいんです。分ってるわ」

「君は他の男と——」

「あなたのことを少しでも忘れたかった。私の体に刻まれてるあなたを、一瞬でも忘れられたら、と……。でも、だめだった」

「まだ俺を愛してると言うのか」

「そう言えば信じてくれる？」

永沢は目をそらして、

「分らん」

と言った。「俺は君でなく、湯浅を憎んだよ」

立ち上って、永沢は正面の窓の方へと歩み寄った。見下ろすと、川の面が目に入った。

「川があるんだな」

「ええ。この棟が川沿いに建ってるんです」

「何川だろう? 結構幅もあるな」

「私、そういうこと、さっぱり分らなくて」

と、しずかはちょっと笑って、「教師のくせに、だめね」

永沢は穏やかな流れを見下ろしながら、

「今の俺はぬるま湯に浸ってるようだ。ずっと入ってれば、それなりに快適だよ。しかし、出ればたちまち風邪をひく」

「それでも生きてる方がいいわ」

「確かにな」

永沢はベッドのしずかを見下ろすと、身をかがめて、唇を重ねた。感触は変っていなかった。

そのとき、病室のドアが開いて、湯浅が入って来たのである。

永沢はわざとゆっくり体を起して、あわてたそぶりは見せなかった。

「——お邪魔でしたね」

と、湯浅は言った。「出直しましょうか」

「それが亭主の言うことか」

永沢は腹が立った。せめて湯浅が皮肉の一つでも言ってくれれば。しかし、湯浅の口調は本物だ。本心から「出直しましょうか」と訊いている。

こんな男だったのか。——少なくとも、一時は共に同志として闘って来た男が、自分の妻が他の男とキスしているのを見て、怒るでもなく、傷つくでもなく、「出直しましょうか」と訊いてくる。

身勝手かもしれないと思いながら、永沢は湯浅に殴ってほしかった。

「言った通りでしょう」

と、湯浅は言って、ベッドの方へとやって来た。「しずかはあなたをまだ愛してるんですよ」

「あなた……」

しずかが湯浅を夫として呼ぶのを、初めて聞いた。

「そうだろう」

しずかは答えなかった。

「もう終ったんだ」

と、永沢は言った。「もう火は消えた」

「そうでしょうか」

湯浅の表情が、ふと歪《ゆが》んだ。永沢は敏感にそれに気付いた。

「——湯浅。何を隠してるんだ」

「何のことです」

「本音を言ってくれ。一度でいいから、心の奥にしまっている本音を吐き出せ」

「無理ですよ」

湯浅の口もとが引きつった。「私は感情を殺して生きて来たんです。ずっと」

「そんなことをして何になる」

「感情はありますよ、私にだって。凍っているけど……」

「湯浅。――苦しんだんだな、お前も」

と、永沢は言った。「許してくれ」

湯浅は、ふしぎな目つきで永沢としずかを見ると、上着の内側へ手を入れて、拳銃を取り出した。

「あなた！　どうしてそんな物――」

「心配するな」

と、湯浅は首を振って、「お前を殺したりしない」

湯浅は銃口を自らのこめかみに当てた。

「よせ！」

永沢が飛びかかった。一瞬前に予期していたので間に合ったのだ。

引金を引いたとき、永沢の手が湯浅の手首をつかんでいた。

銃声が耳もとで弾《はじ》けた。弾丸は奥の窓ガラスを砕いた。

「馬鹿はやめろ！」

永沢は湯浅の手から拳銃をもぎ取った。湯浅は取り返そうとはせず、永沢を押しのけると、窓に向って走った。

「待て！」

止める間はなかった。湯浅の体が、残った窓ガラスを突き破って、外へと消えた。

「湯浅！」

永沢は窓へと駆けつけた。

「どこだ？　――湯浅！」

湯浅の姿は見えなかった。窓の真下には狭い緑地帯があるが、そこには見えない。飛び出した勢いで、川へ落ちたのか。

「どうしました？」

病室のドアが開いて、看護師が入って来た。

拳銃を手にした永沢を見て、短い悲鳴を上げると、

「誰か来て！」

と叫びながら駆け出して行く。

ベッドに体を起したしずかが、永沢を見る。

「いない。――川へ落ちたようだ」

「まあ……」

しずかは放心したように呟いた。

「川なら……助かるかもしれん」

永沢は拳銃をソファの上に投げ出した。

「悪い夢を見てるよう……」

「君のせいじゃない。俺が追い詰めてしまった……」

立ちすくむ永沢に、破れた窓から冷たい風が吹きつけて来た。

駆けつけて来るいくつもの足音が聞こえた……。

27 話の終り

しばらく、長い沈黙があった。

まるで眠っているかのようだ。知らない人間がこの光景を見たら、戸惑っただろう。

ホテルのツインルーム。

亜紀の長い話が続いて、今やっと途切れたところである。

亜紀と生田目健司は、ツインのベッドに一人ずつ横になっていた。

——話し疲れた亜紀は途中からベッドに寝て話していたのだ。

「――それで」

　と、健司は口を開いた。

「それで……。それだけよ」

　と、亜紀は言った。

「でも……」

「湯浅の死体は結局川から上らなかったわ」

　と、亜紀は言った。「その状態で、果して川へ落ちて助かったかどうか」

「でも――生きてた」

「確かにね」

　と、亜紀は肯いた。

「何があったの？　それきりってこと、ないんだろ？」

「話したくないの！」

　と、亜紀ははね返すように言った。「その先のことは……」

　それまでの、淡々とした亜紀の口調とは打って変っていた。健司は思わずベッドに起き上って亜紀を見たが、亜紀はじっと天井を見上げているだけだった。

「――そう」

　と、健司は言った。「無理に話さなくてもいいよ。もう充分聞いたし」

亜紀は、深く呼吸をして、

「いいえ……。そうじゃないわ。ちゃんと話さなくちゃね」

と言って、少し間を置くと、「病院の人が駆けつけて来て、父は取り押えられた。看護師さんが見た状況では、父が湯浅を射った、と思われても仕方なかったからね」

「でも、棚原しずかが見てたんだろう？」

「ええ。父も、その点は心配していなかった。一旦警察へ連行されるのは仕方ないと思ってたの。でも事情を説明して、棚原しずかが証言してくれれば疑いは晴れると思ってた……」

「そうならなかったの？」

「棚原しずかが姿を消してしまったの」

健司は唖然として、

「自分からどこかへ行ったの？」

「分らないわ。ともかく、その夜の内に棚原しずかは病院の許可もなしに、出て行ってしまったのよ」

「それで……見付かった？」

「いいえ。それきり、生死も分らないまま」

「じゃあ……もしかすると、消されたのかも？」

「あり得ることよ。でも、真相は今も分らない」

亜紀はちょっと息をついて、「湯浅の死体が上らないまま、父は殺人の罪で逮捕された。でも、さすがに死体もないままで起訴はできないと思ったんでしょう。何とか父に自白させようとして、取り調べは厳しかったわ。だけど父は否認を貫いた……」

「親父は何もしなかったの？」

「さあ……。それは分らないわ。でも、結局父が裁判で有罪になるところまで行かなかったのは、生田目さんのおかげかもしれないわね」

と、亜紀は言った。「その代り、警察はわが家へ乗り込んで来て、家中を引っかき回して行った」

「想像がつくよ」

と、健司は言った。

「――ある日、突然父は帰って来た」

と、亜紀は言った。「ボロボロになって、疲れ切ってたけど、それでも生きて帰って来たわ。私と母は泣いて父を抱きしめた……」

「釈放？」

「一応ね。証拠不十分ってことで。――でも、その日から別の攻撃が始まった。警察か検察の意向を受けてのことでしょう。TVや新聞から週刊誌、ネットまでも、父が『人殺し』だっていう記事で溢れたわ。父はあらゆる運動から手を引かざるを得なくなった……」

「それで病気に？」

「まだ少し後よ。私たちの暮しはまた嵐の中に逆戻り。脅迫電話やメールは四六時中数え切れないくらい来たし、玄関に犬や猫の死骸が捨てられていたし、ドアに〈恥知らず！〉ってペンキで書かれてたこともある。〈恥〉の字が間違ってたけど」

と、亜紀は苦笑した。

「それは……どれくらい続いたの？」

「半年くらいかしらね。母はうつ状態になって通院してた。私は負けないように、必死で大学へ通ってたわ。でも……」

と、胸を押えて、「待ってね。——思い出すと、今でも息ができなくなるの……」

「大丈夫？」

「ええ……。何とか」

と、かぼそい声になって、「忘れられないわ、きっと一生。あの日のことは」

「何があったの？」

「誰でも考えるようなことよ」

と、亜紀は言った。「珍しくもない、ごくありきたりのレイプ事件よ」

「君が？」

「そう。――それも大学の中でね。午後の講義を聞いてるときだった」

「大学の中で？」

「ええ」

亜紀は肯いて、「講義の最中、突然ドアが開いて、四、五人の男たちが入って来たの。黒っぽいスーツの、一見サラリーマン風だったけど、異様な雰囲気があって、まともな連中でないことは一目で分った。教授が『君たちは何だね？』って訊いたけど、一人が、『余計なことは訊くな』って言うと、黙ってしまった。連中は明らかに私のことをよく知ってた。迷うことなく、教室の後ろの方の席に座っていた私の方へと真直ぐやって来た……」

亜紀は深く息をついた。

「――逃げる余裕もなかったわ。取り囲まれて、髪をつかまれ、机の上に押し倒された。そして……服を引き裂かれた」

「周りに学生がいたんだろ？」

「二十人近くね。でも、誰も止めようとしなかった。手を出せば、自分もどんな目に遭うか分らない。無理もないわ」

「その――教授は？」

「呆然として見てた。男の一人が笑いながら、『講義を続けろよ、遠慮しないで』って言った。——教授は、講義を続けたわ。私がその場で犯されている間、ずっと……」

「ひどいな……」

「私を犯したのが二人だったか三人だったか、もう憶えてない。——男たちは裸の私に唾を吐きかけると、『親父を恨め』と言って、出て行った……」

しばらく間があって、亜紀は続けた。

「女子学生が、私にコートを着せてくれて、救急車を呼ぶと言ってくれたけど、私は首を振った。ただ、床にうずくまって震えてた。——女子学生が数人で囲むようにして、私を大学の医務室へ連れて行ってくれた……」

「そんなひどいこと……。警察へも連絡しなかったの？」

「むだよ。警察だって承知してたわ、きっと」

健司はしばらく黙ってじっと天井をにらむように見つめていた。——亜紀が頭をめぐらせて健司を見ると、

「どうしたの？」

と訊いた。

「親父も知ってたんだろうな、きっと」

健司の声は震えていた。

「さあ……。どうかしら。訊いたことないわ。たぶん、後では聞いたでしょうね。父が激怒して、会いに行ったと思うわ」

「許せないよ！　今からだって、そいつらを処罰すべきだ」

「冷静になって。——あなたが何かすれば、私の方に報復が来るのよ」

健司は詰った。亜紀は小さく首を振った。

「もう二度と——。二度とあんな目に遭いたくない」

「うん……。そうだね」

健司は起き上って、「——ごめん」

と言った。

「何を謝ってるの？」

「何もかも。——君に辛い話をさせたことも」

「いいのよ。私が話したかったんだもの。話してみて、自分にとって良かったと思うわ。父から聞いた話を、あなたに話して聞かせて、何だかよく分って来る気がしたの」

「分るって？」

「父の気持も、あなたのお父さんの気持もね。もちろん、許せるかどうかは別だけど」

と、亜紀は言って、「そのときの怒りが原因だったんでしょう。父は脳出血を起して倒れたの。幸い、家で倒れたので、すぐ搬送したんだけど、結局治療が遅れて、命は取り止めたけど、重い後遺症が残ったわ。――今、施設にいる」

亜紀はゆっくりと起き上った。腕時計を見ると、

「もうこんな時間！」

「そうだ。――良かったら、泊って行かない？」

「え？」

「僕は帰るよ。だから、もし良かったら、君一人で……」

「ありがとう」

亜紀は微笑んで、「でもね、女は泊るとなると色々必要なものがあるの。――ね、お腹が空いたわ。夕食をとって、帰りましょうよ」

「うん。君のいいようにして」

と、健司は肯いた。

「ああ……。横になってるだけで、ずいぶん楽だったわ」

と、亜紀は思い切り伸びをした。


亜紀と健司はエレベーターで、カジュアルなレストランのあるロビー階へと下りた。

レストランに入り、オーダーを済ませると、健司はトイレに立った。

亜紀が水を飲んでいると、

「永沢様でいらっしゃいますか」

と、フロントの男性がやって来た。

「はい」

「お電話が入っております」

と、コードレスの電話を渡される。

見当はついた。

「――永沢です」

「生田目だ」

「どうも」

「健司はそこに？」

「今、席を立ってます。私にご用でしょうか」

「まあ……健司も子供ではない。誰と付合っても、文句を言う気はないが……」

「生田目さん。勘違いしないで下さい。私たちはお話ししていただけです」

と、亜紀は言った。「私、男の人と関係は持てないんです。理由はご存知でしょ」

「そうか……。つまり、健司に話したんだね。君の父と私のことを」

「ええ、父から聞いた通りのことを。父は自分では話せませんから」

と、亜紀は言って、「でも、健司さんを叱らないで下さい。健司君は若いんです。世の中のことが分っていません」

「君は苦労したからね」

「皮肉ですか」

「そうじゃない。聞いているだろう、私のことも」

「お家《うち》を出られてるとか……」

「いい年齢《とし》をして、若い女に魅《ひ》かれてね」

と、苦笑しているような口調で、「向うが本気かどうかは分らない。信じたいが、鏡を見るとね……」

「鬼検事さんが、たった一人の女性の心を見抜けないんですか」

「それこそ皮肉だね」

と、生田目は笑った。「その通り。人間の心ほど分らないものはない」

「これから夕食をとって、帰ります。ご心配なく」

「君はいい娘だ。健司の相談相手になってやってくれ」

思いもかけない言葉に、亜紀は困惑した。

「生田目さん——」

と言いかけたとき、健司が戻って来るのが目に入った。「健司さんが。——代りますか？」

「いや、必要ない。では」

生田目は早々に切ってしまった。

「――電話？」

と、健司が席について、訊く。

「ええ。あなたのお父さんからね」

健司の顔がこわばる。

「言ったでしょ。私とあなたがここへ入るのも、ちゃんと見ていたのよ」

「人のプライバシーを何だと思ってるんだ！」

と、健司は腹立たしげに、「何て言ったの？」

「大丈夫。あなたのお父さんも変ったのよ。好きな女性ができて」

本当なら、湯浅のことを訊きたかったのだが、時間がなかった。

「勝手な奴だ」

と、健司はふてくされて、「しかも子供までできてるんだぜ。もうすぐ六十だっていうのに」

「お父さんにとっては、新鮮な体験なのかもしれないわね。家族に恨まれるなんて」

「姉さんが今、妊娠してるんだ。親父は、子供と孫がほとんど同時にできるんだ」

「そういうことなの。――お母さんは？」

「お袋？　お袋は見栄っぱりだから、世間体が大切なのさ」

二人は夕食をとった。

亜紀は自分のケータイを取り出して見た。

喜多村から連絡が入っていない。少し気になっていた。

こちらからかけてみようか。——しかし、湯浅を捜している喜多村が、今どんな状況でいるか分らない。

明日まで待ってみよう、と亜紀は思った。

「——どうかした？」

と、健司が訊いた。

「いいえ、別に」

亜紀は食事に戻って、「これで二、三日分のカロリーは取れてるわね」

と言った。


ズキズキとした痛みが、喜多村の目を覚まさせた。

どうしたんだ、俺は？　また鴨居にでもぶつけたかな。

遠い昔のことを思い出して、フッとそんなことを考えた。しかし、そうではない。

頬にザラザラした感触があった。目を開けると、暗い部屋だ。

床に寝ていた。起き上ろうとして、初めて自分が手足を縛られていることに気付く。

そして思い出した。——湯浅を尾《つ》けていて、誰かに殴られたことを。

畜生……。後ろに誰かが迫っていることに気付かなかった。

俺も鈍くなったものだ。

手足を動かそうとしたが、粘着テープで何回もグルグル巻きにしてある。簡単には緩むまい。しかし、これは素人のやり方だ。

寝返りを打つと、ドアの下の隙間から光が洩れているのが見えた。床がきしんだのを聞いたのだろう、ドアが開いた。

「気が付いたようよ」

と、女の声が言った。

この声は……。

「あんたか」

と、喜多村は言った。「いいもてなしだ」

「加減が分らなくってね」

と、〈緑風館〉の女将、中畑恵美子は言った。「殺しちゃったかと思って、心配しましたよ」

「当りどころによっちゃ、致命傷だ」

と、喜多村は言った。「幸い石頭でね」

床を踏む足音がして、

「用心しろよ」

と、湯浅が言った。

「ここはどこだ」

と、喜多村は訊いた。「あの湖の小屋か」

どこか湿っぽい空気が感じられた。

「ここまで運んで来るのは大変だったよ」

と、湯浅は言った。「あんたは誰だ」

「人に訊く前に、自分が名のれよ、湯浅さん」

湯浅はちょっと息をついて、

「警察か」

と言った。

「元はな。俺は喜多村という、元刑事だ。あんたと会ったことがある。憶えちゃいまいが」

「俺を捜しに来たのか」

「ああ。――俺一人じゃないぜ。大勢、あんたを捜し回ってる」

「どうして放っといてくれないんだ……」

と、湯浅は顔をしかめて、「俺は何一つ人の迷惑になることはしていないぜ」

「不注意だったな。TVのドキュメンタリーに撮られてた」

それを聞いて、

「だからあのとき――」

と、恵美子が言いかけた。

「余計なことを言うな」

湯浅が遮って、「自分じゃ人相も変って、気付かれないと思ってた」

「残念ながら、あんたに気付いたのは、永沢浩介だけじゃなかった」

「永沢……」

湯浅が眉を上げて、「元気なのか」

「脳出血で、ほとんど口もきけないそうだ。しかし、TVを見ていて、あんたに気付いたんだよ」

と、喜多村は言った。「他にも気付いた人間は何人もいた。ツイッターを見てないのか？　警察ももうもみ消せない」

「そうか……」

湯浅は喜多村のそばに膝をつくと、「あんたはもう刑事じゃないというなら、どうしてこんな所へやって来た」

「真相が知りたかった。それと、永沢亜紀に頼まれた」

「永沢さんの娘の？」

湯浅の顔に、一瞬懐《なつか》しげな表情が浮んだ。

「ああ……。頼むよ。手足を自由にしてくれないか」

「だめよ！」

と、恵美子が叫ぶように言った。「何されるか分らないわ」

「殴った方のセリフかね、それが」

「あんたを信用できるかどうか分らん」

と、湯浅は言った。

「それはそうだな。しかし、俺が捜し当てたんだ。いずれ他の連中もあんたを見付ける」

「他の連中？」

「あんたが生きてて、マスコミの前に姿を現わすとうまくない連中だ。俺よりあんた自身がよく分ってるだろう」

「俺は……死んだことで良かったんだ」

「しかし、生きてると分った。このまま隠れちゃいられないぞ。どこへ逃げても、必ず見付かる。分ってるだろ」

「生田目さんのことか」

「あの人はもう引退したが、検察にはまだまだ力を持ってる。当然、あんたを見付け出せと指示しているはずだ。――向うがあんたを見付ければ、口をふさぐために、生かしちゃおかないかもしれん」

湯浅は黙って立ち上ると、恵美子を促して出て行った。

喜多村は手足を何とか緩めようと小刻みに動かしたが、少しは違っても、あまり効果はなかった。

――永沢亜紀に知らせておけば良かった。それが悔まれた。

湯浅が、どこまで喜多村の話を信じるかだ。

喜多村は、このまま湖に沈められる己れの姿を想像してゾッとした……。

28 取引き

三十分近くたっただろうか。

床がきしんで、湯浅が戻って来た。

そして、喜多村のそばに膝をつくと、

「恵美子は帰したよ」

と言った。「旅館の仕事があるからな」

「どうするんだ」

と、喜多村は言った。「俺を身替りにしようったって無理だぜ。今は簡単に身許が知れる」

「分ってる」

湯浅が苦笑して、「恵美子はそうしろと言ってた」

「殺しをやったら、追う方はますます楽になるぞ」

「あんたを殺しゃしない」

湯浅は首を振って、「だが、あんたが生田目の手の人間じゃないとどうして分る」

「検察の息がかかってりゃ、一人じゃ来ないさ」

「どうかな」

湯浅は立ち上ると、「あんたはさっき言ったな。永沢亜紀の頼みで来たと」

「ああ」

「じゃ、彼女をここへ呼べ」

喜多村はちょっと頭を上げた。

「呼べば来るだろうが、数時間ってわけにゃいかない。それまで縛っとくつもりかい？」

「分ってる。しかし――」

「それに、このままじゃ、永沢亜紀に連絡も取れない。そうだろ？」

「ああ」

「彼女も〈要注意人物〉だ。生田目の目をごまかしてここへ来るのは容易なことじゃない」

と、喜多村は言った。

「永沢亜紀が〈要注意人物〉？」

「そうさ」

「そんなことになっているのか」

と、湯浅は首を振って、「永沢さんたちの警告した通りになったんだな」

「あんたがそう言うのか」

意外なことに、湯浅は本心からこの事態を嘆いているようだった。

「やり過ぎれば、必ず反動が来る。もともと日本を警戒していた国ももちろんだが、同盟国もだ。一旦走り始めると止らない日本の性格を分ってるからな」

確かに、日本がこのまま警察国家になって行くことを、アメリカなどは快く思っていない。元はといえばアメリカ追従の政権が続いたせいなのだが、日本は形だけでも民主主義が機能しているように見せることさえしなくなっている。

「番犬が凶暴化して、飼主にかみつきかねない、ってとこだな」

喜多村の言葉に、湯浅はちょっと笑った。そして、

「分ったよ」

ナイフを取り出すと、喜多村の手足の粘着テープを切った。

「ああ……。やれやれ」

しびれた手足を振って、「信用してくれたのか」

「今の番犬の話でな」

と、湯浅は肯いた。「アメリカの高官が、全く同じたとえを言ってたことがある」

「そうか」

「頭の傷は大丈夫か？　恵美子に仕返しするのはやめてくれ」

「ああ。――しかし、知ってるのか、あそこの亭主の中畑文男ってのは、食わせ者だぞ」

「何だって？」

「知らないのか」

中畑が、実の名を中里文哉という横領犯だと教えてやると、

「なるほど。それで恵美子と俺のことにも口を出さないのか」

「ただ、客の身許にはピリピリしてるようだ。追われる身なら当然だが」

喜多村は、ゆっくりと立ち上って、「その内、ネットで湯浅道男のことを見て、気が付くかもしれない。用心することだ。自分の身の安全のためなら、平気であんたを売るだろう」

「お互いさまさ。——旅館へ戻るか」

「ここは寝心地が良くないんでね」

と、喜多村は言って、頭をそっとさすった。「永沢亜紀のことだが、考えがある」

「いい手が？」

「やってみる値打はあると思う」

と、喜多村は言った。「あんたも、いつまでもここにいちゃうまくないぞ」

「分ってはいるんだが……」

と、湯浅は肯いて、「といって、どこへ行くか、あてがない」

「俺が見付けられたんだ。いずれ、刑事がやって来るだろう」

「いい手は？」

「ああ。——永沢亜紀にゃ、ちょっと変ったボーイフレンドがいる」

と、喜多村は言った……。

「文学部二年生、生田目健司さん。事務室へおいで下さい」

アナウンスが、やかましいランチタイムの食堂で聞こえたのは奇跡と言ってもいい。

「お前だぜ」

と、一緒の友人が言った。

「分ってる。でもランチが食べかけだ……」

心残りだったが、ランチを切り上げて、事務室へ行った。

「生田目ですが」

「ああ、お電話がありまして」

「誰ですか、かけて来たの？」

「名前はおっしゃいませんでした。こちらへ連絡してくれと」

事務室の女性がメモを渡す。——見憶えのないケータイ番号だったが、

「僕の名前を言ったんですね？」

と、健司が訊く。

「ええ、『生田目重治さんの息子の健司さん』って言いましたよ」

「——ありがとう」

健司は事務棟を出ると、大学の芝生へ入って行き、空いたベンチにかけて、ケータイを取り出した。

メモを見ながら、その番号へかけると、少し長く呼び出して、

「――もしもし」

と、男が出た。

「電話をくれた人ですか?」

「生田目健司さんだね」

「ええ。父のことをご存知で……」

「もちろん」

と、相手は言った。「私は湯浅道男という者です」

健司は息を呑んだ。――向うは気配を察して、

「私のことを聞いたとみえますね」

「ええ……。永沢亜紀さんから」

「懐しい名だ。彼女は元気ですか」

「まあ、一応は。あなただって分ってるでしょう、亜紀さんの大変な立場は」

つい、責めるような口調になって、「いや、すみません。僕はそんなことを言う立場じゃない」

「今、どこです? 周囲に人は?」

「大学の芝生です。話を聞かれてはいません」

「結構」

「あなた……生きてたんですね」

「まあね。生きていても死んでいても、誰かが迷惑する。こういうのも辛いものですよ」

と、皮肉めいた口調で、「まず、お父様には私のことを内緒にしていただきたい」

「もちろんです」

「亜紀さんとお付合されてるからですか」

「今、父は家を出て、戻りません。若い女と暮していて」

「それは……。奥様を捨てたということですか」

「家族もね。相手の女に子供ができて」

「――なるほど」

湯浅は言った。「生田目さんも普通の男だったんですな」

「あの年齢《とし》になって、やっと普通の男になったんですよ」

「あなたは……亜紀さんを好きですか」

健司は少し答えなかった。

「――そんなことを訊くために連絡を？」

「そうじゃありません。亜紀さんを私の所へ連れて来ていただきたい」

「亜紀さんを？」

「そうです。あなたの手で」

健司は少し考えていたが、

「湯浅さん。僕が連れて行くというのは、特別に意味のあることなんですか」

「そうです。亜紀さん一人を呼び出せば、必ず追跡されて私も見付かる」

「そうですね」

「あなたが亜紀さんを誘って旅に出れば、その危険は小さいでしょう」

「分ります。確かにそうです」

「亜紀さんのお父さんとは、色々因縁がありました。しかし、私を殺したと思われたままでいるのは、気の毒です。私はそんなことのために姿を消したわけじゃない」

「分りました」

健司は、もう決心していた。「で、どこへ行けばいいんでしょう」

「承知してくれるんですね」

「もちろんです」

と、健司はきっぱりと言った。

「亜紀ちゃん」

と、刈谷しのぶが呼んだ。「お弁当の注文変更ですって。亜紀ちゃんに頼んだからって」

しのぶが、電話の送話口を押えて言った。

「分ったわ」

亜紀は、ちょうど唐揚げ弁当を二つ、客に渡したところだった。「ここ、お願い」

「うん、大丈夫」

しのぶが代って店頭に立つ。

今日はよく売れる。亜紀としのぶが活き活きと働いているからだろうか。というのも、店長の東が休んでいるからだ。

「お待たせいたしました」

と、亜紀はタオルで額の汗を拭いながら電話に出た。

「仕事中にすまない」

亜紀は一瞬詰ったが、

「いつもありがとうございます！　今メモを取りますので、お待ち下さい」

と、ボールペンを持った。

「心配かけてすまない」

と、喜多村は言った。「ちょっとトラブルがあってね。しかし、大丈夫だ」

「はい。――内容も変更ですね」

「見付けた」

喜多村の言葉に、息を呑む。

「では……間違いございませんね」

「確かだ。前に言った旅館にいる。来てくれ」

「それは……すぐには……」

「考えてある。信用していい。頼むよ」

亜紀は肯いて、

「かしこまりました。確かに承りました」

と言って、切った。

「――変更、大変？」

と、しのぶが言った。

「そうでもないわ」

亜紀は首を振った。「ごめんね」

「大丈夫？　疲れてるみたいよ」

「うん、平気よ」

いつもと違う様子でいては怪しまれる。

「——ほら、またあいつよ」

と、しのぶがつつく。

少し離れた所から、亜紀のことを見ているのは、工藤という若い刑事だった。

そうだ。いつもの通りにしていないと、あの刑事に見咎められるだろう。

だが、喜多村は「考えてある」と言っていた。どうすればいいのだろう?

「いらっしゃいませ！　ホカホカのお弁当ですよ！」

と、店の外に出て、道行く人に呼びかける。

いつも東が見ているときは渋々やっていたのだが、東がいないとなると、結構楽しい。

人間って面白いものだ、と亜紀は思った。

すると、工藤がフラリとやって来た。

「いらっしゃいませ。お弁当ですか」

と、亜紀は声をかけた。

「うん……。その特製を一つ」

「かしこまりました」

亜紀が店の中へ戻って、すぐに詰める。

「——ここは旨いな」

と、工藤が言ったので、びっくりした。

「そうですか？」

「あちこちで弁当を買ってる。ここのは旨いよ」

仏頂面だが正直なところらしい。

「いつもお弁当なんですか？」

「まあな。安上りだ」

「お宅では？　ご家族は――」

「いない」

と、工藤は首を振った。「親父もお袋も、どこかへ逃げたんだ。借金をしょってな」

「そうですか……」

「しかし、子供まで放り出して行くか？」

と、工藤は笑った。「お荷物だったんだろうな、きっと。俺は八歳だった」

こんな話を聞くのは初めてだった。

「ありがとうございました」

と、亜紀は代金を受け取って、「――どこで食べてるんですか？」

「どこかその辺の公園とか。まあ、どの店でも、刑事だと言やあ文句は言わないが」

「でしたら――この奥で召し上ったら？」

「いいのか？」

と、工藤は目を見開いて、「後で叱られないか」

「今日、店長、お休みですから。お茶ぐらい出しますよ」

工藤はちょっと困ったような顔をしたが、

「じゃ、そうするか」

「どうぞ。しのぶちゃん、お茶、出してあげて」

「はい」

しのぶが、湯呑み茶碗《ちゃわん》に熱いお茶を入れて持って行く。店の奥、カーテンの向うで工藤は早くも食べ始めていた。

「お腹、空いてたんですか」

と、しのぶが思わず微笑むと、工藤は照れたように笑って、

「この弁当、もう一つ、頼んでいいか」

「二つ食べるんですか？　でも――お若いですものね」

「ああ……。旨い」

お茶を一口飲んで、工藤はそう言うと、「ペットボトルと紙コップじゃないお茶は久しぶりだ」

「いくらでも飲んで下さい」

「君――しのぶ、っていうのか」

「ええ。刈谷しのぶです。どうして？」

「いくつだい」

「年齢？　二十一です」

「そうか……。お茶くれるか」

「はいはい」

店の方へ戻ると、しのぶは亜紀と顔を見合せて肩をすくめた。

「――いらっしゃいませ。あら」

生田目健司が立っていたのである。

「やあ」

「どうも」

何もなかったとはいえ、ホテルの部屋で並んで寝ていたことを考えると、何だか照れてしまう。

「――誰か奥に？」

と、健司は、しのぶがお茶を持って行くのを見て訊いた。

「いつもの刑事さん。お弁当？」

「いや、今日はデートの誘いだよ」

「え？」

「ここの店長さんと昼のオフィスにはちゃんと話してある」

「いつの間に？」

「親父の許可ももらった」

「まあ……」

「明日から、旅行に行こう」

「旅行？　泊りがけで？」

「もちろん。親父も承知だよ」

亜紀は喜多村の言葉の意味を、やっと納得した。

「いいだろ？」

亜紀は、自分を見る健司の目に、力強さを感じた。亜紀の話を聞いて、健司は間違いなく大人になったのだ。

「——凄い、亜紀ちゃん！」

と、しのぶが冷やかすように背中を叩いて、「旅行のお誘いよ！　二人きりでしょ。すてきじゃない！」

「そんなに喜ばないでよ」

と、亜紀は苦笑して、「どこに行けばいいの？」

「迎えに行くよ、朝の九時ごろ」

「悪いわ、そんな――」

「僕に任せて。いいね」

「じゃあ……そうするわ」

亜紀は、健司と見つめ合い、小さく肯いた。

二人の秘密を確かめ合っただけでなく、健司の視線には本当の「恋人同士」の想《おも》いがこめられていた。

「――お弁当、お替りですってよ」

と、しのぶが申し訳なさそうに言った……。

29　道行

列車が揺れて、亜紀は目を覚ました。

「ああ……。眠っちゃった」

と、伸びをして、「今、どの辺？」

「もう五、六分で着くよ」

と、健司が言った。

「そんなに寝てたの、私！」

と、亜紀は頭を振って、「ごめんなさい」

「どうして？　疲れてるんだよ」

「そうね。まあ……」

列車の窓から見える風景は、じき夜の中へ溶け込んでしまいそうだった。

車内のアナウンスが流れる。

「荷物を持つよ」

「それくらい大丈夫よ」

亜紀は自分のスーツケースを下ろして、「あなた、ずっと起きてたの？」

「いつもたっぷり寝てるからね」

と、健司は呑気に言った。

亜紀が、こんなに列車で眠ってしまったのは、健司と一緒で安心していたせいもあっただろう。

しかし、それでもついガラガラの車両の中を見回して、誰か尾けて来ていないかと捜してしまう。

列車がホームに入り、二人は降りると、

「〈緑風館〉って旅館だね」

「ええ。駅を出たら、たぶん地図が——」

改札口を出て、亜紀は足を止めた。

「やあ」

喜多村が待っていたのである。

「頭、どうしたの？」

亜紀は包帯を頭に巻いている喜多村を見てびっくりした。

「後で詳しく話すよ」

と、喜多村は二人を促した。「タクシーが待ってる」

タクシーに乗って、亜紀はちょっと当惑した。喜多村が違うホテルの名前を言ったからだ。

「――俺と同じでない方がいい」

喜多村は訊かれない内に説明した。「その理由も後で話すよ」

亜紀は何も言わずに肯いた。

喜多村は助手席に、亜紀と健司は後部座席に座っていたが、亜紀はいつの間にか健司の手が自分の手に重なっているのに気付いた。

そして亜紀は手を引込めようとしなかった……。

大きな、近代的なホテルだったが、もちろん温泉旅館でもあるわけで、モダンなロビーに、浴衣姿の客が大勢見られた。

「——部屋は別に取ったよ」

と、喜多村が言った。

「ええ、それで結構です」

健司は不服そうだったが、文句は言わず、ただ、

「近くの部屋ですよね」

と言ったので、亜紀はおかしかった。

「——永沢様はこちらです」

と、案内に立ってくれた女性が、途中から曲る細い廊下を指した。「生田目様はこの真直ぐ先です」

「私、自分で行きますから」

と、亜紀は言った。「じゃ、後で」

「うん……」

健司はちょっと心細そうに亜紀を見た。

亜紀は細い廊下を突き当りまで行って、そこのドアの鍵を開けた。

スーツケースを手に中へ入ると、和室らしく、スリッパを脱ぐようになっている。

上って、戸をガラッと開けると——。

「——どうも」

と、湯浅が言った。「お久しぶりです」

「どうも……」

と、亜紀は言った。

「知ってたんですか？　びっくりしてませんね」

「あなたがここにいること？　聞いてなかったけど、何だか分ってたような気がする」

亜紀はスーツケースを畳の部屋の隅へ置くと、

「少し老けた？」

と訊いた。


用心に越したことはない。

喜多村の、「刑事の直感」のようなものだった。

泊るなら大きいホテルの方が目立たない。それに、生田目重治の息子なら、一番高いホテルに泊るのが当り前だろう。

喜多村はロビーのソファに身を沈めて、待っていた。

何を？　――喜多村自身もよく分っていなかった。永沢亜紀は今、湯浅道男と会っている。

亜紀に危険はないと思うが、少ししたら様子を見に行こうか、と思っていた。しばらくは二人で話したいだろう。

すぐに生田目健司がロビーへやって来た。荷物を部屋へ置いただけで出て来たのだろう。

喜多村の姿を見ると、真直ぐにやって来て、

「彼女は？」

と訊いた。

「まあ、おかけなさい」

と、隣のソファをすすめて、「今、亜紀さんは湯浅と会ってますよ」

「そうじゃないかと思った。——危険はない？」

「大丈夫です。落ちついて」

と、肯いて見せると、「二人きりで話したいことがあるはずですからね」

健司は渋々ソファに座ると、

「僕らがここにいることを——」

「もちろん、お父さんはご存知だ」

と、喜多村は言った。「だからこそ、二人、別々で部屋を取ったんです。湯浅を置かなきゃいけないかもしれませんからね」

「あなたは……」

「今はただの一市民ですよ」と、喜多村は言った。「しかし、この時代、ただの一市民であることも容易ではありません」

健司は、じっと正面を見据えて、

「そうなんだ……。でも、ほとんどの人はそのことに気付いてない」と、ひとり言のように言った。「気付いてないって言うより、気付きたくないんだ」

「その通りです。――その点、あなたのお父さんたちは、実にうまくやった。今、この国の人間たちに、『幸福ですか?』と問えば、まず八割方の者は『幸福だ』と答えるでしょう。今の自分に満足していれば幸福でいられる。今以上の自分があり得ることなど考えなければ」

「でも、その結果、自分の命も、愛する人の命もおびやかされるのに……」

「見たくないものには目をつぶるのですよ。見えなければ、それは存在しないのと同じだ」

「でも、僕は見てしまった。彼女を通して」

「用心することだ」

と、喜多村は言った。「たとえ生田目重治の息子でも、組織にとって危険とみなされれば抹殺されますよ。いや、生田目重治本人もね」

「親父が？」

「今、お父さんは『はみ出して』おいでだ。いや、若い女に夢中になっている内は大丈夫。しかし、そのことが、生田目重治の功績を傷つけるところまで行くと、危険だ。お父さんは一市民ではない。『公人』なのです。引退されてもね」

　健司は少しして、

「僕が亜紀さんを愛するのも、『はみ出す』ことなんだろうな」

　と言った。

「おそらくね」

「それなら、僕はもう『はみ出してしまった』よ」

　と言って、健司は笑った。

　喜多村のケータイが鳴った。電池を入れておいたのだ。

「失礼。――もしもし」

「〈緑風館〉の恵美子です」

　声をひそめている。

「どうした？」

「今、湖の小屋の近くへ来たら、車が小屋の前に停っていて。――男が二人、出入りしています。中を調べてるみたい」

「そうか。見付けたな」

喜多村は厳しい表情になって、「湯浅は大丈夫。今ホテルで亜紀さんと会っている」

「もう小屋には――」

「もちろん戻れない。何か大事な物を置いてあるか？」

「特にないと思うけど……」

「町で聞き込みを始めるだろう。あんたとのことも、じきに分る」

「どうすれば……」

少し喜多村は考えていたが、

「すぐ〈緑風館〉へ戻って、必要な物だけ持って出ろ。目立たないようにな」

「でも、どこへ――」

「一旦このホテルへ。近くに来たら電話しろ。従業員用の出入口があるだろう」

「知っています」

「そこから入れる。――分ったか」

「ええ。すぐ戻って仕度を」

「よし。――待て。亭主のことは知ってるな？」

「聞きました」

「出て来る前に、さりげなく、『警察が何か調べて回ってるみたい』と話すんだ。自分を捜しているのかと勘違いするだろう」

「分りました。じゃあ……」

「見付かるなよ」

通話を切った喜多村へ、

「何か問題が？」

と、健司が訊く。

「今はまだ……。しかし用心することだ」

喜多村は立ち上ると、「ここにいて」

と、健司に言って、亜紀の部屋へ向った。

「――入るよ」

戸を開けると、亜紀が振り向いて、

「何かあったの？」

「湯浅は？」

「今、縁側へ出てったわ。ケータイが――」

言い終らない内に、湯浅が戻って来た。

「話は聞いたか」

と、喜多村は言った。

「うん。あんたに言われた通りにしろと言った」

「一応、信用されたようだな」

と、喜多村は言った。「亜紀さん、湯浅と女をここへ泊めたい。いいですか」

「ええ。――こっそりね？」

「ホテルの人間が出入りしなくなってからだ。それまでは浴衣でブラついていれば、それが一番目立たない」

「分った」

「俺は女を従業員入口から中へ入れる。ロビーが見える辺りにいてくれ。四十分はかかるだろう」

「了解した」

湯浅は、押入れを開けて浴衣を取り出すと、「失礼」

と言って手早く着替えた。

「タオルを持って」

と、亜紀が手渡す。「脱いだものは私のスーツケースへ入れておいて」

「ありがとう」

湯浅は部屋を出ようとして、亜紀の方へ向くと、

「――また会えるとは思いますが、万一ってこともある。いいですね。無理をしちゃい

けません」

「ええ」

湯浅が出て行く。

「——そういうことなの」

喜多村から事情を聞くと、亜紀は肯いて、「どこへ逃げても充分じゃないのね」

「君は、あの坊っちゃんの部屋で休んでくれ」

「分ったわ」

「しかし、不思議な縁だな。生田目重治の息子が、永沢浩介の娘に恋をする」

「でも、私は受け容《い》れることができないの。悪い人じゃないけど、やっぱり男だもの」

「分るよ。しかし——湯浅じゃないが、『無理しないこと』だ」

「喜多村さん——」

「無理に受け容れることもないが、無理に拒み続けることもない」

「ええ、それは……」

と、亜紀は肯くと、「私——せっかく来たんだから、温泉に浸って来たいわ」

「どうぞ。あの坊っちゃんがロビーで心細い思いをしてるよ」

と、喜多村が微笑んだ。

それは本当だった。

亜紀が姿を見せると、健司はホッとしたように立ち上った。

「ごめんなさい」

「本当だよ。僕だけ何も聞かされないで、ここにぼんやりしてて……」

「怒らないで。――ね、大浴場へ行きましょう」

「いいの？」

「断っとくけど、混浴じゃないわよ」

「分ってるよ」

と、健司は口を尖《とが》らした。

「行きましょ。タオルも向うにあるわよ、きっと」

亜紀は、健司の手を引いて、〈大浴場〉の矢印へと向った。


三十分ほどして、喜多村は従業員用の出入口に近い辺りの自動販売機で缶コーヒーを買い、ゆっくりと飲んだ。

ちょうど勤務シフトの入れ替えどきなのか、出入りする女が多い。

待つほどもなく、恵美子がやって来た。普段着で、手にしたバッグも買物用だ。

「うまく行ったか」

と、喜多村は訊いた。

「ええ。お客のことは臨時の人に任せて来た。中畑は、警察のことをちょっと話したら、青くなってたわ」

「それでいい。――湯浅はロビーの辺りにいる。あんたはホテルの人に顔を知られてるから、あまり出歩かない方がいいな」

「大丈夫」

恵美子は髪をボサボサにいじって、丸ぶちのメガネをかけた。――別人のように見える。

「それなら大丈夫か」

と、喜多村は笑って、「部屋がある。ついて来てくれ」

「ええ……。喜多村さん、ごめんなさい。痛い目に遭わせて」

「なに、こっちは石頭だ」

と、喜多村は頭に手をやって、「ま、痛かったがね」

――すぐこの町を出た方がいいのかもしれない。

しかし、調べる方もあまり表立って騒ぎになるのは避けたいはずだ。それに、バス停や駅には目が光っていると思っていい。急に動けば却って目につくだろう。

生田目健司と亜紀の行動は、向うもつかんでいて、特に心配していないはずだ。その二人を、いわば隠れみのにして、湯浅たちを逃がしたい、というのが喜多村の考えだった。

そして――今夜一晩だけでも、健司と亜紀を二人きりで過させてやりたい。むろん、亜紀は健司を拒むだろうが、もしかすると……。

年上の亜紀にしてみれば、健司は気が楽な相手だろう。

そうだ。――亜紀も男を求めるのが自然なことだ。とんだキューピッド役だ、と喜多村は苦笑した。


食事はダイニングルームか、各部屋で取るか、選べるようになっていた。

「君らはダイニングルームで。目立ってくれた方がいい」

と、喜多村に言われて、亜紀と健司は広いダイニングルームに行った。

ホテルと名はついていても、事実上は「洋風旅館」である。料理も、いかにも旅館の食事の典型だった。

「――何だか呑気だなあ」

と、食べながら健司が言った。「ここにいる人たち、誰も自分たちの明日なんか気にしてないみたいだ」

「そうね」

と、亜紀は肯いて、「気にしない、ってことと、何もないってことを混同してるのよ。

だからこの暮しがいつまでも続くと思ってる」

「本当はそうじゃないんだろうけど……」

「でも報道されない。世の中の暗い面や歪みはね。日本中が浮かれて、走り続けて……。走ってる間は左右を見る暇もないわ。倒れてる人を助ける余裕もない……」

「そうだね」

「よしましょう」

と、亜紀は肩をすくめて、「考えてたって何も変るわけじゃない。何もかも忘れて過す時間だって必要よ」

「うん。――僕は恵まれてるからね」

「でも……私と付合って、それがあなたの将来に影響しないか心配だわ」

「自分で選んでこうしてるんだ。構やしないよ」

亜紀は黙って微笑むと、食事を続けた。

亜紀はダイニングルームの入口が見える位置に座っていたが、ふと気が付くと、喜多村がそっと顔を出している。

「ちょっと……」

はしを置くと、亜紀は立ってダイニングを出た。

「どうかした?」

と、亜紀が訊く。

喜多村は左右をチラッと見て、

「今、ダイニングの右奥のテーブルで一人で食べてる浴衣の男がいる。あれはたぶん刑事だ。直感だがね」

「私たちを見張りに？」

「おそらくね。君たちは楽しそうにしててくれ」

「分ったわ」

「俺は、湯浅たちと朝早く出る」

「私たちは？」

「あと丸一日ここでのんびりしてくれ。その間にできるだけここから離れる」

「それでいいの？」

「君たちには、まず危険はないと思うが」

「大丈夫。何かあれば自分たちで何とかするわ」

「ああ。――お互い、連絡はあまり取らないようにしよう。各自で逃げる。それが原則だ」

「気を付けて」

亜紀は喜多村の手を軽く握った。「もう、これで？」

「そうしよう。危険は少しでも避けないとね」

「頭のけがが、気を付けて」

と言って、亜紀はニッコリ笑った。「じゃあ……」

どこへ行くのか、訊かないまま、亜紀は席に戻った。知らない方がいい。知らなければ、隠す必要もないのだ。

「大丈夫?」

と、健司が訊いた。

「ええ」

席につくとき、チラッと奥のテーブルへ目をやった。確かに刑事らしい雰囲気を漂わせている。

ふと、父のことを思った。

湯浅を見付けたと知ったら、どう思うだろう?　しかし、今はあまり興奮させてはいけないのだ。

東京に戻ったら、見舞に行って、そのときに伝えてやろう……。

「もう一度、大浴場へ行こうかな」

と、亜紀は言った。

「ああ……。僕は部屋の風呂に入るよ」

と、健司は言った。

「そうね。せっかくお風呂が付いてるんだものね。——でも、二人で一緒に入るには狭いと思うわよ」

「分ってるよ、そんなこと……」

健司が赤くなった。

30 夜の底から

喜多村が〈緑風館〉へ戻ると、

「ああ、お客さん」

と、手伝いに来ている近所の奥さんが出て来て、「ここの旦那さん、見ませんでした？」

「いや。どうして？」

「それが……。女将さんは、ご用があってお出かけなんですけど、旦那さんも姿が見えねえんで」

「そうかい。何か困ったことでも？」

「部屋を出るってお客さんがおいでなんですけど、計算、どうやればいいのか分んなくって」

「そうだね。——誰か、ここのパソコンをいじれる人がいれば分るだろう」

「パソコンねえ……。お客さん、分りますか？」

「俺がかい？」

喜多村は苦笑したが、その主婦が気の毒で、「一応見てみよう」

「すみませんね」

仕事用のパソコンを見付けて立ち上げると、すぐに部屋の予約や宿泊のデータが出て来た。

「これだな。——どこの部屋？——このお客か」

料金は出たが、領収証を勝手に出すわけにいかないし、カードも操作できない。

「現金で払っていただくか、それとも後で請求書を送ります、と言ってやるといい」

「そうですね！」

主婦はホッとした様子だった。

主婦が行ってしまうと、喜多村はパソコンを切ろうとして、ふと思い付いた。

宿泊客の中の自分の項目を出すと、それを消去したのだ。——まあ、何かの役には立つかもしれない。

主人の中畑は、おそらく逃亡したのだろう。

刑事たちが、中畑のことを湯浅と勘違いして追いかけてくれるとありがたい。

喜多村は自分の部屋へ戻ると、いつでも発てるように仕度をした。

「さて……」

もう夜になっている。――朝までが長い。

少し眠っておこう。

自分で布団を敷こうとして、喜多村はちょっと迷ってから、廊下へ出た。

恵美子が湯浅と会っていた部屋を覗いてみると、空だ。

喜多村は荷物を持ってその部屋へ移ると、勝手に布団を出して敷いた。

あの代りの主婦は、いちいち一人一人の客のことまで見ていないだろう。

喜多村は服を着たままで、布団に横になって目を閉じた。

何だか、こうしていると、刑事のころの張り込みを思い出す。いつ犯人が現われても、すぐに飛び出して行けるよう、服のままで仮眠を取る。そんなことも、若いころは楽しかった……。

眠らなくてもいい。目を閉じていれば……。

しかし、喜多村は五分としない内に浅い眠りに落ちていた。

一瞬の夢の中で、亜紀が父親と手を取り合って散歩していた。

そして、いつの間にか、その父親は生田目健司に変っていて、二人は夕焼の道をしっかりと手を握って、歩いて行くのだった……。

長い間の習慣とは恐ろしいものだ。

喜多村は、いつの間にか眠りながらも、神経を尖らせていたらしい。

「どういうことだ！」

という声で、目を覚ます。

「主人がいないというのか」

喜多村はすぐに起き出して、廊下へ出た。

声は階下から聞こえてくる。あの言い方は刑事だろう。

「私に訊かれても分りませんよ」

手伝いに来ていた主婦がむくれているのが目に見えるようだ。可哀《かわい》そうに。

「奥さんは法事とかでしたよ。ご主人は何もおっしゃってませんでした」

「中畑と言ったか。――いつごろからいないんだ？」

「夕方……でしたかしら。ともかく、私はお客に食事も出さなきゃいけないし、大変だったんですよ。ご主人の顔を見たかどうかなんて、憶えちゃいられません」

食ってかかるような言い方に、刑事の方もたじたじで、

「いや、分った。何もあんたが何かしたと言ってるわけじゃない」

「当り前ですよ」

「主人の行先に心当りは？」

「さあ、一向に。私の亭主じゃありませんからね」

「うん、まあそうだな。主人の持ってるケータイの番号は分るか？」

「他人のケータイ番号なんて、知るもんですか」

と言い返し、「一体何だっていうんですか？」

「いや、ちょっと人を捜してる。もしかすると、ここの主人が――」

「じゃ、ご自分で捜して下さい。こっちは大変なんです」

「分った分った。邪魔したな」

「いいえ」

さぞ仏頂面をしていることだろう。

よし、これでいい。

喜多村は肯いた。――突然姿を消した中畑を追って、刑事たちは時間をむだにするだろう。

腕時計を見る。

亜紀たちは、もう眠っているだろうか。

「どうするの？」

と、亜紀が言った。

「え？」

隣の布団で、健司が顔を向けた。

「これからよ。——東京へ帰ってから」

「ああ……」

健司は、ちょっと拍子抜けしたような声を出した。——亜紀にも分っている。

こうして、同じ部屋に布団を並べて寝ているのだ。健司は亜紀の方へ手を伸していいものかどうか、迷っている。

亜紀だって、健司ならきっと優しく彼女に触れて、決して無理は言わないだろうと分っている。しかし、同時に、健司の手が亜紀の着ているものを脱がせて行くとき、あの大学の教室で男たちに服をはぎ取られた記憶がよみがえることも分っていた。

「手を」

と、亜紀は言った。

「え？」

「手を伸して」

暗い畳の上で、亜紀の手は健司の手を見付けて握った。

「亜紀――」

「分ってるわ。好きだもの、私を欲しいと思って当然よ」と、亜紀は言った。「私も、そうできたらどんなにいいかと思ってる。でも――まだ、早いの。あの記憶から脱《ぬ》け出すには、まだ時間がかかるの」

「分るよ」

「ごめんね」

「そんな……。嫌われてない、ってことさえ分れば充分だよ」

「ありがとう」

亜紀は体を少し起すと、「キスして。キスだけ。――それでもいい？」

「やった！」

健司ははね起きて、亜紀を抱きしめると唇を押し付けた。

「ちょっと――。もう少しロマンチックにできないの？」

「ごめん！　痛かった？」

「そうじゃないけど……」

亜紀は笑ってしまった。「マリさんにも、そんな下手なキスしてたの？」

「気がせいてさ。もう一度、落ちついてから――いいかい？」

「ええ」

二人の唇はそっと触れ合った。

「——ありがとう」

と、亜紀はホッと息をついて、「寝ましょう」

「うん」

二人はそれぞれの布団に戻ると、どちらからともなく、また手を握り合った。

「このまま寝ましょう」

「うん。朝まで握ってるよ」

——健司は十分としない内に眠ってしまい、両手は万歳しているように布団からはみ出していた。

亜紀は体を横に向けて、そんな健司の寝顔を眺めていた。

31　夢から覚める日

ダイニングでの朝食は穏やかだった。

和食と洋食を選べるようになっていて、二人はトーストとハムエッグなどの洋食を選んだ。

「——やっぱり、こういう所は和食の方がおいしいわね」

と、ちょっとパサつくトーストを食べながら亜紀が言った。

「僕はパンの方が慣れてるから」

健司は、亜紀も呆れるほどの勢いで朝食を平らげてしまった。

「足りない？」

「そんなことないけど……。これから和食食べても入らないことないな」

「じゃ、何か頼んだら？」

「いいよ。昼を早めに食べる」

亜紀は笑ってしまった。

健司はコーヒーを飲みながら、

「あの人たち、出てったのかな」

と言った。

「ええ。さっき、部屋を覗いたわ。もう空っぽだった。喜多村さんと一緒に発ってるでしょ」

「そうか。——どこへ逃げるんだろ」

「分らないけど、喜多村さんは何か考えてるはずよ」

亜紀もコーヒーを飲んだ。期待しなかったせいか、意外においしい。

「あれ？」

健司のケータイが鳴った。「姉さんからだ。——もしもし？」

亜紀は、健司がいぶかしげな表情から一転して、愕然とするのを見て緊張した。

「——それって確かなの？　——分った。今温泉に旅行に来てる。——すぐ帰った方がいいね」

ただごとではなさそうだ。

「でも……。事情がはっきりしたら？　でも、それから帰ったら、遅すぎない？」

健司はしばらく相手の話に耳を傾けていたが、やがて息をつくと、

「——分った。連絡待ってるよ。いつでも発てるように仕度しとくから。——うん、分ってる。——じゃあ」

健司は、切れたケータイをじっと見つめていた。

「——どうしたの」

と、亜紀は訊いた。

「うん……」

健司はちょっとためらって、「何だか……親父に何かあったらしい」

「お父さんに？　病気とか？」

「そういうんじゃなくて……。ともかく、姉さんが、詳しいことを知らせるまでこっちにいろ、って」

「どうして？　帰った方がいいんじゃないの？」

「そう言ったんだけど……。今帰ったら、マスコミが──」

「マスコミ？」

目を合せようとしない健司を見ていて、亜紀は、生田目重治が何かスキャンダルに類することを起したのだろうと察した。だから健司は言いたくないのだ。

無理に訊き出しても仕方ない。特に、周囲に大勢人がいるこんな場所では。

健司も、少し落ちつけば話してくれるだろう。亜紀は肯いて、

「分ったわ。じゃ、部屋で少しゆっくりしましょう」

「悪いね。せっかく来たのに……」

「いいわよ。外に出かけたら、急に帰ることになったとき、困るでしょ。私、温泉にでも浸ってくるから」

「うん。──ありがとう」

「部屋に戻る？」

「そうするよ」

健司がホッとしているのが分る。

ロビーに出ると、

「先に戻ってて」

と、亜紀は言った。「父とオフィスと、お弁当屋さんのしのぶちゃんに何かお土産買って行かないと。売店を見て行くわ」

「分った」

少し健司を一人にしておいてやろうと思ったのだ。それに、いつ帰ることになるかもしれないから、お土産を買っておかなくてはならない。

どこにでもありそうなお菓子の箱を手に取って見ていると、

「――ありがとうございました」

と、ホテルの人の声がした。

今、ホテルを出て行こうとしてボストンバッグを持ったのは、ダイニングで見かけた、刑事らしい男だった。

ひどく急いでいるようだ。

――亜紀の中で、不安がふくらんで来る。

何があったのだろう?

健司と亜紀を見張るのをやめて引き上げるというのは……。

「――お客様」

と、声をかけられてハッと我に返る。

「え?」

「お買い上げでございますか？」

亜紀は、お菓子の箱を持ったまま売店から出てしまっていたことに気付いた。

「ああ、ごめんなさい！　これを三つ、別々の袋で」

と、あわてて財布を取り出したのだった。


ともかく、健司に連絡がついたことで、礼子は少し落ちついた。

状況がはっきりしてから、とも思ったが、そうなってからではマスコミが注目してくるだろう。

礼子は、自宅の居間で、ソファに身を沈めていた。

夫の竹内治は仕事でこの数日、家を空けている。父の口ききでK社に入って、すぐ何か大きな仕事を任されたとみえ、竹内は活き活きしていた。

礼子は、妊娠中の不安がいくらか軽くなるのを感じた。夫の職が決るというのは、これほど気持を変えてしまうものなのだ……。

しかし、その安心も束《つか》の間《ま》、今度は父が——。ケータイが鳴って、急いで取った。

「もしもし」

「礼子さんですか」

「西山さんね。その後は？」

検察局の西山からだ。

「こちらは何とも……」

と、西山は口ごもるように言った。「礼子さんの所にも何も連絡して来られていないのですね」

「ええ。調べる方法は――」

「もちろん、色々やってはいますが……」

「そうよね。ごめんなさい」

と、礼子はため息をついて、「どうしても、事態が理解できないの」

「分ります。私も同じですよ」

二人の対話は、やや途切れて、

「――西山さん」

「はあ」

「間違いないの？　父が……」

「いや、それは……。色々考えられます。しかし、万一、強盗などが彼女を殺したとして、お父様がどこへ行ってしまわれたのか……」

「そうね。――父まで殺されているとか、あるいは誰かに誘拐されたとか……」

「だったらいいのですが」

と、西山は言ってから、あわてて、「いや、もちろんご無事でおられるのが一番いいんです」

と、付け加えた。

「あなたの気持は分るわ」

と、礼子は言った。

――父の愛人、伊丹伸子が殺された。

死体が発見されたのは、父と伸子が暮していたマンションの駐車場。刃物で背中から一突きで、心臓に達していたという。

そして、マンションから父、生田目重治の姿が消えた……。

当然、警察は生田目が伸子を殺して逃亡したと考える。事実、考えているに違いない。

それでも、TVも新聞も、ネットのニュースも、一切〈生田目重治〉の名を出していない。

その気になれば、伊丹伸子が一緒に暮していた相手が誰なのか分るはずだが、今のニュースは公式の発表をそのまま流すだけで、それ以上は「余計なこと」なのだ。

西山も、生田目がやったのだろうと思いながら、口にしない。礼子も同じだ。

口にしてもしなくても、いつか真実が明らかになる。

西山にとって、「最悪の事態」とは、生田目重治が殺人犯として逮捕されることだった。それは礼子も同じだ。

「いや……。生田目さんに手錠をかけることだけは、勘弁してほしいですからね」

と、西山は言った。「それで、息子さん――健司君とは連絡がつきましたか」

「ええ。電話が通じて。話しました、今の状況を」

「さぞびっくりなさったでしょうね」

「ええ……。でも、すぐには呑み込めないようだった」

「それは当然です」

「今すぐ帰ったら、マスコミに騒がれることもあるかと思って、また連絡するまで旅行先にいろと言いました。まずかった?」

「いや、分ります。ただ、TVのニュースでお父様のことが流れたりすると……」

「今はまだ、ないわよね」

「ええ、TVや新聞はこちらで何とでもなります。ただ問題はネットに流れる情報で。もちろん発見すればすぐに止められますが、それまでに方々へコピーされてしまえば、手の打ちようがありません」

「そうね」

「湯浅の一件も、こちらで気付かない内にネットに流れてしまいましたから」

「それで広まったら、TVや新聞も黙っていられないものね」

「ええ。――今のところはまだ大丈夫のようです」

「よろしく」

「何とか、生田目さんを、騒ぎになる前に見付けたいです。じかにお話を伺えば、たとえ真相が何であれ、こちらの都合のいい筋書を作り上げることができます」

「それは……」

と、礼子は言いかけてためらった。

「伊丹伸子の、現金の入ったバッグが奪われていた、とか。もちろん本当は奪われていませんが、発表は何とでもなります」

「そうね」

と、礼子は言った。「もし――伸子さんに別の恋人がいたら？」

「礼子さん、何かご存知なんですか？」

「いいえ。そうじゃないけど、あんなに若くてきれいで、父だけで満足してたのかしら、と思って」

「なるほど」

「もし、恋人が嫉妬して刺したとしたら……」

「当ってみましょう。大して難しいことじゃありません」

「よろしくね。もちろん、今のは私の想像だけど」

「いや、大いにあり得ることです。その恋人に、アリバイがなかったら、犯人の可能性もあります」

「ええ」

「またご連絡します」

西山は電話を切った。

「——何を言ったの？」

礼子は自分に向って問いかけた。

もし、殺された伸子に恋人がいたとして、西山はその恋人を犯人に「仕立てられる」と言っているのだ。

無実かもしれない人間を殺人犯に？　——考えてみてゾッとした。

いや、それは珍しいことではない。誰でもそれを知っているが、口にしてはならないことなのだ。

「社会の秩序」を守るためなら、多少の犠牲は仕方ない。——その父の信念が、礼子は死ぬほどいやだった。

その「多少の犠牲」となった人々は、自分が社会のために役に立てたことで、覚えのない罪を喜んで引き受けるだろうか？

礼子のケータイが鳴った。〈公衆電話〉である。もしかしたら……。

「もしもし」

ややあって、

「――礼子か」

「お父さん！」

礼子は安堵の息をついた。「良かった！　生きてたのね」

「何もいいことなんかない」

と、生田目は言った。「聞いてるか」

「西山さんと、今しがた話してたところよ。お父さん……何があったの？」

伊丹伸子を殺したの？　そう訊くのが怖かった。

しかし、生田目は礼子の問いに答えなかった。

「礼子、しばらく俺を捜さないでくれ」

「どういう意味？」

「一人にしておいてくれ、ってことだ」

「お父さん……。だって、伸子さんが――」

「分ってる」

と、少し強い口調で遮って、「もう終りだ。何もかも」

「お父さん……」

「礼子。俺は伸子を愛してた。伸子がどんな女でも」

と、生田目は言った。「俺は後悔していない。あいつを愛したことを」

「お父さん、何を考えてるの？」

「いずれ分る。――礼子、心配しなくていい。今は生まれてくる子供のことだけ考えろ」

と、生田目は言って、「もう切る」

「待って！　そんな――」

と言いかけたとき、電話は切れてしまった。

「お父さん……」

礼子は自分が高い崖から空中へ放り出されてしまったかのようで、「落ちている」という感覚もないまま、限りない深みへと落ちていくような気がしていた。

もう終りだ。何もかも。

父のその言葉が、くり返し、礼子の耳に響いていた。


「本当なの？」

つい、亜紀は言っていた。

もちろん、健司がそんな嘘をつくわけがないことも承知している。それでも、健司が打ち明けてくれた事実はショックだった。

「君には、隠していちゃいけないと思ったんだ」

と、健司は言った。

健司の部屋である。亜紀が戻ると、健司の方から、

「亜紀さんには話しておきたい」

と、改《あらたま》って口を開いたのだった。

「――生田目さんが恋人を殺したの？　どうしてそんな……」

「分らない。父の行方も知れないらしいんだ」

「でも……はっきりしているの？　あなたのお父さんが殺したってこと」

「そうじゃないらしい。でも、犯人でなきゃ逃げる必要もないだろ」

「普通、警察ではそう考えるわね。じゃ、まだ公表は――」

「姉の話だと、TVニュースは、伊丹伸子の死体が発見された、というだけで、個人的なことは何も……」

「でも、知ってはいるわけね。当然、TV局だって黙っていられなくなるだろうしね」

と、亜紀は言った。

「どうなっちゃうんだろう……」

と、健司は途方にくれた様子で言った。

「――ねえ、やはり帰った方がいいんじゃない？　少なくとも、今はまだマスコミもお父さんの所へ押しかけちゃいないんだし」

「うん。でも……」

「お母さんはどうしてらっしゃるの？」

「さあ……。訊かなかった」

と、健司は言った。「何かあれば、きっと姉さんの所へ行くだろ」

「待って」

亜紀のケータイが鳴ったのだった。「公衆電話だわ。喜多村さんかもしれない。――もしもし」

「今、話せるか？」

喜多村が言った。

「ええ。今、部屋の中」

「そうか。こっちは予定通り、湯浅たちと町を出た。今は乗り換え駅で列車を待ってる。順調だよ」

「あのね、大変なことがあったの」

「どうした？」

喜多村の声が緊張した。

「私たちじゃなくて、生田目重治さん」

「あいつがどうした？」

「恋人を殺したらしい」

しばらく、無言だった。

「――話してくれ」

亜紀は、分っている状況だけを説明した。

「だから東京へ戻ろうかと思って。ここに来ていた刑事も、出て行ったわ」

「何てことだ……」

喜多村は迷っているようだったが、「もしマスコミが騒ぎ出したら、君らがそこにいることも突き止めるだろう。そしたら、防ぎようがない。今日の内に戻った方がいいと思う」

「ええ、そうするわ」

「本当にあの人が……。本当にやったのなら、驚きだな」

「そうと決ったわけじゃないにしても……」

「女は妊娠してたんだろう？　その女のために家を出るほどだったのに、どうして殺すのかな」

「分らないけど……。あなたはどうする？」

「こっちはこっちで、予定通り動く。——生田目さんの件は、どう決着がつくか分らないからな。マスコミは発表のままを伝えるだけだ。おそらく、今ごろはうまい筋書を見付けようと必死になってるだろう、検察局は」

「真相を隠すってこと?」

「おそらくな。生田目さんは今の管理社会を作り上げた立役者だ。その当人が女を殺して逃げたとは、絶対に言えない」

「でも、人一人、死んでるんだもの」

「人の命なんて、今の政権にとっちゃ鳥の羽より軽いさ」

と、喜多村は言って、「また連絡する」

「はい」

通話を切ると、健司がいつの間にか、すぐそばに来ていた。

「聞いてた?」

「聞こえた」

と肯いて、「親父はずっと人を裁いて来た。自分だけは裁きから逃れようなんて卑怯だ」

「落ちついて」

と、亜紀は健司の手を取った。「出発しましょう。列車の時間を調べるわ」

「うん……」

健司は肯いたが、「ね、亜紀さん。もう一度温泉に入って来たいんだ」

「今から？　もちろんいいけど……。じゃ、私も最後にもう一度、入って来るかな」

「そうしよう」

健司がホッとしたように微笑んだ。


大浴場の〈女湯〉を出ると、亜紀はほてった頬に手を当てた。

ザッと入るだけで、そう時間はかからないだろうと思ったが、一度入ると女性は何かと手入れに手間がかかる。

たぶん健司の方が先に出て待っているだろうと思ったのだが、まだいなかった。

亜紀はソファにかけて、健司の出てくるのを待つことにした。

——喜多村の言っていたように、今度の事件の真相が世間に知らされることはないかもしれない。しかし、今はネットなどで情報が漏れ、広まることは避けられない。

ともかく、生田目重治が犯人だとすれば、亜紀と健司にも何かの影響が出てくることは考えられた……。

「遅いな……」

と、亜紀は呟いた。

ちょうど〈男湯〉から客が一人出てきた。

「すみません」

と、亜紀は声をかけて、「中に若い男の人、いますか？」

「中に？　誰もいないよ。俺一人だったんだから」

「――どうも」

亜紀は急いで部屋へと戻った。

「健司――」

中へ入って、一目で分った。健司はもう出てしまっていた。

フロントに電話すると、二十分前に出たという。――温泉に入るふりをして、そのまま戻って発ったのだ。

「もう……。何考えてるの！」

ケータイを見るとメールが入っていた。

〈亜紀さんへ。一緒に帰って、君に迷惑がかかるのはいやだったので、先に出た。ごめんね。もう列車です。健司〉

健司なりの気のつかい方なのだろうが、亜紀は腹が立った。そんな遠慮をするような仲ではないと思っていた。

「東京に戻ったら、うんと文句言ってやる」

と呟いて、急いで帰り仕度にかかった。

こうして、亜紀と健司の旅は、唐突に終ることになったのである……。

32　病いの日

「突然すみません」

と、亜紀は言った。

「いや、大丈夫ですよ」

と、施設の職員、秋田は快く言ってくれた。

「父は今……」

「散歩されているでしょう」

――〈ホーム〉の午後は静かだった。

庭は柔らかな日差しの中で、まどろんでいるようだった。

小さなベンチに座っている、父、永沢浩介の姿が、すぐに目に入った。

「秋田さん、すみません。ちょっと父と二人だけで話したいので」

と、亜紀は言った。

「もちろんです。いつでも呼んで下さい」

秋田が施設の建物へ戻って行く。

亜紀が歩み寄ると、永沢は目を閉じて、うたた寝しているかのように見えた。

「――お父さん」

そっと呼びかけると、永沢は目を開けた。

そして亜紀を認めると、微笑んだ。

「旅行して来たの」

と、亜紀は言った。「お土産、買って来たわ」

永沢が小さく肯く。

「隣に座っていい？」

亜紀は父と並んで座った。

しばらく、亜紀は黙っていたが、永沢は何か感じたらしく、

「どうした」

と、分りにくい声で、押し出すように言った。

「お父さん。――落ちついて聞いて」

と、亜紀はゆっくり言った。「興奮すると体にさわるわ」

永沢が、ちょっと苛立つように呻《うめ》いた。

「分ってる。話すわ」

と、亜紀は父の手に手を重ねた。「湯浅に会ったわ」

永沢の体がビクッと震えた。亜紀は肯いて、

「あのＴＶの映像を手がかりにして捜したの。見付けたわ。生きてたわよ、ちゃんと」

永沢が亜紀を見る。

永沢の目はそれほど怒っていなかった。

「――それにね」

と、亜紀は続けた。「もう一つ」

「うん？」

「いえ、湯浅のことは、長くなるから」

「うん……」

「生田目重治のこと」

永沢が息を呑む。

「――生田目重治が、恋人の女性を殺したようなの」

永沢は当惑していた。

「そうよね。お父さんは知らないものね。生田目重治の恋人のこと」

亜紀はできるだけ事務的に、淡々と生田目重治が恋人を作って家を出たこと、その恋人は妊娠していて、生田目は妻と別れようとしていたこと、そして……。

「伊丹伸子っていう名前なの。その人が、マンションの駐車場で殺されていたのよ。そして、生田目重治が姿を消した」

父の表情で、亜紀には分った。

「ニュースで見たのね、その事件のこと」

永沢は肯いた。

「でも、彼女が生田目重治の恋人だってことは、まだ発表されてない」と、亜紀は言った。「でも、時間の問題だと思うわ。ネットで流れるのは止められないものね」

永沢は小さく首を振った。

「――どういう意味？」

永沢は、ゆっくりと声を出した。

亜紀の耳には、少しずつ聞き取れるようになっていた。

「生田目を犯人にはしない、って？――そうね。喜多村さんもそう言ってた」

永沢がいぶかしげに亜紀を見た。

「喜多村さんのことも、ゆっくり話すわ。それと――新しい、年下のボーイフレンドのこともね」

永沢はちょっと目を見開いた。

「中へ入りましょ。話が済むころには真夜中になってるわ」

と、亜紀は立ち上った。


「姉さん、いる？」

健司は、姉、竹内礼子の家に上り込んで声をかけた。

「健司」

居間から礼子が顔を出す。「あんた、帰って来たの」

「じっとしてられやしないよ」

健司はバッグを床に置いて居間に入ると、足を止めた。

「西山検事さんよ。憶えてるでしょ」

「うん」

「どうも」

西山がソファから少し腰を浮かして会釈した。

「親父は見付かったの？」

「まだよ。電話はあったわ。しばらく姿を消すから、捜すなって」

「やっぱり親父が？」

「その話で伺ったんですよ」

と、西山は言った。

「健司、あんたは聞かなくても——」

「冗談じゃない。僕は子供じゃないよ、もう」

と、さっさとソファにかける。

「いいわ。でも、口を挟まないでね」

「分った」

「この男です」

と、西山は写真をテーブルに置いた。

赤いスポーツカーから降りて来るところだった。いささか垢抜《あかぬ》けしない男性ファッションョン誌のグラビアに出ていそうな男である。

「井筒竜一《いづつりゆういち》という男です。三十一歳で、自称アーティストだそうですが」

「井筒……。この男が、伸子さんと？」

「ええ。生田目さんと知り合う前から付合っていたそうですが、ずっと続いていたようで」

「姉さん」

と、健司が言った。「どういうこと？」

「黙っててと言ったでしょ」

と、礼子はチラッと健司を見た。「――西山さん。父との間の子と言ってたのが、実はその井筒の子だってことも？」

「いや、それはどうでしょうか。今はＤＮＡ鑑定が簡単にできます。そんなでたらめはすぐ分ってしまいますよ」

「そうね……。で、その井筒のことは……」

「今、調べています」

と、西山はしっかり肯いて、「徹底的に洗い出します。こんな男ですから、叩けば埃が出ますよ」

「そうね」

「それに、きちんと勤めているわけじゃありませんから、アリバイがあるかどうかも怪しいです。ともかく、当人に気付かれないように、とことん私生活を調べてやります」

健司は、表情を固くして座っていた。

「――礼子さん。これで進めてよろしいですね」

と、西山が言った。

礼子は黙って肯いた。

「分りました」

西山は立ち上って、「またご報告します」

「よろしく」

礼子は玄関へ出て、西山を見送った。

居間に戻ると、西山に出したお茶の茶碗を片付ける。

「姉さん――」

健司の声が聞こえないはずはないが、礼子は黙って台所へ行った。

健司は立って行くと、

「生けにえを見付けたんだね」

と言った。

礼子は茶碗を洗って、水切りのカゴに入れると、タオルで手を拭いて、

「仕方ないでしょ」

と言った。「それに――本当にあの男がやったのかもしれないわ」

「そういうことにするんでしょ」

「あんた、お父さんを殺人犯にしたいの？」

「そうじゃないよ。でも、真実がどうか、だろ、問題は」

「真実ね」

礼子は居間へ戻ると、「私のお腹の子、これも真実よ。私やあんたのこれからの生活もね」

「姉さん……。変ったね」

と、健司は言った。「無実の人間を犯人に仕立て上げるなんて、以前の姉さんなら絶対に許さなかった」

「今だってそうよ。自分の人生と無関係ならね」

「もし——あの井筒とかって男が犯人だってことになって、死刑になっても平気？」

「平気かどうかなんて、この子には関係ないわ」

と、お腹に手を当てて、「でも、この子を守らなきゃならない。それだけは確かよ」

健司はそれ以上言わなかった。

姉も分っている。自分が何をしようとしているか。そして、そんな自分を憎んでいる。

「——お母さんとは話した？」

と、礼子が訊く。

「まだ。母さん、知ってるの？」

「ええ、それは……。だって、仕方ないでしょ。話しておかないと」

礼子は健司を見て、「家へ帰ったら？　お母さん、一人できっと寂しいわ」

「うん……」

健司は目を伏せた。

「旅、どうだったの？」

礼子は軽い口調になって訊いた。

「え？」

「あの彼女と出かけたんでしょ」

「まあ……ね」

「一緒に泊った？」

「うん」

「じゃあ――」

「でも、何もしてない。本当だ。彼女はひどい目に遭って、まだその傷を抱えてるんだよ」

「そう」

健司はその「ひどいこと」の詳しい話はしなかった。父が、それを知っていたかもしれないということも。

健司は立ち上って、

「じゃ、行くよ」

と言った。

「うん。お母さんのこと、頼むわね」

「分った」

健司はバッグを取り上げて、玄関から出ようとした。

「健司」

と、礼子は言った。「仕方ないの。他にどうしようもないのよ」

「父さんもそれでいいって？」

「さあ……。訊いてないわ」

「僕、父さんに電話してみるよ」

「出ないと思うわ」

「出るか出ないか、かけてみる」

そう言って、健司は出て行った。


「この先は、現場を見ないとね」

と、井筒竜一は言った。「図面だけじゃ、分らないことが色々ありますから」

「しかし、予算というものがありますからね。パリまでの出張ということになると
……」

と、依頼主は渋っている。

「いざって時になって、作品が入口から入らないとか、そんなこと、海外じゃざらなんですよ」

と、井筒は言った。「この図面の寸法だって、果してどこまで信じていいのか。測り方がいい加減ってことは確かですよ」

「分りました」

と、相手はため息をついて、「しかし、一旦はご自分で立て替えて下さい。後でかかった実費を請求していただいて……」

井筒は眉をひそめて、

「いいですが、支払いが一年も先、なんてことはないでしょうね」

「請求さえしていただけば、すぐにお払いしますよ」

あてにはならない。しかし、これ以上もめたら、向うは早々に他のアーティストへ乗り換えるかもしれない。

「忙しくてね……」

とは言っているが、その実、仕事は減っていた。

今、この仕事を失うわけにいかなかった。

「分りました。それでは」

井筒は担当者と話しながら、相手が、井筒以外のアーティストにも当っているかもしれないと思っていた。

――いや、もしかすると実際に話をしているのかもしれないと思っていた。

握手して別れると、ホッと息をつく。

「畜生め……」

アーティストらしくない言葉を呟くと、井筒はテーブルの上の図面を折りたたんだ。

ホテルのラウンジで話していたのだが、依頼主は払わないで帰ってしまった。

全く、今どきの担当者は……。

それでも、何とかパリ行きを呑ませたのは上出来だった。

今の井筒には、海外の空気が必要だったのである。

ケータイが鳴った。――〈非通知〉だ。

「――もしもし」

と言うと、少し間があって、

「井筒さん。お知らせしときますがね」

と、低く囁《ささや》くような男の声がした。

「どなた？」

「あなたのためを思っている者ですよ」

「何です、一体？　いたずらですか？」

「とんでもない」

と、その声は言った。「そこからホテルのロビーが見渡せるでしょう？」

「何だって？」

「今、ロビーへ入って来た男たち。三人いるでしょう。コートを着た男たちが」

確かに、三人の男が入って来ていた。

「あれは刑事なんですよ」

「刑事？」

「ええ。あなたを逮捕しに来てるんです」

「どういうことだ」

「あなたの恋人、伊丹伸子が殺された。あなたはその犯人ということになってるんですよ」

「冗談じゃない！」

「確かにね。しかし、一旦逮捕されたら、あなたを犯人に仕立てるぐらい、朝飯前です」

「本当のことか？」

「信じても信じなくても、ご自由です」

と、声は言った。「一応お知らせしましたからね。では……」

「もしもし？　――おい！」

切れてしまった。

井筒は呆然として、手の中のケータイを見つめていたが――。

「井筒という男だ」

という声が耳に入ってギクリとする。

三人の男たちは、フロントに寄って、井筒のことを訊いているようだった。――では本当のことなのだ。

ケータイをポケットへ戻す手が震えた。井筒も、伊丹伸子が殺されたことにはショックを受けていたが、同時に少しホッとしてもいたのである。

何といっても、伸子は生田目重治と結婚しようとしており、生田目の子を宿していた。伸子の方が、井筒に未練があったようで、会ってはいたが、近々別れることになるという予感は、どっちも持っていた。

いや、実際、伸子の出産が近付けば、自然二人の間は切れることになる。

ただ、井筒としては伸子の相手が相手だけに、万一、二人の仲を生田目に知られたら、と内心不安だったのだ。

伸子が殺されて、もう自分は縁のない立場になったのだと思っていた。それが――

「逮捕」だって？

井筒も、今の警察がどうなのか、知らないわけではない。科学的捜査をうたいながら、取り調べは相変らず密室で行われ、録画も「警察が必要と認めたとき」だけだ。

国際的にも、日本の警察は「暗黒の中世」と呼ばれ、批判の的だが、国内ではマスコミがそういう点を一切報道しないので、誰も気にしていないない……。

あの電話の男の言ったように、井筒を「犯人に仕立てる」ことぐらい朝飯前だ。

捕まってたまるか！

井筒は、資料をそのまま残して、トイレに行くようなふりをしてラウンジを出た。足早にホテルの裏側の出口へと向う。

ここから逃げてどうするのか。井筒にも考えはなかった。

それでも「逮捕されたらおしまいだ」という思いが、井筒を突き動かしていたのである。

「トイレにはいません」

と、刑事の一人が戻って来て言った。

「そうか。逃げたな」

ウエイトレスが困惑顔で、

「あの——このお客さん、戻らないんですか？」

と言った。

「ああ、たぶんな」

「じゃ、この荷物……」

「我々が引き取る。心配するな」

と、刑事は言って、「コーヒー代はいくらだ？」

一人の刑事がロビーへ出ると、井筒が逃走したと連絡を入れた。

「――そうか」

報告を聞いたのは西山検事だった。

「近くを捜索します」

「まあいい」

と、西山は言った。「馬鹿な奴だ。逃げれば罪を認めたも同じことなのにな」

「どうしますか」

「引き上げていい。改めて指名手配しよう」

「分りました」

西山は、刑事からの連絡を聞くと、ケータイですぐに竹内礼子へかけた。

「西山さん？」

「今、報告があって、例の井筒が逃亡したそうです」

「逃げたの？　じゃあ……」

「やったと認めたのも同じです。早速これから指名手配します」

「分ったわ。よろしく」

と言ってから、礼子は、「でも──本当に井筒という男が？」

少し間があって、

「礼子さん」

と、西山は言った。「誰が本当に伊丹伸子を殺したかは問題じゃありません。大事なのは、犯人に仕立てられる人間が見付かったってことなんです。お分りでしょう？」

さすがに礼子も、すぐに「はい」とは言えなかった。西山は続けて、

「今はあなたのお父様を守ることが第一なんです。生田目さん個人のためでなく、今の日本のために、必要なんです。そのために井筒のような男一人ぐらい、どうってことはありません」

「それは……分りますけど……」

と、礼子は言い淀《よど》んで、「却って、うまくないことが明るみに出るっていう場合も……」

「ご心配なく。うまくやりますよ。我々はプロです」

「はあ」

「ともかく、今はお父様を守ることです。それを忘れないで下さい」

「ええ。それはもう……」

礼子は思い切ったように言った。「西山さんにお任せします。よろしく」

「ありがとうございます。礼子さんにそうおっしゃっていただくのが何より心強いですよ」

西山は笑顔になって言った。「安心していて下さい」

「ええ……」

礼子の方で通話を切った。

西山は「よし」と肯くと、

「指名手配だ。井筒竜一。伊丹伸子殺しの容疑者」

と、そばにいた村井に言った。「記者会見を開こう。――誰かがかぎつける前に、伊丹伸子が生田目元検察官の恋人だったことも明らかにする」

「はい」

「なお、容疑者は武器を持っている可能性がある、と付け加えろ。抵抗した場合、射殺してもやむを得ない」

「分りました。ただちに――」

「すぐでなくていい」

「は？」

「少し遠くへ逃げる時間を与えてやる。人の多い所でなく、どこかの山の中ででも見付かれば、その方がいい」

「では……」

「丸一日待とう」

と、西山は言った。「さあ、逃げろ。——できるだけ遠くへ」

西山の口もとに笑みが浮んだ……。

33　殺意の罠

「まあ、ともかく良かったわ」

と、母弥生が言うのを聞いて、生田目健司は口を開きかけたが、やめておいた。

「犯人が分ったわけだし、あの人の愛人のことも知れ渡ったけど、それはいずれみんな忘れるわ」

と、弥生はTVのニュースを見ながら、「早く捕まってほしいわね」

健司は無言で、TV画面に出ている井筒という男の写真に見入っていた。

生けにえだ。可哀そうに。

「健司、晩ご飯、どこかに食べに行く？」

と、礼子が言った。

礼子が実家に来ていた。夫、竹内治は出張で一週間帰らないということだった。

「――健司？」

礼子が弟を見る。

健司にも、姉の気持は分っていた。でっち上げられた犯人。そうと分っていても、父のためには、そして自分と子供の生活のためには目をつぶっているしかない。

その辛さを、健司と分かち合いたいのだ。

「――いいよ」

と、健司は言った。

礼子はホッとしたように、

「じゃ、タクシー、呼びましょうか。お母さんも行くでしょ？」

「そうね。安心したらお腹が空いて来たわ」

と、弥生は笑った。「和食か中華にしてくれる？」

健司は立って、

「タクシーが来たら呼んで」

と言って、居間を出た。

自分の部屋へ入って、ケータイを手に取ると、すぐにかかって来た。

「――もしもし」

「今、話せる？」

と、亜紀が言った。

「うん。こっちからかけようかと思ったけど……。今、大丈夫？」

「お弁当屋さんのバイトへ行く途中。ニュースを駅で見たの」

「ひどい話だよな」

「分ってるわ、あなたの気持」

「ああなったら、もう井筒って奴がどう否定しても、むだだね」

「――否定する機会は、たぶん、ないわよ」

と、亜紀は言った。

「どういう意味？」

「あなたから井筒のことを聞いて、手配まで時間があったでしょ。それに一度は逃げられたとも」

「うん、それが？」

「わざと逃がしたんだと思うわ」

「どうして？」

「少しでも遠くへやるため。東京の人ごみの中じゃ、やりにくいのよ」

「それって……」

「分らない？　監視カメラがどこでも見張っていて、見付からないわけがないわ、その気になれば」

「そうだね」

「それでも逃がした。――人目の少ない所で発見したかったのよ」

「それはつまり……」

「生かして逮捕するつもりはないと思うわ。武器を持っていると言ってたでしょ？　あんな人がどんな武器を持つ？　――あれは、全国の警察に向けて、『射殺しろ』と暗に命じているのよ」

健司は、しばし言葉がなかった。亜紀は続けて、

「ごめんね、ショックだった？」

「いや……。僕にも大方見当はついてた」

「あなたのせいじゃないわ」

「でも、親父は、あのニュースを見てどう思うだろ」

「もし、本当に彼女を殺していたのなら、複雑でしょうね」

と、亜紀は言った。

「――ね、また会えるかな」

と、健司は言った。「会いたいよ」

「私も。でも、今はマスコミがあなたたちに注目してる。少し待った方がいいわ」

「うん……」

そのとき、姉が、

「健司、タクシーよ」

と呼ぶのが聞こえた。

「分った。——これから家族で食事なんだ。お祝いのね」

と、健司は言った。

「苦しみを抱え込まないで。また夜中にでも話しましょう」

「うん。ありがとう」

と、健司は言った。「——今ごろ、井筒って奴、どこにいるんだろうな」

「お父さんからは何か連絡あった？」

と、亜紀は訊いた。


ケータイが鳴って、少しウトウトしかけていた生田目重治はハッと目覚めた。

見たことのない番号だった。

そっと取り上げると、しばらく迷ったが、

「——もしもし」

と、慎重に言った。「誰だね」

「生田目さんですね」

と、男の声が言った。

「そっちは？」

「井筒といいます。――知ってるでしょう」

「君が井筒か」

と、生田目は言った。「このケータイを――」

「伸子から聞きました。彼女しか知らない番号だとも」

「君に教えたのか」

「誤解しないで下さい。伸子と恋仲だったのは昔のことです」

「それで、ＴＶのニュースが――」

「冗談じゃない！　僕は伸子を殺しちゃいません」

井筒の声は震えていた。

「――君は今、どこにいるんだ」

と、生田目は訊いた。「東京を出たのか」

「聞いてどうするんです。僕は捕まりたくない」

「むだだ。その気になれば、君を六時間以内に逮捕できるだろう」

「そして、訊問《じんもん》につぐ訊問で自白させるんですか。――ごめんですよ！」

生田目は淡々と、

「それならまだいい方だ」

と言った。「君を生きて逮捕するとは思えないよ」

向うが息を呑んだ。

「それって……どういうことですか」

井筒の声は上ずっていた。――動揺している。当然のことだが。

「君を逮捕して訊問したりする手間はかけない、ってことだ」

と、生田目重治は言った。「TVや新聞はともかく、ネットなどでどんな邪魔が入るかもしれないからな」

「つまり……」

「君が武器を持っていると言っていたろう」

「僕は何も持っちゃいませんよ」

「分ってる。持ってることにして、『抵抗されて、やむを得ず射殺した』ってことにするのさ」

「ひどい……。どこに正義があるんですか！」

と、井筒が声を震わせた。

「正義か。——そんなものはない。あるのは権力にとって都合のいい正義だけさ」

「生田目さん……。あなたは検事だったんでしょう。そんなことって……あってもいいと思ってるんですか」

生田目は、少し考えていたが、

「怖いかね」

と訊いた。

「当り前です」

「そう。そうだろうな」

と、生田目は肯いて、「——今、どこにいるんだ?」

「都内の……友人のマンションです。一週間ほど留守にしてるので、勝手に入りました」

「そうか。その友人が帰ったら、いられなくなるんだね」

「ええ。迷惑かけちゃいけませんしね」

と、井筒は言った。

「そうか」

生田目は少し間を置いて、「君は思ったより真面目な男なんだな」

「はあ……」

生田目はちょっと笑って、

「いや、すまん。君にとっちゃ、笑いごとじゃないな」

「まあ……そうですね」

「どうかな。君、ここまで来られるか」

「え?」

「そう遠くはない。ここは私の別荘だ。私一人しか知らない。昔から、何か迷うことや悩むことがあると、ここに一人で来ていたものだ」

「そこへ……僕が行って、どうするんです? 刑事が待ち構えてるんじゃないんですか?」

「その可能性はあるな。——どうする? 君の自由だ」

「自由、ですか……」

しばらく井筒は迷っているようだったが、やがて思い切ったように、

「行きます。ここにずっといられるわけじゃないし、どこか分らない場所で殺されるくらいなら、そこへ行った方がまだ……」

「分った。車はあるのか」

「友人の車を借りられます。勝手に、ですが」

「道を説明する。メモしてくれ。この建物はカーナビにも入っていない」

「分りました」

　井筒の口調は、大分明るくなっていた。

「どうなるのかしらね」

　と、礼子は言った。

「僕らが心配しても仕方ないよ」

　と、健司は言った。「どうしたって止められない。あの井筒って男は、もう死んだも同じだね」

「そうね……」

　食事から帰って、母弥生は早々と眠ってしまった。

「姉さん、帰らなくていいの？」

　と、健司は訊いた。

「ええ。――どうせ、あの人は帰らないし」

　礼子はソファで寛ぐと、「お母さんは、すっかり安心し切ってるわね」

「母さんには、親父が本当に人を殺したのかどうかなんて、どうでもいいんだ。今の生活が続けられりゃ、それで充分なのさ」

「健司――」

「僕らだって、犯人でもない井筒が手配されるのを黙って見てる。母さんとちっとも変らないよ」

「仕方ないわ」

と、礼子は言った。「得をする人間がいれば、その分、損をする人間がいるのよ」

「仕方ない？　本当にそう思ってる？」

「健司……」

「分ってる。――ごめんよ」

「私だって、間違ってると思うわよ。でも、どうしようもないじゃない」

礼子は自分に向って言っている。健司にもそれはよく分っていた。

「――それより、健司。その亜紀って人と、どうするつもり？」

礼子は話を変えた。

「どうするったって……。なるようにしかならないだろ。親父のことがどうなるかでも違ってくる」

「そんなこと言って――。一緒に泊ったんでしょ？　それなら覚悟がいるわ」

「泊ったけど、何もしてない」

「何も？」

「男を受け付けないのさ、彼女」

健司が、亜紀の受けた暴行事件のことを話してやると、礼子は眉をひそめた。

「ひどい話ね。——お父さんも知ってたの？」

「さあ……。聞いてないけど、少なくとも知っててもみ消したと思うよ。届け出てないから、もみ消す必要もなかったのかな」

礼子は少し間を置いて、

「あんたはどう思ってるの」

と訊いた。「その亜紀さんのこと」

「好きだよ」

と、健司はすぐに答えた。「でも、僕は生田目重治の息子だ」

「そうね」

と、礼子は呟いた。「親を取り換えるわけにはいかないものね……」


「あら、いらっしゃい」

と、亜紀は言った。

弁当屋の店先に、工藤刑事が立っていた。

「ああ……。いいかい、中で食べさせてもらって」

「ええ、どうぞ。お茶、淹れますね。お弁当はどれにします？〈本日のスペシャル〉？」

「うん、それでいい」

工藤は店の奥に入って椅子にかけると、「迷惑じゃない？」

と訊いた。

「刑事さんを追い出したりするもんですか」

と、亜紀は言って、「はい、お茶」

「ありがとう。——もう一人は？」

「しのぶさん？　今夜は少し遅れるって」

「そうか。一人じゃ大変だな」

店長の東は、このところ他の店も任されて、そっちに行っていることが多い。

「——どうぞ」

温かい弁当を出すと、工藤はすぐに割りばしをパキッと割って、食べ始めた。

亜紀は、少し迷ってから、

「あの女の人を殺した男、捕まったんですか？」

と訊いた。

「井筒竜一？　いや、まだだ。これだけTVでも騒いでるのにな」

工藤はほとんどかっ込むようにして、弁当を一つ空にしてしまうと、

「旨かった」

と、息をついて、「もう一つ――唐揚げ弁当ももらうよ」

「まあ。凄い食欲」

と、亜紀は笑って、「ちょっと待ってて下さい。少し冷えてるから、温めます」

電子レンジで温めると、

「――はい、どうぞ」

「すまないな」

と、工藤が思いがけないことを言った。

「え？　タダじゃありませんよ」

「分ってるよ。わざわざ温めてくれたからさ」

「そんな……。簡単ですもの」

「それでも――。俺なら冷たいまま出すな。特に、自分を脅した刑事になんか出すのなら……」

「工藤さん……」

「俺は人を怖がらせるのが楽しかった。自分が強いんだって確かめられてな。でも、人に親切にされるって、もっといいもんだと思ったよ」

工藤に何があったのか、亜紀には知りようもなかったが、しかし何かあったことは確かだった。

亜紀はお茶をいれ直して、

「少しゆっくり食べて下さい」

と言った。「胃に悪いですよ」


玄関のチャイムが鳴って、浅い眠りに入っていた生田目重治は目を覚ました。

「誰だ……」

ソファから重い体を持ち上げるように立ち上ると、「――まさか」

あの井筒という男ではあるまい。電話で話して二時間しかたっていない。こんなに早くやって来ないだろう。

しかし、この別荘に来る人間は他に思い当らないが……。

インタホンの映像を見て、生田目は戸惑った。女だ。

もう一度チャイムが鳴ったので、

「誰だね?」

と、声をかけた。

すると、その女が、

「井筒です」

と、男の声で言ったのである。

面食らって、生田目は急いで玄関へと出て行った。ドアを開けると、女性のスーツ、スカートの井筒が立っている。

「驚いた！　入りなさい」

「どうも……」

明るい照明の下で見ても、みごとに女に見える。背は高いが、化粧をした顔立ちは女そのものだ。

「君は……もともとそういう趣味があるのか」

と、生田目は言った。

「昔、劇団で役者をしてたんです。メイクは得意で」

「いや、全く自然だよ。——それで検問を通って来たのか」

「二回、止められましたが、すぐ通してくれました」

「いや、大したもんだ」

生田目は笑って、「ともかく上りなさい。気が休まらなくて疲れたろう」

「化粧を落として、着替えたいんですが」

「いいとも。風呂に入りたまえ。案内する」

「はあ……」

井筒は廊下を生田目について行くと、「警官はいないんですね」

「ああ。――誰も、まさか君が私の所にいるとは思わないさ」

バスルームの場所を教えて、生田目は、「ゆっくり入るといい。心配しなくていいからな」

「生田目さん。どうして僕にこんなことをしてくれるんですか？」

「どうしてか、って？」

生田目は、ちょっと遠くを見るような目になって、「もちろん、伸子のためさ」

「伸子の？　でも……」

「伸子のことを話せる相手が他にいるかね？　もちろん、伸子はもう帰って来ない。しかし、思い出をふやすことはできる」

「生田目さん……。伸子のことを愛してたんですね」

「愛しているのさ。今でもな」

「羨しいです」

「君が殺したんでないことは分ってる。しかし、私がやったんでもない。――誰が伸子を殺したのか、君と話している内に、何か分るかもしれない」

「どうして伸子は殺されたんでしょうね」

「そのことも、ゆっくり話そう」

と、生田目は言って、居間へ戻りかけ、「——そうだ、腹が空いてるだろう？　冷凍食品が山のようにあるから、風呂を出たら食べるといい」

「助かります」

と、井筒は言った。

——生田目は居間に戻ると、TVを点けた。

いきなり、井筒の写真が画面に出て、生田目はつい笑ってしまった……。

34　焦り

「どうなってるんだ！」

西山検事は苛々と怒鳴った。「もう一週間だぞ！　どうして井筒一人、発見できないんだ！」

「申し訳ありません」

と、村井が汗を拭って、「監視カメラをチェックしていますが……。何しろ数が多いので」

「コンピューターで類似の顔を見付けさせろ」

「やっています。しかし、少なくとも駅や空港には現われていません」

「全く！　――警視庁は何をやってるんだ！」

西山は席から立ち上って、窓から表を見た。

「――西山さん」

「うん。決ってるな。井筒は誰かの所に匿《かく》まわれているんだ」

「ですが、井筒の身辺も洗ってあります」

と、村井は言った。「井筒の友人も、ほとんど調べてあります」

「我々が知らない誰かの所にいるんだ。もっと詳しく捜査するように指示しとけ」

「分りました」

村井が行ってしまうと、西山は不機嫌な顔つきで、顎をなでた。

ケータイが鳴った。

「――もしもし、礼子ですが」

「これはどうも」

と、西山は愛想良く、「ご心配をかけています」

「まだ見付からないんですね」

「ええ。――どうしているのか、井筒の奴。警察は努力しているんですが」

「分っています。父とも連絡がつきませんし――どうなっているのか」

「必ず見付けます。ご心配なく」

と、西山は断言したが……。

「どうしたの、姉さん？」

礼子はびっくりして振り返った。

「健司。——今ごろ起きて来たの？」

と、何とか笑顔を作る。

「今日、午後からなんだ」

と、健司は言った。「母さんは？」

「さあ……。どこかに出かけたわ」

礼子は、この一週間、ずっと実家にいた。夫の竹内治は取材で帰っていない。

「誰にかけてたの？」

と、健司は訊いた。

「別に」

礼子は曖昧に言って、「何か食べる？」

「いいよ。大学の近くで食べるから。——じゃ、コーヒーだけ飲んで行こうかな」

「いれてあげるわ」

健司は、姉が台所に立つのを見て、

「まだ捕まらないって？」

礼子は一瞬手を止めた。

「そのようね」

「どこにいるんだろう。至る所にカメラがあるのに、見付からないなんて」

「ちょっと田舎に行けば、そう監視カメラはないわよ」

「でも、どこか駅やバス停は通るでしょ」

「じき見付かるわよ」

と、礼子は少しきつい口調で言うと、「砂糖はいらないわね」

健司は、姉が苛立っているのを感じた。真犯人でないことを知りつつ、井筒が手配されるのを納得していたのだ。しかし、見付からないとなると、礼子の心は揺れ始めているのだった。

「――お父さんも、ちっとも連絡して来ないし」

と、礼子はカップにコーヒーを注いだ。「こっちはこんなに心配してるのに」

「そうだね」

健司は肯いてコーヒーを飲みながら、「今夜は食べて帰る。姉さん、まだいるんだろ」

「ええ、たぶん……」

――健司は家を出ると、大学へ向った。

途中、ふと思い付いて、ケータイで亜紀へかけてみた。

「――どうしたの？」

と、亜紀がまず訊いた。

「いや、声が聞きたくなってさ」

と、大学への道を歩きながら、「今、話してても大丈夫？」

「お昼休みよ。大学？」

「これからね。――姉さんが苛ついてるよ。あの井筒って男が見付からないし、父さんからも連絡ないし」

「そうね。でも、今、井筒の方にみんな必死で、喜多村さんたちに注意が向いてないでしょう。助かるわね」

と言って、亜紀は、「ごめんなさい。気になってるでしょ、伸子さんを誰が殺したか」

「親父じゃないような気もして来たよ」

「え？」

「たぶん――親父なら、ずっと隠れてたりしないで、名のり出るって気がする」

「そうね……」

「ね、亜紀さん。夜、会えない？」

「今夜？ ――いいけど」

「じゃ、何時に？」

「お弁当屋さん、今日はお休みなの」

亜紀の言葉に、健司は思わず、

「やった！」

と言っていた。


「もう……本当に」

亜紀はケータイをテーブルに置くと、呟いた。

昼休みはあと十分ある。

できるだけ安上りに、とホットドッグを食べていた。

喜多村たちのことが気になっていたが、連絡はできるだけ取らないことにしている。

コーヒーを飲み干して、席を立とうとしたとき、店に入って来たのは、刑事の工藤だった。亜紀の方へやって来ると、

「少し時間をくれ」

と言って、隣の席に腰をかけた。

「――どうしたんですか」

亜紀がそう訊いたのは、工藤がひどく疲れて見えたからだった。

「コーヒー、飲みます？」

と、亜紀が訊くと、工藤は黙って肯いた。

店内用の紙コップだが、香りは良かった。安いが、コーヒーはおいしい。

コーヒーを一気に半分ほど飲んで、工藤は息をついた。

「熱くなかったですか？　火傷《やけど》しますよ」

と、亜紀は言った。「あと五分ぐらいしかお昼休みが……」

「聞いてくれ」

と、工藤は言った。「俺は刑事を辞めた」

「え？」

亜紀は面食らった。「辞めたんですか……」

「うん」

「そうですか……」

どうして、と訊いた方がいいだろうか？　でも、もう休み時間がない。

「工藤さん。私、もう行かないと。うるさいんです、遅れると」

「今夜も、弁当食べに行っていいか」

じっと見つめてくる工藤の目に、亜紀は何か熱く訴えるものを感じた。

「今夜はお休みなんです」

と、亜紀は言った。「この仕事、終ったら……」

「うん、頼む」

即座に肯く。

「じゃあ……五時に……」

「ここに来てるよ」

「分りました」

亜紀は椅子から立って、「ごめんなさい」

と言っていた。

「コーヒー代を――」

「いいんです。お得意さまですから」

工藤がちょっと笑った。どこか少年っぽさの残る笑顔だった。

亜紀は表に出た。――今日は健司と会うことになっているが、約束は七時だ。

工藤と話す時間は取れるだろう。

席に戻ると、ぎりぎりで午後一時のチャイムが鳴っていた。

急いでパソコンを立ち上げると、目をこすった。細かい数字を見なくてはならないので、考えただけで目が痛くなるのだ。

——それが起きたのは十分ほどしてからだった。

パンパン、と短く乾いた音がして、人の騒ぐ声がした。悲鳴が聞こえて、初めて亜紀は今のが銃声だったのでは、と思った。

手を止めて窓へ駆け寄り、表の通りを見下ろした。人が大勢立ち止っている。

あのホットドッグの店から人が駆け出して来ていた。何だろう？

「——何かあったの？」

同僚の大谷のぞみも立ってやって来る。

亜紀は不安になって、

「ちょっとごめん」

と言うと、急いで営業所のオフィスを出た。

一階へ下りて、表に出ると、あの店から店員のエプロンをつけた女の子が出て来て、泣いているのが目に入った。

「誰か一一〇番したのか！」

という声。

まさか……。

亜紀は店の中へ入って行った。

店の奥の壁ぎわに、工藤が倒れていた。

「工藤さん！」

駆け寄ると、床に血だまりが広がっていた。

工藤の胸や腹に黒々とした穴があった。——もう助かるまい、と亜紀は思った。

「亜紀さんか……」

工藤がわずかに身動きして、かすれた声で言った。

「今、救急車が来ますよ！　血を止めないと……」

「もういい」

と、工藤は小さく首を振った。「ここにいちゃだめだ……。犯人扱いされるぞ」

「工藤さん……」

「向うへ行け……」

「でも——」

工藤は何か思い付いたように、

「内ポケット……」

「え？」

「ケータイが……。出して持って行け」

亜紀はそっと手を伸して、工藤の上着の内ポケットを探った。すぐにケータイを取り出す。

「それを……持って早く……行ってくれ」

「工藤さん……」

パトカーのサイレンが聞こえた。亜紀は立ち上ると、

「それじゃ……」

とだけ言って、ケータイをポケットに入れ、店を出た。

野次馬が大勢集まっている。亜紀はわざとその中へ入って、できるだけ遠くまで行ってから人垣を抜けた。

パトカーが店の前につけて、警官が出て来ると、

「離れて！　立ち止るな！」

と怒鳴った。

救急車は？　来ないのだろうか？

亜紀は顔見知りの定食屋の奥さんを見付けると、

「ごめんなさい。今、頼まれたんだけど、救急車を呼んで下さいな」

と言った。「あのお店の人は気が動転して、電話かけられないらしくって」

「いいわよ。じゃ、かけるわ」

と、奥さんは自分の店の中へ入って行った。

おそらく助からないだろうが、でも、万に一つでも……。

営業所へ戻ると、

「人が撃たれたんですって。怖いわね」

と言った。

女子トイレに行って、手についた血を洗い落とし、工藤のケータイをペーパータオルで拭うと、少し考えてから、自分のロッカーの所へ行き、靴入れの敷物の下へケータイを隠した。

席へ戻って冷めたお茶を飲む。少し手が震えていたが、徐々におさまって来た。

工藤がなぜ殺されるのだろう？　――刑事を辞めたというのに。

いや、辞めたからこそ狙われたのかもしれない。

あのケータイ……。工藤が、わざわざ持って行けと言ったのは、あの中に何か秘密が隠されているからではないのか。

何度か深呼吸して、亜紀はパソコンに向った。懸命に仕事に集中した。

お弁当を二つ、ペロリと平らげて、少し照れくさそうにしていた工藤の顔が思い浮ぶ。

救急車がやって来て、亜紀が窓から見ていると、担架で工藤が運ばれて行った。死んではいないのだ。

どうか助かって……。サイレンを鳴らして走り去る救急車を、亜紀は祈るような思いで見送った。

「亜紀さん、ごめん」

のぞみが歯医者に行くと言って出て行った。

亜紀は一人になった。営業に出ている社員の席の電話で、喜多村のケータイへかけてみた。

「――もしもし」

「私です」

と、亜紀は言った。「会社の電話からです。そちらは大丈夫ですか」

「うん。全国、井筒の手配ばかりで、こちらはありがたい」

「あのね、今、あの工藤っていう若い刑事さんが撃たれたの」

「それは……」

亜紀が手短かに状況を説明すると、喜多村は、

「それはおそらく工藤が色々と知り過ぎていたからだろうな」

と言った。「しかし、いきなり射殺しようとするとは……。井筒が見付けられずに焦ってることと関係があるのかもしれないな」

「助かってくれるといいけど……」

「その工藤のケータイを見たいな。メールのやりとりなどに、きっと知られたくないことが残ってる」

「怖いわ。持ってるのも」

「電源は切ってあるか」

「ええ」

「電池を外しておけ。電源を切っても、場所を特定できる」

「分ったわ」

「危険だと思ったら、ためらわずにどこかへ捨てるんだ。君の身の安全が第一だからな」

「そうします」

「あの生田目の息子は？」

「今日会うことになってるわ」

「用心しろよ。生田目重治をどう扱うか、井筒がこのまま見付からないと……」

「あなたも気を付けて」

湯浅のことをもっと訊きたいが、長話は禁物だった。

電話を切ると、急いでロッカーへ行き、工藤のケータイの電池を外した。

席に戻ると、ネットのニュースを見た。

工藤が撃たれた事件は、救急車で運ばれて行く姿を誰かが写真に撮って投稿していた。

しかし、都合が悪くなれば消されて、それきり忘れられるだろう。

見せかけの自由。まやかしの自由だ。

不意に、亜紀は深い疲労を覚えて目を閉じた。

健司に会いたい、と思った。その思いは、突然、切実に亜紀の内に湧き上って来た……。

35 閉じる扉

「大変だったね」

と、健司は言った。

「でも、いいの」

と、亜紀はパスタを食べながら、「今はもう忘れたい」

工藤が撃たれたことを、健司に話さずにいられなかったのである。しかし、今、そんな話だけしているのはいやだった。

パスタがおいしくて量もある、という店は若者たちで埋っている。

「大学の話とか、聞かせて」

と、亜紀は言った。

他愛のない雑談をしていたかった。深刻に世の中を憂えて一日中過してはいられない。

健司も、亜紀の気持を察したのか、教授が教室を間違えた話をして、二人で笑った。

「信じらんないよね。間違いに気付かないで三十分も講義してたっていうんだから」

と、健司は言った。

「でも学生の方は？　分ってたんでしょ」

「そうだろうけど、きっと面白がってたんだよ。それに本当ならその時間、講義してるはずの先生は三十分遅刻して来たんだ。みんな、やる気あるのかと思うよ」

確かに、教授も学生もそんな風で、大学にいる意味があるのかと思ってしまう。しかし、今の亜紀には、その呑気さが羨しくもあった。

「——やっと笑ったね」

と、健司が言った。

「え？」

「ずっと暗い顔してたから」

「そうだった？　ごめんね」

「当り前だよ。——僕だって、本当なら大学どころじゃない」

「でも、そんな気分で食事してたって、おいしくないもの」

と、亜紀は言って、健司の手を握った。

「うん……。胃に悪いよな」

どっちも、話したいことを口にすれば重苦しくなると分っていた。昨日見たTV番組の話などで、取りとめなく話はつながって行った……。

「あれ？　ケータイ、鳴ってない？」

と、健司が言った。

「本当だ。気が付かなかった」

店内が騒がしいので、気付かなかったのだ。

ケータイを取り出すと、鳴り止《や》んだ。着信を見て、亜紀は緊張した。

「誰から？」

「父のいる施設の人から。三回もかかってる。ちょっとごめん」

亜紀は急いで店の外へ出ると、ホームの職員、秋田へかけた。向うがすぐに出て、

「亜紀さんですか」

「すみません、気付かなくて。あの——父に何か？」

父がまた発作を起したのか。それしか考えられない。

「それがですね……」

秋田は少し口ごもって、「警察がやって来て、お父さんを連行して行ったんです」

亜紀は耳を疑った。

「父を連行？」

「もちろん、病状についても説明して、抗議しました。でも、全く聞く耳を持たず……」

「なぜですか？　何の容疑で？」

「それも言わないんです。何度も訊いたんですが」

「父は――大丈夫でしょうか」

「何がきっかけになって、また発作が起るか分りませんから……。しかし、どこへ話を持って行っていいのか」

「こちらでも、何とかしてみます」

と、亜紀は言った。「あの――母は知っていますか？」

「いえ、まだ……」

と、秋田は言った。「私の方から知らせますか？」

「いえ……」

亜紀は少し迷ったが、「何か事情が分ってからの方がいいと思いますから。私から言います」

「分りました。こちらとしても、できることはないか考えています」

「ありがとうございます」

亜紀はくり返し礼を言って、切った。

席に戻ると、健司がびっくりして、

「顔、真青だよ」

と言った。「お父さん、どうしたの？」

「待って」

亜紀は水を一気に飲んで、「――父が、警察に連行された」

「何だって？」

「お願い。どういうことなのか、訊いてみて。私じゃ、調べられない」

亜紀は頭を下げた。「お願いよ」

「よしてくれよ」

と、健司は腹立たしげに、「お願いなんて言い方。僕は君の味方だ」

「そうね……。ごめんなさい」

「具合の悪いお父さんを……。一体どうなってるんだ！」

と、健司は苛々と、「ちょっと待ってて。電話してみるよ、心当りに」

「出ましょう。じっとしていられない」

「うん、そうしよう」

二人は食べかけのまま立って、店を出た。

近くのオフィスビルに入ると、ロビーのソファにかけて、健司はケータイを取り出した。

静かな場所というと、こんな所しかない。

「誰にかけるの?」

「西山って検事がいる。親父の部下だった。今、井筒を捜す指揮を取ってるんだ」

西山のケータイへかけたが、なかなか出ない。三回かけて、やっと、

「西山です」

と、少しためらいがちな声が聞こえて来た。

むろん、健司からの電話だと分っているのだ。おそらく用件も見当がついているのではないか。

「生田目健司です」

「ああ、どうも」

「実は——今、永沢亜紀さんと一緒なんですが」

「そのことですか。父親の件ですね」

「ええ。病気なのに連行されたと聞きました」

「私もついさっき知ったんです」

と、西山は言った。「詳しい事情を調べてご連絡します」

「お願いします。連絡を待っていますから」

——健司は、西山の言葉を伝えたが、

「知らなかったというのが本当かどうか」

と言った。「でも、こちらも分ってるんだ。そうひどいことにはならないと思うよ」

「ありがとう」

と、亜紀は言った。「でも、いつ発作を起すか分らないわ。病院に入れてくれるように頼んで」

「うん、分った。——しかし、どうして君のお父さんを……」

「分らないわ。もう父には何の力もないのに」

「そうだね。——何かの間違いだといいけど」

西山からの連絡を待つ五、六分が、ずいぶん長く感じられた……。

健司のケータイが鳴った。

「西山さんだ。——もしもし」

西山の話を聞いて、健司の顔は固くこわばって来た。

「——そんなわけがないでしょう」

健司の言葉は怒りを押し殺したものだった。

亜紀はそばに寄って、西山の言葉を聞こうとしたが、聞き取れなかった。

「——分りました」

と、健司は言った。「ともかく、永沢さんは病気なんです。そのせいで何かあったら大変ですよ」

健司は通話を切った。

「——何て言ってた？　父は大丈夫？」

と、亜紀は訊いた。

「西山さんから直接の担当の警察へ連絡したって。向うの言い分は……」

「何なの？」

「君のお父さんが、伊丹伸子殺しに係ってるって言ってるらしい」

「そんなこと……」

「つまり、井筒に彼女を殺させたって。永沢さんは生田目重治を恨んでるから、ってわけだ」

「馬鹿げてるわ！」

と、亜紀は言った。

「そう思うよ、僕も。でも、今のところ永沢さんの体調は大丈夫ってことだった」

「そんな……。発作が起ったら間に合わないのに」

「西山さんから話して、元の施設で、必要なら取り調べをするということでいいんじゃないかって……」

「取り調べなんて……」

「全く！　井筒が見付からなくて焦ってるんだ、きっと」

と、健司は言った。「ともかく誰かを逮捕したいのかもしれない」

「父は――逮捕されたの？」

「任意同行だって言ってた。重要参考人ってところだろうな」

「弁護士さんに」

と、亜紀は言った。「誰か弁護士に頼んで、父を釈放してもらうわ」

「誰か知ってる？」

「さあ……。今の警察に楯つく度胸のある人っているかしら」

もちろん費用のことも考えなければ。しかし、そんなことは言っていられない。

「僕の知り合いじゃなあ……。弁護士っていっても検察の方に近い」

「でも、誰かいい人がいれば……」

「待って。ジュリアのお父さんが確か――」

「ジュリア？」

「大学の友だちで、ハーフの女の子さ。お父さんが確か弁護士だ。訊いてみようか」

「お願い！　お金は何とかする」

「電話してみるよ」

大学のジュリア三原である。母親がアメリカ人の、明るい女の子だ。

「――ジュリア？　今話せる？」

向うは騒がしかった。

「外で飲んでるの」

と、ジュリアが大声で言った。「急ぎの用？」

「うん、ちょっと」

「じゃ、もう出るわ。少し待って」

一旦切ると、五、六分でジュリアからかかって来た。

「悪かったね」

「いいえ、どうせもう出たかったの」

と、ジュリアは言った。「今、駅の方に歩いてる」

「すまないけど――君のお父さん、弁護士だったね」

「ええ、一応ね。何かあったの？」

「相談したいんだ。時間、取ってくれるかな」

「大丈夫でしょ。法律事務所の所長だから、具体的には部下の人がやってくれる」

「じゃ、時間取ってもらってくれ」

「今日いなかったかも。――少し待ってね」

「頼むよ」

亜紀は、今にも父が発作を起しているのではないかと気が気でなかった。

健司が急いでいることは伝わっていたようで、すぐに連絡が入った。

「――事務所にジュリアのお父さんがまだ残ってるそうだ。これから行く？」

健司の言葉に、

「もちろん！」

と、亜紀は答えて、もう立ち上っていた。


「やれやれ」

風呂を出ると、井筒はバスローブ姿で両手を振り回した。「外へ一歩も出ないと、太っちまうな」

「殺されるよりよかろう」

と、生田目は言った。

TVを点けているが、ニュースに井筒の名前は出なかった。

「どうなってるんですかね」

と、井筒は缶ビールを出して来て開けながら言った。

「さあな。君のニュースが消えたのが、いいことなのか悪いことなのか……」

井筒はTVを少し眺めていたが、

「――生田目さん」

「何だね」

「伸子を殺した犯人、本当に思い当らないんですか？」

「ああ。――私がやったと警察は思っているだろう。公式には違うがね」

「でも……伸子は、そりゃあいくらかわがままで勝手なところはありましたけど、殺されるほど人から恨まれるとは……」

「分っているよ」

と、生田目は肯いて、「私も君の意見に同感だ。ということは、私と結婚しようとしていたために殺された、としか考えられない」

「陰謀ですか」

「どうかな。――一国の首相にも私生活はある。まして私にもだ。政治は伸子の死と関係ないと思っているよ」

「ということは――」

と、井筒が言いかけると、生田目は、

「静かに！」

と遮った。

「あの――」

「口をきくな」

生田目は立って行って居間の明りを消した。そして窓へ寄ると、カーテンの端からそっと外を覗いた。

「——どうかしましたか」

井筒は小声で言った。

「君、ケータイを使ったか」

「あ……」

「使ったんだな」

「母が……心配してると思ったんでメールを。でも使ったのは数分です」

「充分だ。外に警察の車が来ている」

井筒は青ざめた。生田目は、

「服を着て来い」

と言った。

井筒があわてて居間を出ると、すぐに服を着て戻って来た。

「いかんな」

と、生田目は首を振って、「君一人だと思っているだろう。何も言わずに突入して来るかもしれない」

「こっちから出て行くしかない。――いいか、君はここにいろ」

「どうすれば……」

「しかし――」

「ともかく、私が呼ぶまで待っていろ」

生田目は居間の明りを点けると、玄関へ出て行った。

いきなりドアを開ければ、射殺される心配があった。しかし、それ以外に手はない。

生田目は玄関のロックを開けると、ドアを細く開けた。

とたんに強い照明がドアに集中する。

「撃つな！」

と、生田目は言った。「私は生田目重治だ」

生田目の名前を知らない人間はいない。外で当惑の気配があった。

「今ドアを開ける」

ゆっくりとドアを開け、照明を浴びて立つと、

「生田目重治だ。――分るな」

と、広く見渡し、「まぶしくて何も見えん。スポットでなく、全体の照明に切り換えろ」

少し間があったが、辺り一帯が明るくなった。――よし、これでいい。

「責任者は誰だ」

進み出て来たのは、防弾チョッキに身を固めた男だった。

「――君か。井筒竜一を捜しているんだな」

「さようであります」

「井筒は中にいる。武器を持っているから射殺するよう言われているんだろう？　それは間違いだ。井筒は武器を持っていない」

「はあ……」

「今、呼んで一緒にそっちへ行く。東京へ連れて行ってくれ」

「はい」

「銃を納めさせろ。井筒がこわごわ顔を出す。――おい、井筒君」

「大丈夫だ。さあ、行こう」

生田目は出て来た井筒の肩を抱いて、「車をここへ回してくれ」

と、命じた。

こうして井筒とくっついていれば、井筒が狙撃される心配はない。万一、生田目を傷つけたら大変なことになるからだ。

生田目は、もっとトップの人間に連絡することもできたが、あえてそれはしなかった。

自分たちでは重大な判断のできない、現場の警官たちなら、言われた通りになると思ったのである。

パトカーが一台、玄関へつけて、生田目は井筒と二人で乗り込んだ。

「検察庁へやってくれ」

と、生田目はタクシーの運転手に向って言うような口調で命じて、座席に寛いだ。

パトカーが走り出すと、

「どうなるんです？」

と、井筒が訊いた。

「私にも分らんよ」

生田目は肩をすくめた。「ともかく、生きて出られただけで奇跡みたいなものだ」

井筒はちょっと複雑な表情になって、

「奇跡はいつまで有効ですかね」

と言った……。

36　濁流

「こうなったら、落ちついて事態を見守るだけだ」

と、生田目重治は言って、お茶をゆっくりと飲んだ。

「そりゃあ、あなたはいいですよ」

と、井筒は渋い表情で、「何しろ、あなたは有名な生田目重治だ。僕の方は、今消されても、誰も気付かない」

「そう悲観的なことばかり考えるもんじゃないよ」

「はあ……」

検察庁に着いた二人は、狭い小部屋に入れられていた。

お茶を出されて、もう二十分ぐらいになる。

生田目は息をついて、古ぼけたソファに身を委ねた。

「――どうなるんですかね」

と、井筒は心細げだった。

「私と一緒にいれば大丈夫だ。そばを離れるんじゃないぞ」

生田目の言葉に、井筒は黙って肯いた。

「どうして誰も来ないんですかね」

と言って、井筒はすっかり冷めたお茶を飲んだ。「どう思います？」

「考えても仕方ない」

「でも――」

「ここの様子は、カメラとマイクで見られているよ」

「え？」

「そこの棚に人形があるだろう。あの眼《め》はカメラのレンズだ。マイクもどこかに仕掛けてある」

「じゃあ……」

「ここへ来たら、二十四時間、ずっと見られていると思わなくてはな。——まあ、外にいても同じようなものだが」

　井筒は息を吐いて、

「怖い世の中だな……」

　と言った。

「そうだ。しかし、犯罪は減って、喜んでる者もいる」

「それって、本当に犯罪が減ったって言えるんですか。見えないところで、不満や苛々を弱い者にぶつけてるだけなんじゃないですか？」

「そうだ。しかし、君のようなことを言えば、それだけでブラックリストに載ることになる」

「どうせ、もう載ってますよ」

　と、井筒はやけ気味に言って、お茶を飲み干した。

ドアをノックする音がして、開くと、西山検事が入って来た。

「生田目さん、お待たせして申し訳ありません」

「いや。手数をかけたね」

「礼子さんが心配なさっておいでです」

「そうだろうな。ケータイを返してくれたら電話するよ」

「お返ししてませんでしたか？　失礼しました！　おい、生田目さんのケータイを持って来い」

井筒がそれを聞いて笑った。西山はけげんな顔で、

「何がおかしい？」

「隠しマイクがあるって、生田目さんに聞かされてたもんですからね。今、あなたが誰もいないのに命令するのを見て、本当だったんだと……」

「笑っていられる立場か」

「もう覚悟はできてます。今さら文句を言っても、どうせ聞いちゃもらえない」

「西山君」

と、生田目は言った。「警察はどう考えているか知らんが、伸子を殺したのは私でも、この井筒でもない。――上の意向はともかく、本当の犯人を見付ける努力は続けてくれ」

「もちろんです。ただ——世間というものが……」

「一旦手配した井筒を犯人でないと認めるのが、面子《メンツ》もあって難しいことはよく分る。しかし、伸子は私の子を身ごもっていた。もしそのせいで殺されたのなら、伸子が哀れだ」

「——分りました」

西山はちょっと頭を下げて、「公式にはともかく、真犯人を捜しましょう」

そのとき、突然井筒が椅子から転げ落ちた。

「おい！　どうした！」

と、生田目は腰を浮かしたが、すぐ西山の方へ、「何を飲ませた?」

「薬です。大丈夫、気を失っているだけで。——生田目さん、井筒のことは我々に任せて下さい」

ドアが開いて、西山の部下が入って来た。

「生田目さんのケータイです」

「そうか。——お返しします」

「データはそのままか」

「はい。消してありません」

「そうか」

生田目は肯くと、ケータイのカメラで、床に倒れている井筒を撮った。

「運び出せ」

と、西山が命じた。

数人がアッという間に井筒を運び出して行く。生田目はケータイをポケットへ入れると、

「私のお茶には入っていなかったのか？　それとも、遅れて効く毒薬かね？」

「そんな……。生田目さんは我々のシンボルですよ。正直、伊丹伸子を殺していないと伺ってホッとしました」

「殺していれば、潔く自首したさ」

「確かに。——ご自宅へお送りしましょう」

「そうか」

と、生田目は肯いて、「途中で消されるわけじゃなかろうね」

「まさか」

「では——礼子に電話しておく」

「どうぞ。車が用意できたら、呼びに参ります」

西山が出て行き、一人になると、生田目は礼子のケータイへかけた。

「お父さん？」

礼子の声が震えていた。

「ああ。心配させてすまん」

「本当に……。大丈夫なの？」

「うん。今、検察局にいる。これから帰る」

「良かった！」

涙声になっている。あの気丈な礼子が。

生田目の胸は痛んだ。

「待って。健司と替るわ」

少しして、

「父さん？」

「ああ。悪かったな。俺はやってないんだ」

「分ってるけど。——それより、父さんに頼みがある」

「何だ？　帰ってからでもいいか？」

「聞いて。永沢亜紀と付合ってるんだ、僕」

「ああ。それが……」

「亜紀のお父さんが、連行されたんだよ」

「待て。永沢浩介のことか？　今、施設にいるんじゃなかったか」

「それが——」

健司から事情を聞くと、

「分った。西山に言って施設に戻すようにする」

「お願いだよ」

「ああ。——あれはいい娘だな」

と、生田目は言った。


「ありがとう」

と、亜紀は涙ぐんでいた。「迎えに来いって連絡があったわ」

「良かったね」

と、健司は言った。

さすがに生田目重治の威光である。たちまち永沢は釈放されたのだ。

亜紀はすぐにケータイで健司へ知らせたのだった。

「それで、どうなったの?」

と、亜紀は訊いた。

「よく分らないんだ。じき、親父が帰って来るから」

「あの男は?」

「井筒？　さあ……」

「いいわ。ともかく今は父のことを。――またかけるわね」

「うん、待ってる」

亜紀は通話を切ると、急いで父を迎えに行くことにした。

施設まではタクシーでも使うとして、今は地下鉄へ。

歩き出すと、ケータイが鳴った。

「もしもし」

「亜紀君か。生田目重治だ」

「あ……。父のこと、ありがとうございました」

「いや、勇み足ってやつだ。お父さんに何かあったら、知らせてくれ」

「そうします」

「健司のことをよろしくな」

「は……」

と、びっくりして足を止める。

「あいつは世間知らずだが、正義感は人一倍強い。君が大人にしてやってくれ」

と、生田目は言った。

「生田目さん……」

「これから私はどうなるか分らん。しかし、健司の奴には、ごく普通の人間として生きてほしい。君が導いてやってくれ」

「そんな……。私にはそんなこと――」

「いや、君ならできる」

と、生田目は言った。

「でも――」

と言いかけて、「生田目さん、変りましたね」

「ああ。――伸子のおかげだ」

「亡くなった？」

「伸子は伸子で、色々わがままなところもあった。しかし、私にとっては、世間の常識に逆らうということ自体が新鮮だったんだ」

「分りました？」

「この年齢《とし》になって、初めてね。人は時として道を踏み外す。実はそのことこそ人間らしい、ってことに気が付いた」

「生田目さん……」

「もう、今さら私は人生をやり直すことはできん。しかし健司はこれからだ」

「でも、生き辛い世の中にしたのは、あなた方ですよ」

「分っている」

と、生田目は言った。「その責任は取るつもりだ」

亜紀はハッとして、

「死なないで下さい。生きていて下さいね」

と、急いで言った。

「自分で死にはしない。約束する。だが、殺されれば別だ」

と、生田目は笑って言った。

「健司さんが待っていますよ」

「うん。ともかく一度は家へ帰れるだろう。――そういえば、湯浅のことはどうなったね?」

亜紀は一瞬迷った。しかし、生田目にその気はなくても、西山などの耳に入れば、喜多村たちが危ない。

「働いて食べて行くのが精一杯で」

と、亜紀は言った。「過去を追いかけている余裕はありません」

「そうだな、確かに。お父さんを大事にしてくれ」

「ありがとうございます」

亜紀は通話を切って、「――どうして私が礼を言わなきゃいけないの?」

と呟いた。

あんな——あんなひどい目に遭わされたっていうのに。

亜紀はギュッと目をつぶったが、肌の痛みには目をつぶることができない。

「健司……」

いつか健司に抱かれるとき、素直に受け容れることができるだろうか？

その不安は、亜紀を押し潰しそうだった。今はそれどころではないというのに……。

「お父さんの所へ」

と呟いて、亜紀は地下鉄の駅へ急いだ。


工藤はうっすらと目を開けた。

感覚が、まだぼんやりとはしているが、少しずつ戻りつつある。

ここは病院か。

「運が良かったですよ」

と言っている奴がいる。——畜生！

何発も弾丸をくらって「運がいい」もないものだ。

「二つ三つ、訊きたいことがあるんですが」

「今は無理ですよ」

「大事なことなんです。彼も刑事ですから、分っています」

中垣の声だった。

「それでは――短く切り上げて下さい」

医師は渋々という様子で言った。

工藤は、中垣に注文をつけてくれる医師に、それだけで感謝したい気分だった。

「おい。――工藤。目を覚ましてるか」

ベッドへ近寄って来て、中垣刑事が言った。

いっそ寝ているふりをしてやろうか、と思ったが、どうせ中垣は揺さぶり起してでも話をしようとするだろう。

目を開けて、

「どうも……」

とだけ言った。

「やあ！　良かったな」

中垣が微笑んで、「弾丸が心臓をちゃんとよけてくれたそうだぞ。お前は運がいい」

「そうですか……」

「しばらくのんびり入院してるといい」

「ここへも殺しに来るかもしれませんよ……」

「大丈夫さ。ここは大病院で、セキュリティもちゃんとしてる」

「でも、中垣さん……」

「何だ？」

「俺はもう刑事じゃないですよ」

「ああ、分ってる。だから狙われたんだろうな。今、その手の極左組織を洗ってるからな」

工藤は唇の端を歪めて笑った。

「工藤。一つ訊きたいことがある」

と、中垣が言った。

「はあ……」

「いや、もうお前が俺の部下でないことは分ってる。ただな、どうしても気になったんだ」

「何です？」

「お前のケータイが見当らなかったというんだ。現場になかった。入院したお前の持物にも、ケータイはない」

「そうですか……」

「どこへやったか、憶えてないか？　それとも誰かが持って行ったとか」

工藤は息をついて、

「中垣さん……」

「うん」

「一度撃たれてみて下さい。痛いもんですよ。ケータイがどうしたなんて、考えてられません」

中垣もさすがに詰って、

「それはまあ……そうだろうな」

「GPSとか、色々探す方法はあるでしょう。俺が自分で探せるのは何か月も先です」

「ああ、分る」

と、中垣は肯いて、「こっちで手を尽くしてみよう」

「よろしく……」

「すまなかったな」

中垣は工藤に向って肯いて見せると、病室を出て行った。

入れ代りに、医師が戻って来ると、

「大丈夫ですか?」

と訊いた。「まだあまり話さない方がいい。弾丸は急所をうまくそれましたが、また出血することもあり得ます」

「どうも……」

工藤は小さく肯いた。

「刑事さんですか？」

「以前はね。色々あって、辞めました」

「そうですか」

「もし――誰かが見舞に来ても、断って下さい」

「分りました」

と、医師は肯いた。

まだ若い、真面目そうな医師だ。

「先生……。弾丸は全部取れたんですか」

「ええ。貫通したのもありましたが」

「そうですか……」

「しかし、妙ですね」

と、医師は首をかしげて、「警察が、取り出した弾丸を持って行かないんですよ」

「そうですか。――必要ないんでしょう。犯人を捜す気もない」

「なぜですか？」

と、医師は目を丸くした。

工藤は、ぼんやりと天井を見上げて、

「先生」

「何か?」

「もし、誰かが俺にとどめを刺しに来たら、係っちゃいけませんよ。どこかに隠れて、何も見ないことです」

「工藤さん……」

「巻き添えを食ったら大変です。看護師さんにも言っておいて下さい」

医師も、さすがに工藤の言うことの意味が分った。固い表情で、

「おっしゃることは分ります」

と言った。「でも、それでは医師として――。大変だったんですよ、全部の弾丸を取り出すのは」

と、いきなり腹を立てた様子で、

「せっかく苦労して助けた患者を殺されてたまるもんですか!」

それを聞いて工藤はつい笑ってしまった。

「いてて……」

笑うと傷が痛む。しかし、涙が浮んだのは、痛みのせいばかりではなかった……。

37　決定

「お帰りなさい」

出て来たのは礼子だった。

「うむ……」

生田目は玄関から上ると、「一人か」

「健司は出かけてったわ」

「そうか」

「お母さんはデパートよ」

「買物？」

「ええ。お母さんにとっては、それが一番の元気の素《もと》ですもの」

生田目はちょっと笑って、

「コーヒーをいれてくれるか」

と言った。

「ええ、今すぐ」

生田目はソファに身を沈めて、しばらく動けなかった。

「——はい」

礼子がコーヒーカップを置くと、生田目は思い出して、

「悪かった。体は大丈夫なのか」

「ええ。時々吐き気はするけど。お父さんのことが心配だったせいもあったのよ。今は何ともない」

「そうか。——大事にしろ」

と、生田目は言って、コーヒーをゆっくりと飲んだ。

「ごめんなさい」

「何を謝ってるんだ？」

「お父さん、大切な人を失ったのよね。私たち、お父さんのことばかり心配して、つい忘れかけてたわ」

「ありがとう」

生田目は、礼子の手を取って、軽く握った。

「伸子さんだけでなく、お腹の子も……」

「ああ。——大切な二人を失った。何だか俺の体の半分くらいがポッカリ空洞になったようだ」

「ずっと一人でいたの？」

「途中から、井筒が舞い込んで来たがな」

「どうなったの、あの人？」

「分らん。西山が連れて行ったが……。ニュースで流れたか？」

「逮捕された、って？　まだ見てないわ」

「そうか……。お前、亭主はどうした」

「取材でほとんど帰って来ないの。連絡もない」

「忙しいだけならいいがな」

生田目はリモコンを手に取ると、TVを点けた。――まだニュースの時間ではない。

生田目はチャンネルを変えて、BGMと共に、ヨーロッパの風景がただ映し出されている映像を出すと、

「今は、こういう絵がいい。何も考えなくて済む」

と言った。

「休んで。もう若くないのよ」

「ああ。――伸子が死んで、十年も年齢《とし》を取ったようだ」

と、生田目は言った。

「お腹、空いてる？　何か作りましょうか」

「いや、今は別に――」

と言いかけたとき、TVの画面が突然変って、アナウンサーの姿が映し出された。

「ニュースをお伝えします」

と、アナウンサーは言った。「警察庁の発表によると、殺人容疑で指名手配中だった井筒竜一容疑者を松本市郊外で発見、井筒容疑者が発砲したため、やむを得ず射殺したとのことです」

生田目は目を見開いて、じっとTVの画面を見つめていた。

「お父さん。西山さんが連れて行ったって……」

「そうだ。しかし、抵抗して射殺されたことにしたんだ。――やったのか。あれほど言ったのに……」

生田目は青ざめていた。

「じゃあ……殺されたのね」

と、礼子は言った。

生田目は何も言わずにTVを消した。

「お父さん――」

「少し横になる」

と、生田目は言って、立ち上ると、一瞬ふらついた。

「大丈夫？」

礼子が急いで支える。生田目はすぐに首を振って、

「平気だ。心配するな」

と言うと、居間を出て行った。

その後ろ姿に、礼子は父の思いを読み取っていた。

父は、井筒の死そのことよりも、自分の意向が無視されたことにショックを受けていたのだ。

もう、自分の言葉が検察の決定に何の影響力も持たないことを思い知らされて、まるで足下の大地が崩れていくような無力感を覚えたのだ……。

「礼子」

廊下から、父の声がした。「誰から電話があっても、取り次ぐな」

「――分ったわ」

父のケータイは、居間のテーブルに置かれたままだった。


「歩ける？」

亜紀の言葉に、永沢浩介は小さく何度も肯いた。

「じゃ、私の肩につかまって。――足下に気を付けてね」

検察局の建物を出ると、亜紀はタクシーを停めようと左右を見た。

少し離れた所に、空車のタクシーが停っていて、亜紀が手を上げると、すぐにやって来た。

父に手を貸して乗せると、自分は反対側へ回ってドアを開けて乗った。

「お願いします」

父の入っている施設への道を説明する。料金はだいぶかかるが、仕方ない。

ともかく、今度のことで、父の体がまたダメージを受けているかもしれないと心配だった。一刻も早く、医者に診せたい。

タクシーが走り出すと、永沢も少し落ちついた様子で、亜紀の手を握った。

「負けないでね、こんなことで」

と、亜紀は言った。「お父さんは闘士だものね」

永沢は口元をちょっと歪めて笑って見せた。

「生田目さんのひと言で、釈放されたのよ」

と、亜紀は言った。「生田目さんは変ったわ。お父さんを大事に、って言ってた」

疲れたのか、永沢は息をついて目を閉じた。

「——眠るといいわ。大分かかるものね」

亜紀は父の手にしっかり自分の手の指を絡めて、自分もシートに身を委ねた。

そう……。お母さんにも知らせなきゃ。お父さんは大丈夫よ、って。

でも――後でいい。向うに着いて、診察してもらってからで……。

そう考えている内、ホッとしたのだろう、亜紀もいつかウトウトしていた。

そして――ガクン、とタイヤがどこかに乗り上げたようなショックで、亜紀は目を覚ました。

「あ……。寝ちゃった」

頭を振って、父を見る。ぐっすり眠っているようだ。

そして、亜紀は異状に気付いた。

「ここは?」

車は見たこともない場所を走っていた。外はもう薄暗く、林の中の道だ。

「あの――」

と言いかけて、愕然とした。

運転席には誰もいなかった! ハンドルが見えない手で操られるように動いている。

自動運転で、どこかセットされた行先へ向っているのだ。――罠だ!

「お父さん! 起きて!」

と、永沢の体を揺さぶった。

永沢は目を開けたが、何が起ったか、すぐには分らないようだった。

「車が勝手に走ってる!」

と、亜紀は言った。

車のコンピューターにセットされた通りに走っているのだ。

車はどこへ向っているのか分らなかった。

スピードが上っている。このままでは……。

亜紀は前の運転席へと、座席の背を乗り越えて頭から突っ込んだ。体が妙な具合にねじれたが、何とか体を起して、運転席につく。

しかし――ハンドルを握っても、亜紀の力では全く動かなかった。道に合せて、ハンドルが勝手に動いている。

ブレーキペダルを踏んでもむだだった。エンジンを切ることもできない。

「――だめだわ！」

と、亜紀は叫んだ。「全然言うことを聞かない！」

そのとき、車の前方の視界が開けた。

海だ。――車は海岸線に沿って走っている。

そして、いきなり車のハンドルが回って、車は急カーブした。亜紀が引っくり返りそうになる。

車は一瞬宙に浮いて、大きくバウンドした。砂浜だ。タイヤが砂を巻き上げ、車は真直ぐ海に向って進んで行った。

「お父さん！」

亜紀は後ろを向こうとしたが、その余裕もなく車は波打ち際に達し、さらに海の中へと入って行った。

「お父さん！」

ドアはロックが外れない。永沢は肘で窓ガラスを突いた。しかし、割るにはほど遠い。

「窓を——ハンマーがあるはずだわ！」

亜紀は足下を探した。

車は海の中をさらに進んで行った。窓の外を、どんどん海水面が上って行く。

「あった！」

窓ガラスを割るための、先端の尖ったハンマーを、足下から取り外すと、体をねじって、後部座席の窓ガラスへ叩きつけた。二度、三度打ちつけると、窓に白くひびが入る。

「お父さん！　水が入って来たら、窓から出て！」

亜紀はそう叫んで、力を込めてハンマーを叩きつけた。

ガラスが割れて、同時に凄い勢いで海水が流れ込んで来た。

「お父さん！」

永沢が亜紀に向って唸《うな》った。先に逃げろ、と言っているのだ。

車の中が水で埋る。亜紀は息を吸って、もう一度前のドアを開けようとした。水が入ったせいか、ロックが外れた。出られる！

車は完全に水没していた。亜紀は車の外へと泳ぎ出た。

永沢は出て来ない。後部座席のガラスの割れた窓から手を入れてロックを外すと、ドアは開いて来た。

お父さん……。

しかし、永沢は息を吸う余裕もなかったらしい。水を飲んでもがくばかりだった。

しっかりして！　浮び上らなきゃ！

亜紀は父の腕をつかんで引張ったが、動かない。足を車のボディにかけ、力一杯引張ると、永沢の体は車からスルリと出た。

車は更に深い海底へと沈んで行った。

亜紀は何とか父の体をつかんで浮び上ろうとしたが、父はそのまま沈んで行きそうになる。

お願い！　頑張って！

しかし、亜紀自身も、もう息が苦しく、限界だった。――お父さん！　一緒に死ぬ？

亜紀は覚悟した。

そのとき、頭上の水が泡立った。そして、力強い手が、亜紀の腕をがっしりとつかんだ……。

激しく咳込んで、亜紀は水を吐いた。

意識を失っていたのか、あの海中からどうしたのか、記憶がない。ともかく今はどこかに横たわっていた。

「水を吐いた。大丈夫でしょう」

と、男の声がした。

亜紀は何度か喘《あえ》ぐように息をして、目を開けた。――いや、目は開いていたが、ぼんやりして何も見えなかったのである。

「分る？」

女性の声がした。寝ている亜紀を覗き込むようにしている。

「父は……」

と言ったが、かすれて、ほとんど声にならない。

「お父様は今、手当を受けてるわ」

と、その女が言った。「大分水を飲んだので、時間がかかるって。でも助かるわ。大丈夫」

亜紀は小さく肯いた。――助かったのだ！

「ここ……」

「病院よ。心配しないで、寝てらっしゃい」

「はい……」

やっと視界がはっきりして来た。

亜紀は、女の顔をじっと見ていたが、

「あなたは……」

「見える？」

「どなたでしたっけ……」

女が亜紀の手を握った。

「可哀そうに。手も冷え切ってるわ」

と、女は亜紀の手をさすった。

「あなたは……確か……」

「ええ、私、棚原しずかよ」

と、女は言った。

棚原しずか……。父が愛した女性。

「生きてたんですか……」

「この通り」

と、棚原しずかは肯いて言った。「あなた方を助けられて良かったわ」

「どうして……」

とだけ、亜紀は言った。

訊きたいことがいくつもあった。なぜ、永沢と亜紀を助けたのか。その理由。

そして、あの状況の中、二人の車をどうやって見付けたのか。海に沈もうとしていた
二人を、どうやって引き上げたのか……。

どうして、とは言ったものの、今の亜紀は話を充分理解できる状態ではなかった。

「すみません……」

亜紀はやっと言った。「お礼を……言ってませんでした。ありがとうございました
……」

「いいのよ」

と、しずかは言った。「話したいことは色々あるけど、今は休んで。回復してから話
しましょう」

「はい……」

亜紀は小さく肯いた。「あの……。ただ……母には……」

「ああ、そうね。でも、ここへはおいでにならない方がいいわ。ご無事だということは
お伝えしておくから」

「お願いします……」

確かに、車を海へ沈めたのは、永沢と亜紀を殺すためだったのだろうから、二人がここで生きていることは知られない方がいいのかもしれない。母が駆けつけて来たら、ここにいることが知られてしまう。

「病室へ運びます」

と、声がして、寝ているベッドがそのまま動き出した。

「——どうですか」

と、男の声がした。

「ええ、大丈夫」

と、しずかは言って、「亜紀さん。——この人が、あなたとお父さんを助けたの」

その男は、がっしりとした体格の、若い男だった。トレーナーのようなものを着ている。

「服が濡れたんで、これを借りてるの」

と、しずかは言った。

「ありがとう……ございました……」

この逞しい腕がなければ、大人二人を海面へ引張り上げることなど不可能だったろう。

「いや、あなたは軽かったです」

男は少し照れたように言った。

亜紀は微笑んだ。――生きている、と実感した。

ああ！　私は生きている！

「もしもし、姉さん？」

と、健司は言った。「連絡、ついた？」

礼子は少し黙っていたが、

「西山さんに電話したわ」

と言った。

「それで？」

「確かに、永沢浩介さんは釈放されて、亜紀さんが迎えに来たって」

「でも、施設に戻ってないんだ」

「そう言ったわ。そしたら、西山さん、『二人は行方をくらましたようだ』って」

「そんな……」

と、健司は一瞬絶句して、「――父親は病気なんだよ。施設に戻るしかないじゃないか」

「分ってるけど、ああ言われたら、こちらも……」

「ごめん。姉さんに当るつもりじゃなかったんだ」

「心配なのは分るわ」

と、礼子は言った。「今、どこにいるの？」

「大学の近くだよ。彼女が働いてた弁当屋へ行ってみる。むだだと思うけど」

「私も、お父さんが下りて来たら訊いてみるわ」

「頼むよ。——父さん、どんな風？」

「たまにフラッと居間に入って来るけど、話しかけても返事してくれないの。またすぐ部屋へ戻っちゃう」

「じゃ、僕はともかく心当りをもう少し捜してから帰るよ」

「分ったわ。気を付けてね」

通話を切ってから、礼子は、どうして今「気を付けて」なんて言ったんだろう、と思った。

健司は別に危険な場所にいるわけではない。しかし、何となく、「気を付けて」という言葉が出ていたのだ。

ケータイを手に居間に戻った礼子は、父がソファにかけているのを見て、びっくりした。

「お父さん！　いつ来たの？　気が付かなかった」

「コーヒーが飲みたくなってな」

と、生田目は言った。

「すぐ淹れるわ」

礼子はコーヒーメーカーを手早くセットして、スイッチを押すと、居間へ戻って、

「少し待ってね」

と言った。

「電話で話してたのは健司か」

「ええ」

礼子は、永沢父娘《おやこ》の行方が分らないことを話した。生田目は肯いて、

「そうか」

と言った。

「分ってたの？」

「いや、そうじゃない」

と、首を振って、「ただ――あり得ることだと思っただけさ」

「あり得るって……」

「健司には可哀そうだが、おそらく二人とも生きてはいまい」

「お父さん……」

「上の方で、何かの『決定』が出たんだ。すべてを一旦リセットして、何もなかったこ

とにしよう、と」

「どういう意味？」

「だから井筒も殺された。永沢も、娘の亜紀も、そして湯浅……。おそらく、我々と係ったすべての人間が抹殺されるだろう……」

「私たちも？」

礼子の問いに、生田目はすぐには答えなかった。

「お父さん……」

「――あり得る」

と、コーヒーを飲んでから生田目は言った。

礼子は表情をこわばらせて、

「私、子供が生まれるのよ。この子まで死なせたくないわ」

と、お腹に手を当てた。

「そんなことにはさせたくない」

と、生田目は肯いて、「出かけて来る」

と立ち上った。

「どこへ？」

生田目は答えずに居間を出ようとして、足を止めると、礼子に背を向けたまま、

「礼子」

「はい」

「俺の身に何かあっても、犯人を捜そうとか、仕返ししようとか思うな」

「お父さん」

「俺だけで済めば、幸運だったと思え」

「そんな……」

生田目はそのまま居間を出て行った。

38　リセット

エレベーターの扉が開くと、ダラリとコートをはおった男が二人、降りて来た。

ナースステーションは、深夜のことで看護師が二人しかいなかった。

「ご用ですか？」

と、一人が男たちに声をかけた。

「二人だけか」

「え？」

「向うへ行ってろ」

一人の男がコートを少し開いて見せた。黒光りする銃身が覗いて、看護師たちはあわててその場を離れた。

「この先だ」

と、もう一人が促す。

病室のドアの前で足を止めると、名札を確かめ、

「〈工藤充《たかし》〉だな」

「ここでいい」

ドアを開ける。消灯時間はとっくに過ぎているので、中は薄暗かった。

それでも常夜灯が点いているので、ベッドの盛り上りは分った。

「片付けよう」

一人がコートの下から銃身を切った散弾銃を取り出すと、ベッドに向けて引金を引いた。下腹に響く銃声と共に、掛け布団や羽毛が飛び散り、更に血がパッと散った。

「頭だ」

もう一発が頭を吹き飛ばした。

「よし、帰ろう」

二人は工藤の病室を出た。

ナースステーションの前を通るとき、一人が置いてあったクッキーをつまんで口に入

れた。

「ちょっとしけってるな」

と、首を振る。

二人がエレベーターへと消えると、看護師二人が恐る恐るカウンターの下から顔を出した。

「――大丈夫？」

「みたいよ……」

一人が内線電話を取って、震える手でボタンを押した。

「――あの、丸山《まるやま》先生ですか。今、銃を持った人が二人。――はい、もう行きました」

少ししてやって来たのは、工藤の手術をした若い医師だった。

「銃声がしました」

と、看護師が言った。「中は――覗いてませんけど」

「分った。銃声は何度？」

「二度でした」

丸山医師は固い表情で、工藤の病室のドアを開けると、明りを点けた。

ついて来た看護師が、

「キャッ！」

と、悲鳴を上げて、廊下にうずくまってしまった。

「こいつはひどい」

と、丸山医師が顔をしかめて、「当分使えないな、ここは」

「先生……。頭が……」

「うん。散弾銃だろう。頭が丸ごと吹っ飛んでる」

「でも……」

「却って都合がいい。工藤さんが殺されたことにできる」

丸山医師と看護師長などが話し合って、工藤を別の病室へ移し、代りに身許不明の死体をベッドに寝かせておいたのだ。

「どうしましょう」

「警察への連絡は少し待て。怖くて通報できなかったと言えば、誰もふしぎに思わない」

「はい」

「今夜の夜勤の名前をパソコンから消しとけ。万一、分ったときに調べに来るかもしれない」

「消してしまっていいんですか？」

「ソフトの不具合で、今週分が消えてしまったということにしよう。よくあることだ」

「分りました」

ホッとした様子で、「丸山先生……」

「何だ？」

「カッコイイです！」

丸山医師は、ちょっと呆気に取られて、それから笑った。


「――もしもし」

「どうした？」

「工藤は片付けました」

「今度は確実に殺したろうな」

「頭が失くなっていますから……」

「そうか」

中垣は、ちょっと複雑な表情で、「まあ、仕方ないな。可哀そうだったが……」

「あの――工藤のケータイの件はどうしましょう」

「そうだな……」

中垣は少し迷ったが、「大方、現場を片付けたときに捨てられたんだろう。電源が入ってれば探せたが、それもなかった。心配いらない」

「分りました」

「顔を見られたか？」

「看護師が二人。まず大丈夫でしょう」

「ああ。そこまで殺していたら、どうしても問題になる。証言はしないさ。放ってお
け」

「はい」

「それよりも、監視カメラの映像だ。地元の警察に言って没収させるが、誰かに撮られ
たりしてないだろうな」

「大丈夫です」

「よし。ご苦労だった」

「銃はどうしましょう？」

「自宅に持っていろ。ほとぼりがさめたら、武器庫へ返しておけばいい」

「分りました。――少し二人で飲んで帰っていいですか」

「銃を家に置いてからにしろよ」

と、中垣は言って、「気が重いだろう。休暇を取れ」

「ありがとうございます」

中垣はケータイの通話を切った。

署には他に誰も残っていなかった。

「――工藤、すまんな」

と呟くと、中垣は立ち上がった。

夜の町へフラリと出ると、中垣もどこか飲める所を探して歩き出した……。


「通じない」

と、健司は諦めてケータイを切った。

「健司――」

「何かあったんだ。永沢浩介さんと彼女に」

礼子は、居間のソファにかけて、

「少し寝なさい。疲れてるわ」

「眠れやしないよ」

と、健司は突き放すように言った。

「心配なのは分るけど……」

「父さんが言った通り、もう生きてないんだ、きっと」

健司はうずくまるように頭を抱えた。

「お父さんも帰って来ないわね」

「うん……。母さんはよく呑気にしてられるな」

健司は、母がデパートの袋を両手にさげて帰って来たのを見て、つかみかかりそうになった。礼子がそれを止めたのだった。

「お母さんも、お母さんなりに心配してるのよ。ただ、見たくないものには目をふさぐ。あんただって、お母さんの性格、知ってるじゃないの」

「まあね……」

母を責めても仕方ないことは分っている。しかし、今の健司には、やり場のない苛立ちを、他にぶつけられなかったのである。

「——健司」

「姉さんこそ、体にさわるぜ。寝た方がいいよ」

と、健司は立ち上ると、「部屋にいる。起きてるけどね」

「分ったわ」

礼子も、それ以上は言わなかった。

——健司は自分の部屋に入ると、机に向って、パソコンの電源を入れた。

パソコンを立ち上げたからといって、何をするでもない。健司は新しいニュースなどを見ていたが——。

まさか、亜紀からパソコンの方へメールが来ていることは……。

やはり、来ていない。当然だ。ケータイさえつながらないのに、パソコンなんて……。

新しいメールが数件届いていた。大学からの連絡。

〈寄付のお願い〉だって？　健司は笑ってしまいそうになった。

今は何でもメールだ。

「手抜きだよな……」

と呟く。

一つ、あの弁護士の娘、ジュリアからのメールがあった。

そうだった。父親に頼んでくれと言っておいて、その後、「解決した」とだけケータイへメールして済ませていた。

ちゃんとお礼言わないとな。――ジュリアはたまたまパソコンをいじっていたのだろう。

〈ケンジ。永沢さんたち、大丈夫だった？〉

と、メールは始まっていた。〈私、たまたま父と待ち合せてて、検察局の前を通ってたら、永沢さんと娘さんがタクシーに乗るとこ、見かけたよ。永沢さんのお父さんの顔は知ってるから分った〉

「何だって？」

と、健司は呟いた。「タクシーに？」

〈永沢さん、かなり体が不自由みたいね。あんな人、連行するなんてひどい！〉

健司は、ケータイを手に取ると、ジュリアへかけた。

「――ジュリア？　遅くにごめん。今、パソコンのメールを見たんだ」

健司は、永沢と亜紀の行方が分らないことを話した。

「タクシーに乗ったんだね」

「ええ、見たわ」

「どこのタクシーだった？」

「ええと……。〈Sタクシー〉だった。うちの父がよく電話で呼ぶから」

「〈Sタクシー〉か……」

もちろん、都内だけでも沢山走っているだろう。いちいち問い合せても返事してもらえるとは思えないが……。

「でも、タクシー会社の方に記録があるんじゃない？」

と、ジュリアが言った。

「うん。訊いてみるよ」

といっても、どこへ訊けばいいのか――。

「待って」

と、ジュリアが言った。「もし――永沢さんたちがさらわれるかどうかしたんだとしたら、当然そのタクシーの記録は消されてるわね」

「そうだろうな」

「ね、ケンジ。ツイッターで呼びかけてみたら？」

「え？」

「誰でもいいから、〈Sタクシー〉で、体の不自由な父親と娘の乗ってるのを見かけませんでしたか、って。――関係ない情報ももちろんあるだろうけど、もしかしたら、どこかで見た人がいるかもしれない」

健司はジュリアの言葉を聞いて、恥ずかしいと思った。二人とも死んでると思い込んで、捜す努力をしなかった自分が、恥ずかしかった。

「ありがとう。やってみるよ」

「ね？　私も協力する。父のフェイスブックはともかく幅広いの。二人の消息を、噂でも耳にした人がいないか、書き込んでみる」

「ジュリア……。嬉しいよ」

「無事だといいね」

「うん。――きっと無事だ。そんな気がして来た」

「そうよ。諦めないで。頑張りましょ」

健司は通話を切ると、目にたまった涙を拭った。そして、

「見付けてやる」

と呟くと、椅子に座り直して、パソコンに向った……。


「——健司」

礼子がそっとドアを開けて、「まだ起きてたの?」

「姉さん、見ろよ、これ」

と、健司はパソコンの画面から少し離れて姉を促した。

「なあに、これ?」

健司の説明を聞いて、礼子も感心した様子で、

「そんなやり方もあったのね」

と言った。「情報はあった?」

「いくつも来てるよ。もちろん、ほとんどは全然別のタクシー会社だったりしてるけど、みんなが気にしてくれているのが……」

「本当ね」

「これ、一つ気になるのがあったんだ」

と、健司はマウスを動かした。

「車が海へ?」

「うん。タクシーらしかったって。海の中へ真直ぐ入ってったっていうんだ。おかしいだろ？」

「そうね。どの辺の話？」

「車なら、都心から二時間くらいかな。時間的にも合ってる」

「でも、車ごと海の中へ、って……」

「この情報、ツイートしてくれた人も車の中から見たらしいんだ。すぐ警察へ連絡したって」

「じゃ、警察に問い合せてみる？」

「でも、車が海に突っ込んで行くなんて、そんなことがあったら、当然ニュースになるだろ？」

「ああ……。そうね。ネットに出てる？」

「全然。——もしかすると、公表しないように言われてるのかもしれない。そう思わない？」

「もし、そのタクシーがそうだとすればね。——どうする？」

「そこへ行ってみるよ」

と、健司は言った。「たとえ関係なかったとしても、何もしないでいるよりいい」

「健司……」

礼子は弟の頭に手を置いて、「大人になったのね」

「子供扱いしないでよ。姉さんの車、借りていい？」

「いいけど……。でも、どう思う？　この家も見張られてるかもしれない」

「そうか……」

健司は考え込んだ。

「ね、こうしましょう」

と、礼子は言った……。


ほぼ一時間して、礼子は家を出ると、自分の小型車に乗り込んだ。

礼子の車が静かに走り始める。――すると小さな曲り角の中に隠れていた車が、少し間を空けて礼子の車を追って行った。

健司は、窓の所に立って、その車が見えなくなると、

「やっぱりか……」

と呟いて、ケータイを取り出した。

「――もしもし」

「ジュリア、家の前につけてくれ」

「分った」

健司は家の玄関を出た。

可愛いピンクの小型車がやって来た。

「ジュリア、すまないね」

「いいえ」

と、ジュリアは車に乗ったまま、「助手席に乗って。私が運転するわ」

「え？　でも――」

「途中で替って。あんまり遠くまで乗ることないの」

本当は車だけ借りて、ジュリアには健司の家で待っていてもらうつもりだった。

「いいの？」

「一応弁護士の娘よ。真相を知りたい」

「分った。じゃ、頼むよ」

健司が助手席に座ると、すぐ車は走り出した。

「もし、その海へ突っ込んだ車が、永沢さんたちを乗せたタクシーだったら……」

と、健司は言った。

「事故じゃないわよね。誰かが故意にやったとしか……」

「リセット」

と、健司が言うと、

「今の政府が、うちの親父を始め、色々問題を起した人間たちをまとめて片付けようとしてるのかもしれない」

「何、それ？」

「それって……」

「井筒も殺されただろ」

「ええ、ニュースで見たわ」

健司は父の話を教えてやった。ジュリアは唖然として、

「——そんなひどいこと！　政権の都合で人を殺すの？」

「だから、親父も僕も、もしかしたらそのリストに入ってるかもしれないんだ。特に僕は永沢亜紀と付合ってるし」

「ケンジ……」

「ジュリア。君、巻き添えを食うかもしれない。帰った方がいいよ」

ジュリアは微笑んで、

「私、食うことなら何でも好きなの」

と言った。「これでも弁護士の娘ですからね」

健司も笑って、それ以上何も言わなかった。

「じき、夜が明けて来るわ」

車を走らせながら、ジュリアは言った。

39　絆の証し

明るくなった海岸に、その車の跡ははっきりと残っていた。

健司とジュリアは車を降りて砂浜へと足を踏み入れた。

「タイヤの跡が」

と、ジュリアが言った。

「昨日は夕方雨が降ったからな」

砂地が濡れていて、タイヤの跡がはっきり分る。

「写真撮っといた方がいいわ」

「そうだな」

砂が乾けば、跡は消えてしまうだろう。健司はケータイで何枚か写真を撮って、

「これをネットに流そう」

「そうね。あちこちに広がって行けば、なかったことにできないわ」

「それにしても、真直ぐ海へ入って行ってるな。運転手はどうしたんだろう？」

「分らないわ。でも、わざとやったのは確かよ」

健司は波打ち際まで歩いて行った。

亜紀……。やはり車ごと海の底なんだろうか。

「海へ入ってみるよ」

と、健司は言った。

「無理よ！」

「もしかしたら、二人がまだ車の中にいるかもしれない」

「ケンジ――」

「分ってるさ！　そんなこと、ありっこないって。でも、ここでじっと待っちゃいられないんだ」

「でも、いけないわ。こんな寒いときに」

明るさが増して、砂浜が白く浮び上って見えた。

「――ケンジ」

「車は大きいから、見付けるのは難しくないよ」

「ちょっと！　あっちを見て！」

と、ジュリアは健司の腕をつかんだ。

明るくなった砂浜に、二人のいる所から二、三十メートル離れて、別の跡がついているのが見えたのである。

二人はそこへ駆け寄ると、

「ね、何かを引きずった跡だわ」

と、ジュリアが言った。「それも一つじゃない」

足跡も入り乱れている。

「──これって、もしかしたら……」

「亜紀たちが助けられたかもしれない」

「ね？　そう思うでしょ」

こんなにうまく見付かるだろうか？　しかし、誰か、車が海へ入って行くのを見た人間がいたとしたら……。

「この近くに……」

「病院だ。近くの病院を捜そう！」

「そうしましょう」

二人は車の方へと駆け出した。

生田目重治は、大分明るくなった町の通りを歩いていた。

西山に会いたかったのだが、連絡がつかなかったのだ。──朝になるのを待つしかない。

ふと思い立って、伊丹伸子と暮したマンションへ向っていた。

考えてみれば、伸子が殺されてから、ほとんど戻っていない。

近くまで来たとき、けたたましいサイレンが聞こえて来た。――消防車だ。それも一台二台ではない。

「何ごとだ？」

生田目は道の端へ寄った。消防車が走り抜けて行く。そして、生田目は少し先に黒煙が上っているのを見た。

足取りを速めて、マンションが見える所まで来ると――。建物を見上げた。

ベランダから激しく炎が吹き出している。あれは――俺たちの部屋だ！

消防士が忙しく駆け回っていた。

「住人を避難させろ！」

「あの部屋に人はいるのか！」

という怒鳴り声。

奇妙だ。人がいないはずの部屋から、なぜ火が出たのか？

マンションの中から、寝衣《ねまき》姿の住人が続々と出て来る。生田目は少し離れた。

さらに消防車がやって来た。

あの燃え方は普通ではない。おそらく誰かが火をつけたのだろう。

消防士が懸命に働いて、火は他の部屋に燃え移らずに済みそうだった。

パジャマやネグリジェ姿で逃げ出して来た住人たちは、寒そうに震えている。

ここにいても仕方ない。――生田目は、マンションを後に、歩き出した。

あの炎の勢いでは、何も燃え残っていないだろう。伸子の物も、すべて燃えてしまったことだろうと思うと、胸が痛んだ。

生田目は足を止めた。マンションから通り二つほどの道の端に、一台の車が停っていたのだ。

長年の勘で、生田目はそれが警察関係の車だと見抜いた。男が一人、車の外に立って、マンションの方を眺めている。中にもう一人乗っている。

気付かれないように、一旦行き過ぎてからそっと車の方へと戻った。

外に立った男は、車にもたれてケータイを使っていた。

「――ええ、派手に燃えてます。今、消防車が何台も来て、大騒ぎになっていますよ」

愉快そうな口調だった。

生田目の中に怒りがこみ上げて来た。――伸子と二人の暮し。長くはなかったが、それまでの自分が知らなかった生活。

その証しのすべてが燃えてしまったのだ。それを、こいつは楽しそうにしゃべっている……。

「はい、今から引き上げます。——え？　——いや、火をつけるってのは、なかなか面白いもんですよ」

と、男は笑った。

「おい！」

生田目はつい怒鳴っていた。

男は突然背後から声をかけられてびっくりしたのだろう。あわてて振り向きざま、拳銃を抜いていた。

しかし、左手で持っていたケータイを取り落として、急いで拾おうと身をかがめた。

生田目は男を思い切りけとばした。

靴先がみごとに男の顎に当って、男はその場に引っくり返った。足下に拳銃が落ちる。

生田目はそれを拾い上げた。

車の中の男は何が起ったか分らなかったようで、運転席のドアを開けて車を出た。

生田目が真直ぐに伸した手に拳銃を握って突きつけると、男は、

「撃たないで！」

と、両手を上げた。

「生田目だ」

「——え？」

「誰の命令で火をつけた!」

と、鋭く問いかけた。

「あの……上の方からの……」

「名前を訊いてるんだ」

「それは……」

「死にたいのか!」

生田目の声の迫力に圧倒されたのか、男はあわてて、

「私はただ命令されただけで……」

「誰の命令だ?」

「課長に言われて――」

「嘘をつくな! 今、こいつが話していたのは課長なんかじゃあるまい」

「それは――その――」

と、口ごもって、「報告しろと言われていたので……」

「だから誰に報告したんだ!」

「あの……検事です。西山検事さんです」

生田目は肯いて、

「早くそう言えば良かったんだ」

と、銃口を下げた。

生田目にけられて倒れていた男が呻き声を上げて身動きした。生田目がそっちへ目をやると、もう一人が拳銃を抜いて、

「銃を捨てろ！」

と、怒鳴った。

「馬鹿め」

と、生田目は苦笑して、「生田目重治を殺すというのか？　命令されてるのか？」

「そうじゃないが……」

「俺を撃てば、お前の人生は終りだぞ」

落ちついた生田目の口調に、相手はひるんだ。

「ともかく――銃を捨てろ！」

声が震えている。

「車を借りるぞ」

生田目は車の運転席の方へ回った。――目の前に銃口がある。

「近寄るな！」

「お前に近寄ってるんじゃない。車にだ」

「車はやらない！」

「じゃ撃つか？　早く撃て」

頭に血が上っていたのだろう。男は引金を引いたのである。

生田目もすぐ撃ち返した。それは反射的な行動だったが、落ちついている分、狙いは確かで、相手は肩を押えてうずくまった。

「ついでに銃も借りて行く」

生田目はそう言うと、車に乗り込んだ。

さらに新しい消防車がやって来るのとすれ違いながら、生田目は車を走らせた。

バックミラーに、まだ炎を上げているマンションがチラッと映った。

「伸子……」

と、生田目は呟いた。


咳込んで、亜紀は胸の痛みで目が覚めた。

水を吐いたとはいえ、肺にまだ水が少し残っているのだろう。痛みが消えない。

それでも薬のせいか、ウトウトと眠ったり起きたりをくり返していた。

目を開けると、病室は明るくなっていた。——朝になっているようだ。

でも、視界はぼやけて、何の形もはっきり見えなかった。——人がいる？

誰かの姿が、黒い塊になって見えていた。

「亜紀……」

という声が聞こえた。

え？ ――健司の声？

空耳だろうか。幻聴か。

「亜紀。――大丈夫か」

本当に？　健司なの？

「健……司」

かすれた声しか出なかった。

視界がうっすらと晴れて来て、それが確かに人の形になった。

「気が付いた？」

やっと、亜紀は言った。「本当に……」

「どうして？」

「ここにいるよ」

健司の手が、亜紀の手を握りしめた。――本当だ！　健司がいる！

「来てくれたのね……」

何度か瞬《まばた》きすると、健司の顔が見分けられた。

「良かった！」

と、健司は息を吐いた。「捜したよ」

「ありがとう……」

亜紀は、まだ嬉しいという感情を伴わないままに言った。「父は……」

「お父さんも大丈夫だ。ただ、弱っているんで、集中治療室にいるよ」

「そう……」

小さく肯く。「ああ……。やっと顔がはっきり見えた」

「うん。安心したろ？」

「そうね……。少し太った？」

と、亜紀は言った。

――健司は、亜紀を捜し当てた事情を話して、

「この辺の病院を回ったんだ。ここが六軒目だったよ」

と言った。「ジュリアにも助けてもらった」

「でも――危なくないの？　あなた、見張られてるでしょ」

「ジュリアの車だし、それにもうジュリアは先に帰って行ったよ。――君とお父さんはまだきっと死んだと思われてるさ」

「こんなことって……あるのね」

と、亜紀は天井へ目をやって、「あの人に会った？」

「棚原しずか？　うん、会ったよ。君の命の恩人だな」

と、健司は言った。

「でも……ふしぎだわ。あのタクシーが海に突っ込んで、どうしてすぐに助けに来てくれたのかしら……」

「君とお父さんを水の中から引張り上げた人——山名《やまな》っていうんだ。棚原さんの秘書のような人らしい。元は柔道家だったって」

「そう……。そんな体格をしてたわ」

「それだけじゃなくて、コンピューターのプロでもあるんだって。検察局のコンピューターに侵入して、情報を見ている内に、君たちの乗ったタクシーに自動運転がプログラムされているのを知って、危ないと思ったんだ。それで棚原さんと二人で、タクシーの行先を突き止めて、急いであの海岸へ行った。タクシーが海へ入って行くのを見て、ほんの少し遅れて、山名って人が海へ飛び込んで、君とお父さんを引張り上げた。そしてこの病院へ運んで来たんだよ」

健司の話に、亜紀は小さく肯いた。

「そうだったの……。でも、よく分らないけど」

「僕も実はよく分らないよ」

と、健司は微笑んで、「でも、ともかく君が助かったってことは分る。それがどんなにすばらしいことかもね」

「ええ……。私にも分るわ。あなたがどんなに優しい人か、ってことも」

二人の手がしっかりと組み合う。

「――ただ、いずれ君とお父さんが生きてることは知られるだろう。僕が君たちを捜すためにツイッターで呼びかけたからね」

「用心してね」

「親父は――覚悟して出かけて行ったそうだよ」

「どこへ？」

「分らない。――分らないけど、もう戻って来ないかもしれない」

と、健司は言って、握る手に力をこめた。

「生田目さんが？　刑事を撃った？」

西山検事は思わず声を上ずらせて、電話の前で立ち上っていた。「――それで、どうしたんだ」

向うの話に耳を傾けると、

「分った。――こっちでも捜してみよう」

西山は受話器を置いた。

「どうしたんです？」

と、村井が訊いた。

「困ったよ」

西山は眉を寄せて、「マンションに火をつけたのはいいが、生田目さんが来合せたらしい」

「そんなことが……」

「刑事が生田目さんに撃たれて負傷したらしい」

「で、生田目さんは……」

「警察車で姿を消した。――まさか、こんなことになるとはな」

「どうします」

「生田目さんの家の監視の人間をふやそう」

検察局は静かだった。

西山は疲れていた。欠伸をして、部屋を出ると、廊下の奥のトイレに入った。用を足してから、手を洗い、冷たい水で顔を洗った。

ほんの一瞬だが、目が覚める。しかし、長くは続かないことを、西山自身、承知していた。

ペーパータオルを取って顔を拭いた西山は鏡を見て、愕然とした。そこに、生田目が映っていたからだ。

「騒ぐなよ」

と、生田目は言った。「何もしない。心配するな」

西山は深く息をつくと、

「さっき電話が……」

と言った。

「あのマンションに火をつけた馬鹿者からだな。俺が刑事を撃ったと」

「本当ですか」

「本当だ。ただし、向うが先に撃って来たから、撃ち返した。そう言っていたか」

「いいえ」

「だろうな。しかし、本当だ。俺がわけもなく銃の引金を引くと思うか」

「はあ……」

西山は肯いて、「振り向いてもいいですか？」

「誰も、動くなとは言っていない」

西山はゆっくりと振り向いて、

「生田目さん……」

「見ろ」

と、両手を広げて見せて、「銃など持ってない」

「刑事を撃った銃は?」

「捨てた。車の窓からな」

と、生田目は言った。

「本当ですか?」

「疑うなら、調べてみろ」

と、生田目は言った。

「いや……」

「遠慮するな。俺も、そう用心されてたんでは、やりにくくて仕方ない。ちゃんと調べてくれ」

「では……。失礼します」

西山は生田目の体を触って、確かめた。肯いて、

「結構です」

と言うと、「部屋でお話を」

「そうだな。コーヒーを頼んでくれ」

「分りました」

西山が生田目と一緒に部屋へ戻ると、村井が目を丸くした。その村井へ、

「おい、コーヒーを頼んで来い」

と、西山は言いつけた。

「ソファぐらい新しくしろ」

と、生田目は言った。「予算はいくらでもあるだろう」

「いや、生田目さんがお使いになっていたソファを、置いておきたかったんです」

西山が向い合って座ると、生田目は、

「俺は何番目だ」

と言った。

西山が生田目を無言で見つめる。

「永沢浩介と亜紀さんを殺したんだろう。次は誰だ」

と、生田目は訊いた。

「生田目さん。——永沢とあなたは別ですよ。まさか一緒に……」

「今の俺は『危険因子』だ。そうだろう」

「確かに、以前の生田目さんではありません。しかし、それは伊丹伸子さんを失ったショックのせいで、生田目さんの本質が変ったわけではない。——そうでしょう」

「だからマンションに火をつけさせたのか？」

「許して下さい。少しでも早く、亡くなった人のことを忘れていただきたかったんです」

　生田目は西山の言葉を無表情に聞いていたが、

「いずれにしても、俺はもう終りだ」

「生田目さん――」

「俺はお前たちの前から姿を消す。――もちろん、監視を続けるだろうが、好きにしろ。俺はもう表には出ない」

　生田目はそう言って、黙った。

　村井が、近くの喫茶店のウエイトレスを連れて戻って来た。

「いつもの子か」

　生田目は、ここでよくその店のコーヒーを取っていた。ウエイトレスは少し垢抜けないが、真面目そうな子だった。会釈して、

「毎度、どうも……」

と、コーヒーカップを二つ置いて、ポットのコーヒーを注いだ。

「ありがとう。――西山、この店を使ってやれよ」

「はあ……」

　ブラックのまま、ゆっくり飲んで、

「――旨い」

と、生田目は言った。

「ありがとうございます」

と、ウエイトレスが嬉しそうに笑顔になって、「ここへお持ちするときは、いつも新しく淹れ直しているんですよ」

「そうか」

生田目は微笑んで、「後で器を下げに来てくれ」

「はい。ポットの中に、まだ二杯分は入っていますから」

と言って、ウエイトレスは出て行った。

「西山」

「はあ」

「気持のいい子だな」

「そうですね」

「忘れるな」

生田目は西山と村井をゆっくりと見て、「日本を支えているのは、ああいう人たちなんだ。首相でも大臣でも検察官でもない。自分の仕事に誇りを持って、汗水たらして働いている人々なのだ」

西山は無言だった。生田目は続けて、

「俺たちは、ごく一部の人間とつながって、その利益になるように働いている。しかし、あのウエイトレスは、相手が誰だろうと、おいしいコーヒーを出そうと頑張っている。どっちが本当の人の道だ？」

「生田目さん。今さらそんな――」

「青くさい議論と思うか。それは我々の目が曇っているからだ。権力というフィルターを通してしか、どんなに美しい風景も見られなくなっているんだ」

生田目は空になったカップにポットのコーヒーを注いで、

「西山。ＴＶに出る。手配してくれ」

と言った。

「ＴＶに……ですか」

「心配するな。お前が困るような話はしない。ただ、引退に当って、国民に別れの挨拶をするだけだ」

「しかし――」

「夜七時のニュースに、生出演で入れてくれ。一番大勢が見てくれるだろう」

「生出演となると……」

「大丈夫だ。約束は守る。今の体制を批判するようなことは言わない」

「はあ……」

「ひと言でも妙なことを言い出したら、すぐ画面を切り換えればいいだろう。簡単なことだ」

「相談しませんと……」

「では、相談して来い」

と、生田目は言った。「俺はひと眠りする。村井、毛布を持って来てくれ」

「はい」

村井があわてて部屋を出て行く。

「では、しばらくお待ち下さい」

西山はそう言って、ケータイを取り出しながら出て行った。

――村井が毛布を持って来たとき、もう生田目はソファに横になって眠り込んでいた……。

40　別れ

生田目が目を覚ますと、ちょうど西山が入って来たところだった。

「もう何時だ」

「午後の五時を少し過ぎたところです」

「そうか。——よく寝た」

「お疲れですね」

「お前もだろう。目の下にくまができてるぞ」

西山は咳払いして、

「今まで、TV局と都合を合せるのに駆け回っておりまして」

と言った。

「ああ、そうか。それは悪かったな」

生田目はソファに起き上って欠伸すると、「もう生きて目を覚まさないかと思ったよ」

「中には、そうすべきと言った者もいましたよ」

と、西山は苦笑した。

「お前が止めてくれたのか。すまなかったな」

「いえ……。しかし、生田目さん。ご希望通り、TVの生出演をセッティングしましたが、約束は守って下さいよ」

「ああ、心配するな。俺はけじめをつけたいだけだ」

「五時半に車が来ます。TV局までお送りしますから」

「分った」

生田目は顎をなでて、「ひげが伸びたな。シェーバーはあるか」

「私のでよければ、洗面台に」

「借りるぞ」

生田目は伸びをして、化粧室へ入って行った。——もともと、多忙でしばしばここに泊っていたのは生田目である。

少しして、村井が入って来た。

「もう車が下に」

「分った。俺は生田目さんについて行く。お前は先に行って、よくスタジオの中を調べておけ」

「分りました」

十五分ほどして、生田目がさっぱりした顔で出て来た。

「衣裳《いしょう》はどうします？」

「これはちょっとしわになったな、ソファで寝たから」

「向うで用意させましょうか」

「そうしてくれ。ごく平凡な、地味な服でいい」

生田目は窓辺に立って、外を見た。もうすっかり夜になっている。

「行きましょうか」

と、西山が言った。

「うん」

生田目は、散歩にでも出るような気軽な足どりで部屋を出て行った。

健司のケータイに、姉から電話が入ったのは、七時十分ほど前だった。

「姉さん――」

「亜紀さんはどう?」

と、礼子は言った。

「今、眠ってるよ。お父さんが持ち直して、ホッとしたんだろう」

「そう。――あのね、今、TVを見られる?」

「TV?　病室にもあるけど……。何かあったの?」

「七時のニュースの中で、お父さんが挨拶するって予告が」

「親父が?　本人がそう言ったの?」

「予告のテロップが出たの。〈生出演〉とあったわ」

「分った。見るよ」

「うん。お父さんのケータイにかけたけど、出ない」

「何を言う気だろう?」

「分らないわ。挨拶っていうだけで」

「ともかく、聞くよ。亜紀さんも起す」

「また後でね」

健司は、地下の売店の近くにいた。急いで亜紀の病室へ戻ると、亜紀は目を開けていた。

「どうしたの？　逮捕しに来た？」

「そうじゃない」

健司が礼子の話を伝えると、

「じゃ、ＴＶを点けて」

と、亜紀はリモコンの方を指さした。

「うん」

それほど大型ではないが、新しい液晶ＴＶが置いてある。ＴＶを点けると、天気予報をやっていた。後二分で七時だ。

健司はベッドの傍の椅子にかけて、ＴＶに見入った。

七時のニュースが始まり、スポーツの話題が取り上げられた。

「これでいかがですか？」

メイク係の女性が言った。

鏡の中をじっと見て、生田目は肯くと、

「結構だ。五、六歳は若く見えるな」

「もっとですよ。もともと年齢《とし》よりお若いですし」

生田目は笑って、

「お世辞が上手《うま》いね。今度晩飯でも付合ってくれないか」

「まあ、嬉しい」

「そろそろお願いします」

と、ディレクターが呼びに来た。

「うん、行こうか」

西山は少し離れて、生田目を見ていた。西山は少し安堵していた。

生田目は衣裳をここで替えている。ポケットに何か隠すとか、そんなことはないわけだ。

スタジオに入ると、西山は、

「では、私はモニタールームで拝見しています」

「ああ、分った」

生田目は、ちょっと冷やかすように、「心配するな。約束は守る」

と言った。

ＡＤが、

「こちらへ」

と、案内する。「足下にお気を付け下さい」

ＡＤは格別緊張しているようではなかった。ＡＤにとっては、誰だろうが「出演者の一人」に過ぎないのだ。

「ここでお待ち下さい」

と、ＡＤは、少し照明の落ちた辺りで足を止めた。

生田目は、ちょっと背筋を伸して息をついたが――。

「君、ちょっと」

と、ＡＤへ、「トイレに行かせてくれ」

「はあ」

「まだ大丈夫だろ？」

「あと五分くらいあります。そこのドアから出ると、すぐ右手に」

「ありがとう。すぐ戻るよ」

生田目は実際二分ほどで戻って来た。

「――すっきりした」

と、笑顔で、「年齢《とし》を取ると、我慢できなくてね」

「そうですね」

と、ＡＤも一緒に笑って、「――あ、そろそろ椅子の方へ」

スタジオの中に用意された机と椅子。

「急なことで、何もできなくて……」

と、ＡＤが小声で言った。

「いいんだ。ありがとう」

椅子にかけた生田目は、正面のカメラを見た。何か指示があったのか、メイクの女性が駆けて来て、生田目の鼻の頭をちょっとはたいた。

「少し光っていたので」

「ありがとう」

と、生田目は肯いた。

ニュースを読んでいたアナウンサーが、

「ここで、ニュースを一旦中断しまして、元検察庁特別検察官の生田目重治さんより、皆様へのご挨拶があります」

と言った。「皆様よくご存知の通り――」

生田目の業績を簡単にまとめて紹介し、

「このほど、現役、およびすべての公職を辞するに当り、国民の皆様へ、メッセージを寄せたいとのご希望です。では、生田目さん、どうぞ」

正面のカメラが生田目を捉える。

モニターには、口もとに穏やかな笑みを浮かべた生田目が映っていた。

「生田目重治です」

と、静かな口調で、「貴重な時間をいただいて、これまで私が係った人々、またそれ以外の人々すべてに、お別れを告げさせていただきます」

西山はモニタールームで、TV画面の生田目を見ながら、ふと不安になっていた。

「約束は守る」

と、生田目はなぜ、あんなにしつこく言ったのだろう?

「誰しもそうでしょうが」

と、生田目は言った。「私の人生も、後悔ばかりでした。しかし、今日だけは後悔したくないと思います」

生田目は上着の下から拳銃を取り出すと、銃口をこめかみに当て、引金を引いた。

乾いた銃声がして、生田目は机の上にバタッと伏した。血が見る見る広がって行く。

「父さん!」

健司が腰を浮かして、じっとTVを見つめた。

亜紀は毛布を固く握りしめて、

「これ、本当？」

と言っていた。

「画面を切り換えろ！」

「救急車を！」

といった声がして、それでも時間が止ったような数秒間の後、画面は元のアナウンサーに切り換った。

しかし、アナウンサーも呆然としていて、カメラが自分の方へ切り換ったことに、なかなか気付かない。——指示があったのだろう、スタジオ内はあわてて、

「あの——失礼いたしました。今、スタジオ内は混乱しておりまして……」

何か怒鳴る声がして、アナウンサーはあわてて、

「ではここで天気予報を——」

と言った。

バタバタと駆ける足音がスタジオの中に響いている。

「本当なんだ」

と、健司は言った。「初めから、こうするつもりだったんだ」

「生田目さん……」

亜紀はふっと肩を落とした。「私たちが助かったのに……」

「トイレに行った？」

と、西山はADに言った。

「ええ。でも、すぐそこのトイレで、すぐに戻って来ましたよ」

「――そうか」

西山は額の汗を拭った。

生田目は車で検察局へ来る前に、ここへ寄り、ニューススタジオに近いトイレに拳銃を隠しておいたのだ。

「畜生！」

と、西山は呟いた。

「約束は守る」

と、くり返した生田目。

確かに、都合の悪いことは言わなかった。その代り、自ら命を絶つ瞬間を、人々に見せたのだ。

「約束は守ったぞ」

と、どこかで生田目が言っているような気がした。

「救急車が……」

と、ADの一人が駆けて来た。

「むだだ」

と、西山は言った。「助かるわけがない」

「どうしますか？」

「ともかく……運び出さなくてはな」

と、西山は深く息をついて、「遺体を、どこか別の部屋へ移してくれ」

「分りました」

「一応、警察が調べる。あの机と椅子には手をつけるな」

救急隊員がやって来て、生田目の死亡を確認すると、遺体を担架に乗せてスタジオから運び出して行った。

「西山さん」

と、村井がやって来て言った。

まだ血の気の失せた顔をしている。

「どうした」

「他の局が押しかけて来ています。どうしますか」

そうか。当然、取材にやって来る。村井は続けて、

「それと、今の映像がネットで海外に流れています」

と言った。「何か手を打ちますか」

西山は口を開きかけて、やめた。そして少し考えてから、

「今さら止めてもむだだ。もう映像はコピーされて、どんどん広がっている。――他の局の取材も入れてやれ。ただし、まだ警察が来ていない。スタジオの外までだ」

「分りました」

――西山はスタジオを出た。

あの血だまりのできた机と、床に流れ落ちた血を見たくなかった。

廊下に出てからケータイの電源を入れると、何件か着信とメールが来ていた。当然のことだ。

ともかく、まず大臣クラスへの連絡を先にした。手短かに切り上げる。

三人ほどかけたところで、西山はチラッと周囲を見てから、発信した。

「西山さん」

「礼子さん……」

「見ていました。どうしてあんな……」

「分りません。何を考えていらしたのか」

と、西山が言うと、

「そういう意味じゃないんです。父が死を選んだのは分ります。ただ、どうして銃なんか持っていたのか、ということです」

「それは――お話しすると長くなります。今、取材がやって来ていて大変なので。改めてご連絡します」

と、西山は言った。

「分りました」

と、礼子は言った。「父にはいつ会えますか?」

「検死がありますので……。ご連絡します」

「よろしく……」

西山は通話を切って、息をついた。

考えている間もなかった。廊下を小走りにやって来る、取材陣の姿が目に入っていた……。

41 英雄

「大丈夫なの?」

と、亜紀は言った。「お宅に帰らなくていいの」

健司は、亜紀のベッドのそばに座って、今、亜紀にキスしたところだった。

「せっかくいい気持なんだから」

「だけど――」

「姉さんから、家の周りは取材の人でごった返してるから帰って来るな、って言って来てる」

「そう」

「お袋は、姉さんが手配して都内のホテルに泊ってるって。それが一番だろ」

健司は亜紀の手を握って、「親父にも、まだ会えないって。検死が済めば、戻るんだろうけど」

「寂しいわね」

「うん……。でも、親父は自分でよく考えて、ああしたんだと思うから」

「そうね……」

「さすがに、西山さんたちも混乱してるだろう。ここにいることを突き止めるのに、そう時間はかからないと思うけど、今はそれどころじゃないだろう」

健司は、父の死から三日、亜紀の病室に泊り込んでいた。もちろん、まだ生田目重治の突然の死の衝撃はさめていない。

自ら死を選んだ原因については「不明」とされていたが、一部の新聞などには、「若い愛人を失って、精神的に落ち込んでいた」という記事が載った。おそらく、西山たちが意図的にリークしたのだろう、と健司と亜紀は話していた。

生田目の死因が、社会的、あるいは自身の検察官としての行動と言われるのを嫌ってのことだろう。

「これからどうなるのかしらね」

と、亜紀は言った。

「さあ……。たぶん、殺されることはないと思うけど。生きてさえいれば、何とかして生活して行くさ」

亜紀はちょっと笑って、

「呑気ね」

と言った。「普通に食べて行くだけだって、大変なことなのよ」

「そうだな。僕は知らないから……」

そのとき、病室のドアが開いて、

「失礼します」

と、顔なじみの看護師が入って来た。「お客様ですよ」

入って来たのは、何とステッキを突いた永沢浩介だった。

「お父さん！」

亜紀は起き上って、「大丈夫なの？　歩いて……」

返事を待たず、亜紀はベッドから飛び下りるように出ると、父へと走り寄って、しっかり抱きついた。

「良かった……。こんなに元気になるなんて……」

と、亜紀が涙を拭う。「座って。——あ、健司君が泊ってくれてるの」

永沢は健司の手を固く握った。生田目のことを知っているのだと分って、

「どうも」

と、健司は頭を下げた。

「お父さん。——助けてくれた人と会った？」

永沢は肯いて、

「しずか……」

と、口から言葉が洩れた。

「ええ。棚原さんがいなかったら、私たち二人とも海の底だわ」

永沢は、亜紀の肩をしっかりと抱いた。

亜紀は、母のことや、生田目の死についても、詳しく話した。

「——どこかへ身を隠す？」

と、健司が言った。「お父さんもここまで元気になれば……」

「いいえ」

と、亜紀は首を振って、「私は逃げない。どこか人気のない所で、こっそり殺されるより、居場所をはっきりさせて死んだ方がいいわ」

永沢も、それを聞いて肯いた。

「分った」

健司は微笑んで、「それじゃ、こっちからここにいるって公表しようか」

「そこまでしなくても……」

と、亜紀は言いかけたが、「そうね。ネットに投稿して、注目された方がいいかもしれない」

「うん。どうせ、西山たちは近々ここを突き止めるよ。それなら先手を打って、マスコミにも公表した方がいいかもしれない」

と、健司は肯いて、「そうだ。僕がここを見付けるのを手伝ってくれたジュリアのお父さんに連絡して、来てもらおう」

「弁護士さんだったわね」

「ジュリアに連絡してみる。この病院の公衆電話からね」

健司は永沢の方へ、「どう思いますか?」

と訊いた。

永沢は微笑んで、「君に任せる」と言うように肯いて見せた。

健司が病室を出て行こうとすると、

「待って！」

と、亜紀が言った。「その前に――」

「何だい？」

「取って来てほしいものがあるの」

と、亜紀は健司を手招きした。


ちょうど欠伸をしているところだった。

「ああ……。あら」

大谷のぞみはあわてて口を押えて、「失礼しました」

「いえ、すみません」

健司は笑いをこらえて、「大谷のぞみさんですね」

「ええ」

「ここで働いてた永沢亜紀さんに頼まれて来ました」

「あら。亜紀さん、どうしてるんですか？」

「ちょっと事故に遭って入院してるんです」

「まあ！　ちっとも知らなかった」

「ケータイも失くしていて、ここへ連絡できなかったそうです。これを」

と、手紙を差し出す。

「どうも。――亜紀さんの字だわ」

と、のぞみは手紙を読むと、「分りました。上司には、事故に遭ったこと、言っときます。夕方には戻りますから」

「お願いします。それと――」

「ええ、ロッカーの物ね。こっちです」

のぞみが女子のロッカーへと案内する。

「これが亜紀さんの。鍵なんてかかんないから」

「ありがとう。何か手帳を入れっ放しにしたとかで……」

「捜して下さい。後は閉めといてもらえばいいですから」

「すみません」

「あ、電話だわ！」

のぞみがオフィスへ戻って行くと、健司は亜紀のロッカーを開けて、靴入れの敷物をめくった。――あった！

亜紀が隠した工藤刑事――いや、元刑事のケータイだ。

健司はそれをポケットに入れると、ロッカーの扉を閉めた。

「――はい。戻りましたら、間違いなくお電話させます。――どうも」

ちょうどのぞみが電話を切ったところで、「あ、見付かりました？」

「ええ、どうも」

「亜紀さんによろしく言って下さい」

「分りました。こちらへ電話させます」

と、健司は会釈して、オフィスを後にした。

「ありがとう」

亜紀は、健司からケータイを受け取ると、「電池を外してあるから、すぐには見られないわね」

「ともかく、メールやデータを別のところへコピーした方がいい」

と、健司は言った。

「そうね。――やってくれる？」

「途中、ネットカフェに寄って、やって来た」

「まあ」

「中を読む時間はなかったけど、ともかくメールとデータをジュリアのパソコンに送っておいたよ」

「手早いのね」

「僕が得意なのは、それくらいだからね」

と、健司は真顔で言った。

「他には？」

「何かあるかな」

「キスも上手よ」

と、亜紀は言った。

二人の唇が重なったところへ、

「ごめんなさい」

棚原しずかが病室のドアの所に立っていた。

「――棚原さん」

「元気そうになったわね。良かった」

と、しずかはやって来ると、「お父さんは？」

「ええ、もうステッキを突いて歩いています」

「そう！」

「たぶん……突き当りの休憩所に」

「じゃ、行ってみるわ」

と、しずかは言ってから、健司の方へ、「生田目さん、お気の毒だったわね」

「どうも。――覚悟していました」

「これからどうなるのかしらね……」

と、しずかは少し目を伏せて、「何か情報が入ったら知らせるわ」

「お願いします」

と、亜紀は言って、「それと――私たちがここにいること、公表しようかと思いますけど」

「そうね。今なら……。お父さんと話してくるわ」

しずかはそう言って、病室を出て行った……。


「起すな」

と命じたのは西山自身だった。

ケータイも切った。そして自宅へは帰らず、検察局に近いホテルの部屋を取って、ベッドへ潜り込んだのである。

ホテルのフロントにも、

「電話がかかってもつなぐな」

と言ってあった。

それほど疲れていたし、この何日か、ほとんど寝ていない。

夕方から寝入って、目が覚めたのは午前二時ごろだった。——まだ眠れると思ったが、
空腹だったことを思い出して、ルームサービスで深夜メニューのお茶漬を取って食べた。

個人用のケータイで、ある番号へかける。

「西山だ」

「あら、珍しいですね」

と、人当りのいい女の声が聞こえた。

「あの子はいるか」

「貴恵《きえ》ちゃん？　今日はお休みですけど」

「そうか」

「連絡してみましょうか？　きっと西山さんから電話があったって聞いたら、悔しがりますよ」

「まあ……もし起きてて、手が空いてたら、このケータイにかけてくれと……」

「伝えます。今、東京？」

「Rホテルだ。泊ってる」

「分りました」

食べ終えた食器をワゴンにのせて廊下へ出しておく。そこへ、ケータイが鳴った。

「――もしもし」

「西山さん？」

「やあ。起きてたか」

「今、Rホテルって聞いたけど。これから行きましょうか」

西山は少し迷ったが、

「君がここに着く前に、また眠ってしまいそうだよ」

「私が絶対起してあげる」

と、貴恵は言った。「私の魅力でね。何号室？」

――電話だけで、遊ぶ相手を決める。といっても、一応写真は見られる。

西山にとっては、いい息抜きだ。たまたま一度やって来た貴恵は、明るくてカラッとした女の子で、余計な気をつかわずにいられて、楽だった。

実際、貴恵は三十分ほどでやって来ると、さっさと西山の腕の中へ飛び込んで来た。

西山が目を覚ましたのは、もう昼近くだった。貴恵の姿はベッドになく、枕もとにメモがあった。

〈よく眠ってるから起さないわ。規定の料金だけ、札入れからもらってく。また連絡し

てね。貴恵〉

事務的でアッサリしていていい。西山は起き出して、伸びをした。

シャワーを浴びて、西山は部屋を出ようとして、

「家へ帰るか、仕事に行くか、だな」

と、ケータイの電源を入れると、入れたとたんにかかって来た。

村井からだ。

「西山だ」

と出ると、

「良かった！　連絡つかないんで、どうかしたのかと……」

「疲れてたから切っといたんだ。何か急用か？」

「それが――永沢父娘が生きていました」

「何だと？」

「どうやって助かったのか、ネットに出ています。入院中だとかで」

「そうか」

「どうしましょうか」

西山は少し考えていたが、

「ともかく、今は放っておけ。どこの病院か分るか」

「病院の名前も出しています。今ごろ取材の連中が……」

「そうだろうな。分った。一旦家へ帰ってから出る。急いでも仕方ない」

「お宅じゃないんですか」

「後でな」

説明するのも面倒くさい。通話を切ると、

「そうか……。助かったのか」

と呟く。

妙に、楽しかった。それにしても、どうやってあのタクシーから脱け出したのだろう？

またケータイが鳴った。今度はすぐに出た。

「西山です」

と、つい背筋を伸して、「ご心配をかけて申し訳ありません」

しばらく向うの話を聞いていたが、

「――分りました。いえ、私としては、生田目さんにはお世話になりましたし……」

と、西山は言った。

「――分ります。では、すぐに生田目さんの功績を讃《たた》える形で映像をまとめます。そして自殺は、年齢から来るうつによるものだということで、いかがでしょう。――はい、家族にはよく言い含めます。生田目さんが英雄として亡くなったことになれば、生活も保障されますし……」

西山はゆっくり肯いて、「――はい、葬儀は盛大に。イベントにしましょう。あまり先でない方がいいと思います。総理のご予定もありますが、できれば一週間か十日以内ということで。――調整いたします」

西山は通話を切ると、軽く息をついた。

華々しく見送るか、すべてを抹殺するか、そのどちらかしか道がないことは分っていた。

永沢父娘が生きていたとなれば、再び抹殺するのは難しい。

永沢亜紀は、生田目の息子と愛し合っているようだから、恋人を巻き込むような危険はおかすまい。

西山は部屋を出て、ホテルのロビーへ下りて行った。

ホテルの正面玄関へと歩きながら、村井へ電話した。

「今、長官と話した。〈英雄〉の方で行く。準備しろ。――俺のコメントは自分で考える。――うん？　いや、一度帰宅するよ。疲れた！」

それは本音だった。

42　今、階段を上る

「健司、仕度は？」

礼子はドア越しに声をかけた。

「もう少し」

と、返事があった。「五分で行くよ」

「じゃ、下にいるから」

「うん」

礼子は、閉ったドアをちょっと眺めて微笑むと、階段を下りて行った。

「――ネクタイ、曲ってないか？」

と、健司は言った。

「ちょっと直してあげる。――これで大丈夫」

と、亜紀は言った。

「ネクタイなんか、いつもしないから、苦しいや」

と、健司は首の周りに指を入れて引張った。

「せっかくちゃんとしたのに……」

「君はもういいの？」

「ええ。これ以上、着るものないし」

黒いスーツの健司、そして黒のワンピースの亜紀。

「行きましょう」

と、亜紀が促した。「お姉さんを待たせちゃいけないわ」

「うん。でも……」

「何？」

健司が亜紀を引き寄せてキスした。亜紀は逆らわなかったが、

「もう行かないと」

と、健司をたしなめるように言った。「あなたは遺族なんだから」

「うん、分ってる」

今日は生田目重治の告別式である。

二人が健司の部屋を出ようとしたとき、亜紀のケータイが鳴った。

「待って。この番号、知ってるのは……」

亜紀はケータイを手にして、「――もしもし。――まあ、喜多村さん」

そのとき、健司を呼ぶ礼子の声がした。

「健司、電話に出て」

居間の電話が鳴っていた。健司は急いで階段を下りると、駆けつけて、

「――はい、生田目です。――どなた？　――病院ですか」

健司は、仕度をしてやって来た礼子の方を見た。

「誰から？」

「よく分んないけど、病院だって。――もしもし？　生田目健司ですが……」

亜紀と健司は、十分近く、それぞれの電話に聞き入っていた……。


告別式が始まるころには、都内の有名な斎場の周囲は、警官や報道陣がほとんど道をふさいでいた。

交通整理の警官も出て、車の流れを作り、斎場へ入る車を誘導していた。

「――総理は？」

と、西山は中垣刑事に訊いた。

「ほぼ予定通りに到着ということです」

「そうか」

西山は腕時計を見て、「あと二十分だな」

「すぐ帰られますね」

「もちろんだ。その時点で、警備は減らしていい」

「分りました」

よく晴れた日だった。

西山は空を見上げた。——ニュースで、ここの光景が映るにしても、こうしてきれいに晴れていると「美しい」風景になる。どんより曇ったり雨が降っていると、ずいぶん印象が違うものだ。

すでに読経《どきょう》が始まっている。

西山は式場の入口に立って、中の様子を眺めた。

遺族の席には礼子と健司も、そして健司の隣には永沢亜紀も座っている。——今日は人目が多過ぎる。

後で、永沢浩介がどこの病院にいるか、訊いてみよう。むろん調べれば分ることだが、この何日かは多忙を極めて、それどころではなかった。

結局、あの父娘が助かったのは、いいことだったかもしれない。もう永沢は過去の人間ではあったが……。

「西山さん」

と、村井がそばへ来て、「長官がお呼びです」

「長官が？　どこだ」

「奥の控室だそうです。すぐ来てくれと」

「分った。お前は受付を見てろ」

と、村井に言いつけて、西山は一旦式場を出て、外側へ回った。

廊下には、人影がない。読経の声が聞こえていた。

突然、亜紀が西山の行手を遮った。

「──何だね」

「父に手を出さないで下さい」

と、亜紀は言った。

「今、ここでそんな話をされても──」

「とぼけないで」

亜紀は、西山の上着の襟をつかんで、「溺れ死にそうになった苦しさが分る？」

「やめろ！　──俺は知らない」

西山は亜紀の手を払うと、「用がある。後でゆっくり話そう」

「分ったわ」

亜紀は冷ややかに西山を見ると、式場の中へ戻って行った。

西山は肩をすくめて、廊下を急いだ。

控室のドアを開けて、中へ入ると、

「お呼びですか」

と、西山は言った。

長官は、いつも疲れているような男だ。単なる肩書だけで、事実上は西山が今、検察のトップである。

「かけてくれ」

「はあ。――今、告別式の最中なので」

「分ってる」

「総理もみえますし」

「総理のご意志だよ」

「何のことです？」

いつの間にか、村井と中垣刑事が入って来ていた。

「総理は大変お怒りでね。生田目さんのピストル自殺が世界中でニュースになったことで、やはり誰かが責任を取るべきだとおっしゃっている」

「長官。その件はもう――」

西山は言葉を切った。目の前に、中垣が拳銃を置いたのである。

「――何の真似だ？」

「分るだろう」

と、長官が言った。「生田目さんの死の責任を取って、ここで君がピストル自殺する。

誰もふしぎに思わない」

「長官……」

悪い冗談か？　――しかし、西山の顔からすぐに血の気がひいた。

これは本気なのだ。

「――分るだろうが」

と、長官は言った。「君が拒んでも、むだだ。もし君が逃亡したら、君の家族が代りに罪を償うことになる」

「卑怯な……」

「卑怯かね？　君の得意なやり方だろう？」

長官は微笑んだ。

「こんなこと……。誰も納得しません」

西山の声が震えた。

「そうかな？　では、生田目さんの恋人を君が殺した、という筋書はどうだ？　君が横恋慕したことにすれば、筋は通る」

「本気でそんな……」

「むろんだ。事実、彼女を殺させたのは君じゃないか」

「それは上の意向です！　ご承知のはずだ」

「分ってるとも。しかし、今は君が死を選ぶ理由さえあればいい」

西山は、深く寒い闇の中に沈んで行くような気がした。

村井と中垣を見た。——二人の目は無表情で冷たい。

これが俺への報酬か？

中垣のポケットでケータイが鳴った。

「何だ！　今忙しい。——何だと？」

中垣の声が上ずった。そして、

「工藤が……生きていると」

沈黙があった。そして、廊下にバタバタと足音がして、ドアが開くと、西山の部下が飛び込んで来た。

「ここの話が聞こえています！」

と叫んだ。

「何だと？」

長官が当惑して、「どういう意味だ」

「ここでの話が——今、式場にスピーカーから流れています！」

西山はハッとして上着の襟へ手をやった。裏側にマイクが付いている！

では——さっき、亜紀がつかみかかって来たのは、この隠しマイクを付けるためだったのか！

「早く止めろ！」

と、村井が言った。

「止められないんです。電波が外から飛ばしてあって」

「では――この話も聞こえているというのか？」

「おそらく」

「報道陣は――」

「外にも流れています。海外メディアも呼んでいますし、各国大使も何人かみえています」

「誰がそんなことを……」

長官が西山をにらんで、「君がやったのか！」

「私に、こんな状況が分るはずないでしょう」

と、西山は言った。「まだ私に死ねと言いますか？」

「やめろ！」

長官は荒々しく立って椅子を引っくり返すと、控室を出て行った。

「工藤刑事が……」

と、中垣はその方がショックだったようで、そうくり返していた。

「──西山さん」

村井が目を伏せて、「長官の命令で仕方なく……」

「そうは見えなかったぞ」

西山は拳銃をつかんだ。村井がギクリとした。

「今度はお前が使うか？」

西山は拳銃を村井へ押し付けて、控室を出た。

式場は騒然としていた。それはそうだろう。

西山は亜紀と目が合って、小さく会釈した。表では、記者があわてて駆け回っている。

西山はマイクを外すと、亜紀へ渡して、

「どうして分った？」

と訊いた。

「教えてくれた人がいて」

「誰だ？」

「工藤さんですよ。中垣刑事宛てのメールが、工藤さんのケータイにも届いたんです。工藤さんのケータイには、色んな情報が入っていました」

「そうか……」

西山が肯いて、「君に礼を言わなきゃならんな」

「その前に、殺そうとしたお詫びを言って下さい。父に直接」

「──分った」

「ともかく、告別式を無事終らせて下さい。これじゃ生田目さん、成仏できませんよ」

「できるかな」

西山は当惑して立ちすくむお坊さんの方へ目をやった。


ともかく、何とか告別式は終った。

総理は斎場の手前でUターンして、出席しなかった。

斎場の中に火葬場もあるので、遺族の挨拶も抜きにして、自然、告別式は終った。

とりあえず、焼香だけはして行く客がほとんどだった。

斎場の前には、大勢の海外の報道陣がやって来ていて、今は日本の記者より多いくらいだ。

「どうなるのかな」

と、健司が言った。

外で何か人の動きがあった。

「──湯浅だ」

と言ったのは、西山だった。

記者が湯浅を取り囲んでいた。

そして、その人の輪を抜けてやって来たのは、棚原しずかだった。

「君か……」

と、西山は言った。

「生きていられて良かったわね」

と、しずかは言った。

「俺も終りだ」

と、西山は言った。

「そうね。でも、生きてさえいれば、何かいいこともある」

「生きてさえいれば、か……」

健司が亜紀の手を取って、そっと人のいない廊下へと連れ出した。

「──何かが変るかしら」

と、亜紀は言った。

「変らなかったら、変えるしかないよ」

「そうね」

亜紀は微笑んで、「あなたにそう言われちゃいけないわね」

健司は亜紀を抱きしめ、二人の唇はしっかりと重なり合った。

「あの……」

と、声がして、振り向くと、困ったような顔で立っているのは、葬儀社の社員だった。

「すみませんが……。もう片付けていいんでしょうか？」

「そうだ。すみません」

「いえ、いいんですけど……」

「今行きます」

「よろしく」

健司たちは、表に立っていた礼子のところに行って、

「式場、どうしたらいいかって」

「そうか。忘れてたわ。――後はどうすればいいの？」

と、礼子は言った。

「知らないよ、僕」

礼子があわてて式場へと戻って行く。

健司と亜紀も、手をつないで、式場への階段を一緒に上って行った。

エピローグ

「ケンジ！」

元気のいい声が、キャンパスに響いた。

呼ばれた健司は足を止めて、相変らず太った体を揺らしながらやって来るジュリアに手を振って見せた。

「やあ、ジュリア、ケンジ」

「久しぶりね、ケンジ」

と、ジュリアは明るく、「このところ、あんまり見かけなかったけど。——もう四年生だものね。ケンジ、就職先は決ったの？」

「いや、他のことで色々忙しくて」

と、健司は言った。「ジュリアは、お父さんの所でバイトしてるの？」

「ええ。時々は父について行くこともあるわ」

「君もいい弁護士になれよ」

「その前に、少しやせたいけどね」

と、ジュリアは笑った。

「ジュリア。――マリはどうしてる？」

と、健司は訊いた。「気になってるんだけど、連絡取ってないんでね」

「マリ？　それなら、あっちをご覧なさいよ」

と、ジュリアが手で指した方へ、健司は目をやった。

「――マリだ」

明るい笑い声が弾けるようだった。マリが健司の知らない男の子と一緒に歩いている。

「あれ、誰だい？」

「今二年生の留学生よ。日本とドイツのハーフで。いい男でしょ？」

「そうだな。――良かった、元気そうで」

「呼ぶ？」

「いや、いいよ。姿を見て安心した」

健司のケータイにメールが着信した。「――今夜の会合だ。アムネスティに入ってるんだ。活動してると自然に世界へ目が向くよ」

「真面目になったね、ケンジ」

と、ジュリアが冷やかすように言った。「彼女は元気？」

「ああ。今の職場が合ってるみたいだよ。これから会うんだ。ジュリアも来るかい？」

「私は父の事務所に行かないと。じゃ、彼女によろしく」

「ありがとう」

健司はジュリアと軽く握手をして別れた。

それから、大学の建物を見渡す。あと何日ここへ通うだろう？


話さなければならない。

亜紀は大学の門が見えるカフェで、健司を待っていた。

会社は半休を取って、午後、病院に寄って来た。

西山が、

「命を救ってくれた礼をしたい」

と言って、紹介してくれた小さな出版社に亜紀は勤めていた。

経営者が女性で、亜紀が父や母の介護をすることにも理解がある。

でも——亜紀は少し落ちつかなかった。

もう約束の時間だ。じっと大学を出て来る学生たちを見ていた。

気が付くと、右手がお腹の上にある。

今、亜紀の中に新しい生命が宿っていた。いつか、健司の子を産みたいと思ってはいたが、それが現実のものになると、「産んでも大丈夫かしら？」と、考えてしまう。

先に希望の見えない、こんな世の中で、どう子育てをすればいいのか。

でも、亜紀は産む決心をしていた。今は希望がなくても、この子が「希望そのもの」になるだろうから……。

健司は、何も知らない。さぞびっくりするだろう。

でも——亜紀には分っていた。健司が喜んで、亜紀にキスするだろうということが。

そう、この子を育てることが、未来を育てることなのだ。私と健司の。

「あ……」

と、亜紀は少し腰を浮かした。

大学から健司が出て来るのが見えた。亜紀はガラス越しで見えないだろうと思いつつ、それでも健司に向って大きく手を振ったのだった……。

解説

戸田菜穂

のぞみで広島へ向かっている。

広島の実家の子供部屋に、三〇年の間静かに並んでいるのは、赤川次郎さんの小説の数々。

中学生の頃、寝る前に必ずページをめくり次から次へと読んだ。

『幽霊列車』『死者の学園祭』「三毛猫ホームズ」シリーズ「三姉妹探偵団」シリーズ……。

本屋さんの「あ」の場所の「赤川次郎」さんの棚の小説を片っ端から買って帰った。

なぜそれほど熱中したかというと、ヒロインが自分と同じ女学生で、物語にすっと感情移入できたのと、都会の女学生への憧れ、少しの恋心、ミステリーのドキドキ感がたまらなかったからだろう。

今でも覚えている。「田園調布《でんえんちょうふ》」という地名を私は赤川次郎さんの作品の中で初めて知った。田園なのにすごくお金持ちの多い街らしい、なんだか面白いなあと思ったものだ。

ついには自分でも短編を書いてみたくなり原稿用紙に向かうようになったのも、赤川次郎さんの影響だと思う。

私は今も小説を読むことが好きだ。枕元に何冊も読みたい本が積んである。娘たちも、私が読んでいると「自分も‼」と、絵本を読み始める。本好きな女の子になるよう上手く誘導できたと喜んでいる。

多くの人の人生を体感できる読書は、貪欲に人生を生きる道標になる。私は読むだけではもの足らず、他人の人生を演じたいと思うほどになったけれど。

それから、いとこのお姉ちゃんの勉強机の前には『セーラー服と機関銃』のポスターが貼ってあった。薬師丸《やくしまる》ひろ子さんが機関銃を抱えている写真、かっこよかったなあ‼

そしてこのタイトルの素晴らしさ。一度目にしたら、永遠に忘れられない。俳句をやっていると分かるのだが、取り合わせが抜群なのだ。

この『東京零年』もそうだ。引き寄せる力のある題名。どうして、『東京零年』なのか、ずっと考えながら引き込まれるように読んだ。

赤川次郎さんの作品に登場するヒロインは怖いもの知らずで、凜《りん》としていて、キラキラした瞳で未来をまっすぐに見つめている。思えば何十冊と読んだそのヒロインたちに背中を押されて、一六歳の時に女優のオーディションを受けたのかもしれない。

　自分の無限の可能性を信じ、広い世界を見たいと、飛び込んでいった。

『セーラー服と機関銃』の相米慎二《そうまいしんじ》監督とは御縁があり、私の映画初出演は相米さんの『夏の庭』だった。三國連太郎《みくにれんたろう》さん、淡島千景《あわしまちかげ》さんの孫という役で、偉大なる先輩方と共演させていただいた。

　監督は厳しい方で、「虹きれい‼」というセリフを言うカットでは、「ダメ」「ダメ」「もう一回‼」「もう一回‼」「タコーッ‼」「本当に虹がきれいと思って言ってんのかー‼」と、何度も何度もくり返し、全くＯＫが出なかった。あの夏、初めて女優の孤独さの一端に触れた。頼れるのは己のみ。おそらくは、薬師丸さんも同じように追い込まれて撮影されたはずだ。

　大変だったり、辛かったり、苦しかったりした方が、出来上がった作品は力を持つと思っている。この頃は怒号が飛び交う現場も少なくなったから、なおさらあの一九歳の撮影現場が懐かしい。

「セーラー服と機関銃」のラストシーンが好きだ。セーラー服に赤いハイヒールを履いて新宿の街を歩くヒロインは、いろいろな経験と別れを知り、一つ大人になった。

赤川次郎さんは、少女の目の澄んだ色の中に、この世の悪を見透かし、正す力があると考えていらっしゃるのではないかと思う。研ぎ澄まされた感性と大人より優れた嗅覚と勇気、世界さえも変える無垢《むく》な力を少女たちは持っていることを。

『東京零年』のヒロインは二四歳だが、父親の反権力運動のために、父と共に彼女自身も傷付けられ、学生時代から時が止まっている。私が読んでいた作品の主人公たちより深刻で、残酷な過去と現在を生きている存在だ。

この本に描かれている社会は恐ろしい。常に監視され、危険因子は直ちに葬られ、ニュースは政府に都合のいいものだけが流される。

権力で生と死がまるで回転扉のように、反転するのだ。

赤川次郎さんは、この『東京零年』に、もの事の真髄を見よ、ニュースの裏側に気付け、情報は自分で正しいかどうか見極めよ、と、これからの社会で生き抜く上で大切なメッセージを込められている。

昔より強いメッセージ性を感じるのは、現代社会を危惧されているからだろう。

『東京零年』というタイトルに、赤川さんは「再生」という意味を込められたのだ。彼女が闘った「革命」、そしてラストシーンで、お腹の子と生きていくと決めた、その

「覚悟」。それは零からの始まりであり、赤川次郎さんの若者への願いが詰まった零地点なのだと私は解釈した。

見る力、見返す力、見定める力、先を見る力、世の中を見る力、そして自分を見る力、生きていくためにはこれらが必ずいる。

ぼんやりとパソコンだけを眺めていてはいけない。

作家も役者も見る、見つめるのが仕事だ。その人の目や心の奥にあるものが知りたくて、読者は読み、観客は観るのだから。

実は私は大学生の時、なんと赤川次郎先生の授業を受けていた。「小説作法」というなんとも贅沢《ぜいたく》な授業だった。だって、あの赤川次郎さんに小説の書き方を教えてもらえるなんて‼　夢のようで、いつも前列の席で講義を聞いていた。

私の記憶が正しければ、第一回目の授業では『戦艦ポチョムキン』の映画を観た。なぜこの映画なの？　と思ったが、我々平和な時代の学生が「革命」の作品を観る意義を先生は感じられていたのかもしれない。

講座の最後の課題は、オリジナルの短編小説を書いてみようというものだった。

私は日本の離島で暮らす若い女と、その島を訪れた作家との顔が赤くなるような恋と別れの小説を書いて提出した。

そのドキドキたるや‼ 返却が待ち遠しかった。

手渡された原稿には、赤いペンで「発想がいいですね、これからも書いてみて下さい」と、そしてコメントの最後に「忙しいのにいつも授業に出てくれてありがとう」と書いて下さっていた。天にも昇りそうなほど感激した‼

その課題は、今も大切に持っている。私の大学時代の最高に素敵な思い出だ。

それからも時々、シナリオや俳句、エッセイを書いたり、女優の仕事とは別に、こうやって真っ白な原稿用紙に向かうのが、私の至福の時間となっている。

この度、吉川英治文学賞を受賞されたこの重厚な作品の解説をご依頼いただき、再び飛び上がるほど光栄で、嬉しかった。

中学時代からの私の一部が、地面に着地したような、そんな感慨深い思いでいっぱいだ。

今夜、実家のテーブルで、この原稿を書いている。
あれから三〇年
あのときと同じ夜

赤川次郎さんにお会いしたい。

「私の目は、あの頃と変わらず未来を見つめていますか？」

と、心の中で聞いてみたい。

子供部屋の本棚に並ぶ小説たちは、今も静かに私を見守ってくれている。


（とだ・なほ　女優）

初出　「すばる」二〇一二年四月号〜二〇一四年九月号
本書は二〇一五年八月、集英社より刊行されました。

集英社文庫　目録（日本文学）

- 相沢沙呼　雨の降る日は学校に行かない
- 青木皐　ここがおかしい菌の常識
- 青木祐子　幸せ戦争
- 青木祐子　嘘つき女さくらちゃんの告白
- 青島幸男・訳　23分間の奇跡
- 青塚美穂　小説　スニッファー　嗅覚捜査官
- 青塚美穂／深谷かほる・原作　カンナさーん！小説版
- 青山七恵　めぐり糸
- 赤川次郎　駆け落ちは死体とともに
- 赤川次郎　毒POISON
- 赤川次郎　払い戻した恋人
- 赤川次郎　あの角を曲がって
- 赤川次郎　湖畔のテラス
- 赤川次郎　ウェディングドレスはお待ちかね
- 赤川次郎　ベビーベッドはずる休み
- 赤川次郎　グリーンライン
- 赤川次郎　哀愁変奏曲
- 赤川次郎　スクールバスは渋滞中
- 赤川次郎　ホーム・スイートホーム
- 赤川次郎　午前0時の忘れもの
- 赤川次郎　プリンセスはご・入・学
- 赤川次郎　ネガティヴ
- 赤川次郎　回想電車
- 赤川次郎　影に恋して
- 赤川次郎　聖母《マドンナ》たちの殺意
- 赤川次郎　呪いの花園
- 赤川次郎　試写室25時
- 赤川次郎　秘密のひととき
- 赤川次郎　マドモアゼル、月光に消ゆ
- 赤川次郎　神隠し三人娘　怪異名所巡り
- 赤川次郎　その女《ひと》の名は魔女　怪異名所巡り2
- 赤川次郎　復讐はワイングラスに浮かぶ
- 赤川次郎　サラリーマンよ　悪意を抱け
- 赤川次郎　哀しみの終着駅　怪異名所巡り3
- 赤川次郎　吸血鬼はお年ごろ
- 赤川次郎　吸血鬼株式会社
- 赤川次郎　死が二人を分つまで
- 赤川次郎　吸血鬼よ故郷を見よ
- 赤川次郎　厄病神も神のうち　怪異名所巡り4
- 赤川次郎　吸血鬼のための狂騒曲
- 赤川次郎　砂のお城の王女たち
- 赤川次郎　吸血鬼は良き隣人
- 赤川次郎　駆け込み団地の黄昏
- 赤川次郎　吸血鬼が祈った日
- 赤川次郎　お手伝いさんはスーパースパイ！
- 赤川次郎　不思議の国の吸血鬼
- 赤川次郎　秘密への跳躍　怪異名所巡り5
- 赤川次郎　吸血鬼は泉のごとく

集英社文庫　目録（日本文学）

赤川次郎　吸血鬼と死の天使
赤川次郎　湖底から来た吸血鬼
赤川次郎　吸血鬼愛好会へようこそ
赤川次郎　恋する絵画　怪異名所巡り6
赤川次郎　青きドナウの吸血鬼
赤川次郎　吸血鬼と切り裂きジャック
赤川次郎　忘れじの吸血鬼
赤川次郎　暗黒街の吸血鬼
赤川次郎　とっておきの幽霊　怪異名所巡り7
赤川次郎　吸血鬼と怪猫殿
赤川次郎　吸血鬼は世紀末に翔《と》ぶ
赤川次郎　吸血鬼と死の花嫁
赤川次郎　吸血鬼はお見合日和《みあいびより》
赤川次郎　東京零年
赤塚祝子　無菌病室の人びと
赤塚不二夫　人生これでいいのだ!!

阿川佐和子／檀ふみ　ああ言えばこう食う
阿川佐和子／檀ふみ　ああ言えばこう嫁行く
秋本治・原作　小説こちら葛飾区亀有公園前派出所
秋元康　7秒の幸福論
秋元康　42個の恋愛論
秋元康　恋はあとからついてくる
秋山裕美／山口マオ　元気が出る50の言葉
芥川龍之介　地獄変
芥川龍之介　河童（かっぱ）
阿久悠　無名時代
朝井リョウ　桐島、部活やめるってよ
朝井リョウ　チア男子!!
朝井リョウ　少女は卒業しない
朝井リョウ　世界地図の下書き
朝倉かすみ　静かにしなさい、でないと
朝倉かすみ　幸福な日々があります

浅暮三文　百匹の踊る猫　刑事課・亜坂誠　事件ファイル001
浅暮三文　無敵犯　刑事課・亜坂誠　事件ファイル101
浅田次郎　鉄道員《ぽっぽや》
浅田次郎　プリズンホテル　1　夏
浅田次郎　プリズンホテル　2　秋
浅田次郎　プリズンホテル　3　冬
浅田次郎　プリズンホテル　4　春
浅田次郎　天切り松　闇がたり　第一巻　闇の花道
浅田次郎　天切り松　闇がたり　第二巻　残侠
浅田次郎　天切り松　闇がたり　第三巻　初湯千両
浅田次郎　活動寫眞の女
浅田次郎　王妃の館(上)(下)
浅田次郎　オー・マイ・ガアッ!
浅田次郎　サイマー!
浅田次郎　天切り松　闇がたり　第四巻　昭和侠盗伝
浅田次郎　ま、いっか。

集英社文庫　目録（日本文学）

集英社文庫 目録（日本文学）

集英社文庫 目録（日本文学）

池波正太郎 スパイ武士道
池波正太郎 天城峠
池波正太郎・選 日本ペンクラブ編 捕物小説名作選 一
池波正太郎・選 日本ペンクラブ編 捕物小説名作選 二
池波正太郎 幕末遊撃隊
池波正太郎 江戸前通の歳時記
池波正太郎 鬼平梅安 江戸暮らし
伊坂幸太郎 終末のフール
伊坂幸太郎 仙台ぐらし
伊坂幸太郎 残り全部バケーション
石川恭三 心に残る患者の話
石川恭三 定年の身じたく 生涯青春！をめざす医師からの提案
石川恭三 生へのアンコール
石川恭三 医者が見つめた老いを生きるということ
石川恭三 医者いらずの本
石川恭三 定年ちょっといい話 閑中忙あり

石川恭三 50代からの男の体にズバッと効く本
石川直樹 全ての装備を知恵に置き換えること
石川直樹 最後の冒険家
石倉昇 ヒカルの碁勝利学
石田衣良 エンジェル
石田衣良 娼《しょう》年《ねん》
石田衣良 スローグッドバイ
石田衣良 1ポンドの悲しみ
石田衣良 愛がいない部屋
石田衣良 空は、今日も、青いか？
石田衣良他 恋のトビラ 好き、やっぱり好き。
石田衣良 答えはひとつじゃないけれど 石田衣良の人生相談室
石田衣良 逝《せい》年《ねん》
石田衣良 傷つきやすくなった世界で
石田衣良 REVERSEリバース
石田衣良 坂の下の湖

石田衣良 北斗 ある殺人者の回心
石田衣良 オネスティ
石田雄太 桑田真澄 ピッチャーズ バイブル
石田雄太 イチローイズム
伊集院静 むかい風
伊集院静 機関車先生
伊集院静 宙ぶらん
伊集院静 いねむり先生
伊集院静 愚者よ、お前がいなくなって 淋しくてたまらない
泉鏡花 高《こう》野《や》聖《ひじり》
一条ゆかり 実戦！恋愛倶楽部
一条ゆかり 正しい欲望のススメ
一田和樹 天才ハッカー安部響子と五分間の相棒
一田和樹 女子高生ハッカー鈴木沙穂梨と0.02ミリの冒険
一田和樹 内通と破滅と僕の恋人 珈琲店ブラックスノウのサイバー事件簿
一田和樹 原発サイバートラップ

集英社文庫

東京零年《とうきょうぜろねん》

2018年10月25日　第1刷　　定価はカバーに表示してあります。

著　者　赤川次郎《あかがわじろう》
発行者　徳永　真
発行所　株式会社　集英社
東京都千代田区一ツ橋2-5-10　〒101-8050
電話　【編集部】03-3230-6095
【読者係】03-3230-6080
【販売部】03-3230-6393(書店専用)
印　刷　大日本印刷株式会社
製　本　大日本印刷株式会社

フォーマットデザイン　アリヤマデザインストア　　マークデザイン　居山浩二

ISBN978-4-08-745795-7 C0193